Wenn im Mai rote Flocken fallen

Bibliografische Informationen der Deutschen Bibliothek:
Die Deutsche Bibliothek verzeichnet diese Publikation in der Deutschen Nationalbibliografie; detaillierte Dateien sind im Internet über http://dnb.ddb.de abrufbar.

Impressum:

Autorin: Stephanie Rittanie
Layout/Satz: Brigitte Winkler, www.winkler-layout.de
Titelbild Hintergund: © Snizhanna | Dreamstime.com
1. Auflage / 2014
Sprache Deutsch,
Seiten: 338, broschiert
Lektorat: Felix Haenlein
ISBN: 9783957160843
ISBN E-Book: 9783957160560
www.verlag-kern.de

Stephanie Rittanie

Wenn im Mai rote Flocken fallen

Vorwort

Verliebt, verlobt, verheiratet, geschieden und die ganz große Katastrophe danach. Ein Leben mit Zwischenfällen um Leben und Tod, die am Rand der Klippe eine neue Wendung fanden. Zwei Jahre Ungewissheit und ab und zu brach die Beziehung zur Welt da draußen gänzlich ab. Manchmal ging der Fallschirm nicht auf und ich stürzte wie Blei vom Himmel. Nicht immer war ich in diesem Leben Sieger, der Verlierer bei der Diagnosestellung Krebs war ich. Ich zahlte dafür einen hohen Preis.

Mit schonungsloser Offenheit werden Freundschaften blankgeputzt und die Strategien der Singlemänner entlarvt. Eine nicht enden wollende Bandbreite mit Einsichtnahme in andere Gedankenwelten. Eine unterhaltsame Analyse mit praktischen Hinweisen zum Überleben auf der Überholspur. Zeilen zwischen Härte und Humor, dazwischen der unzerbrechliche Wille, dem Leben eine neue Perspektive zu geben.

Der Kalender schreibt September 2010. Ein ungeahnt ereignisreicher Monat mit Folgen, die zu meinem Geburtstag, am vierten Tag, noch nicht zu erahnen waren.

Zwei Jahre sind seit meinem Umzug in eine fremde Stadt vergangen. Die Schatten der Trennung sind kürzer geworden und begleiten mich nicht mehr wie der schwarze Mantel, an dem ich schwer zu tragen hatte. Nur kleine Steinchen sind es noch, die mich manchmal, nachts, wenn ich nicht schlafen kann, an die Grauzone von damals erinnern, wachrütteln und mir bewusst machen, dass die Liebe und das Vertrauen zu sich selbst, der Spiegel eines gigantischen Bauwerkes ist.

Mit jedem Tag erfahre ich, dass sich die Konzentration auf das Wesentliche auszahlt und nichts einbehält. Weder die Erinnerung, noch das Warten auf einen Heil bringenden Propheten oder sonstige Erlöser tragen uns barfuss über den Fluss. Es gibt viele Wege, den geraden Weg, den Umweg, den Rückweg, den Jakobsweg und den Weg zu sich selbst. Haben wir ihn gefunden, sind wir von den Meinungen der anderen frei. Wir haben unseren Gefühlsmechanismus aktiviert. Eine, nützliche Angelegenheit, zukünftig den blinden Flecken den Kampf anzusagen. Wir sind unabhängiger geworden, selbstsicherer und springen nicht wie ein verhuschtes Reh in die Lichtung, von da aus uns eine Kugel treffen kann.
Nur für einen kurzen Moment besuche ich ein zweites Mal

die Seite, auf der alles begann. Ob das eine gute Idee war, werde ich beim Schreiben des Buches am Ende herausfinden.

Wie alles begann

Lange hatte ich darauf gewartet, auf den Mai, auf den einen Tag, der meine Wünsche reflektiert, der alte Gewohnheiten zurücklässt und der die Defekte meines Daseins als Single repariert. Kein Katerfrühstück mehr, keine Warteschlangen um die Männer, die ihr Versprechen doch nicht halten und keinen mitleidigen Gesichtsausdruck, den man fühlt, wenn man die Einkaufstüten vor dem Feiertag allein zum Auto schleppt, die Umzugskartons umschlungen hält und am Abend vom Kellner zum Katzentisch geleitet wird. Endlich Gewissheit, dass die Einladung zum Essen ernst gemeint ist und nicht der Peinlichkeit der notorischen Geldknappheit zum Opfer fällt, letztendlich der Abend nur für höfliche Gespräche taugte.

Ich war müde geworden, den Letzen in meiner Runde darüber zu täuschen, wie es sich wirklich anfühlt, sich allein in das Wochenende zu dösen und vom Mangel an Herzlichkeit förmlich erdrückt zu werden. Über Hoffnung, dass nun endlich das zweite Glas Rotwein die Entspannung bringt, Stimmungsschwankungen und Selbstzweifel Besitz ergreifen und die Feiertage zum Albtraum und Urlaube regelrecht filmreif werden.

Kauzige Alltagsgenossen warben mit Tanztherapien und Wanderungen durch Watt und Platt. Wöchentliche Strickstunden mit Ostfriesentee nach Art der Landfrauen rangierten auf Platz 1 der Hitliste für besondere Empfehlungen.

Schluss damit, der Anker war geworfen, der Fisch zappelt nicht mehr, der kommt jetzt auf den Tisch. Die Erde ist rund, am Horizont ist noch lange nicht Schluss. Endlich rein Schiff gemacht, ausgemistet, wie man sagt.

Neue Wohnung, spätes Glück, kleine Netze versteckt, damit ja keiner auf dumme Gedanken kommt, wieder auszubrechen. Zu lange habe ich die Komparse gespielt und zu oft eine Niete gezogen. Diesmal war es anders, das große Los fiel auf mich, in die Schlossallee im Gesellschaftsspiel bei Monopoly. Also, worüber sollte ich mich beschweren?

Gerade Pärchen scheinen sich im mondänen Leben als Single gut auszukennen. Wollen sich das goldene Wort verdienen, wenn sie Floskeln und Ratschläge predigen, bis sich die Haarwurzeln sträuben, aber im gleichen Augenblick ein Stoßgebet zum Himmel schicken, dass ihnen dieses Schicksal erspart bleibt und der eigene Partner nur schnell wieder nach Hause zurückkehrt, wenn er früh aus dem Hause geht. Sie wünschten selbst kein Singledasein, schrieben es aber mit großen Lettern vor. Unglaubhaft nach innen, glaubhaft nach außen. Ein Widerspruch, dem die Zeit davongelaufen ist, der nicht mehr haltbar war. Sie ketteten sich an aus Angst vor der Gefahr, vor dem Alleinsein, aus existenziellen Gründen oder wegen ihres Unvermögens, das Leben alleine zu bewerkstelligen. Die Männer an ihrer Seite hielten es mit der Treue nicht so genau. Mit ihrem Titel stellten sie jungen russischen Frauen nach. Nichts gewesen, nichts soll sein, nur der Unterhaltung wegen. Für ein paar Scheine zogen die Mädels mit in den Glaspalast, die Ehefrau genoss die Kur im fernen Süden. Arbeitete an ihrer Figur und frischte die Sonnenbräune wieder auf. Nur zum zeigen, nur zum Sitzen auf dem unruhigen Sofakissen. Die Putzfrau füllt die Nische, sie kam mehrmals in der Woche. Sie war einfach da, nichts Besonderes, sie bewegte sich nur etwas mehr. Dann wurde gewackelt und gegackelt bis sich die Balken bogen. Die Ehefrauen hegen keinen Groll, sie leben nach eigener Lebensphilosophie. Sie richten an, sie richten aus, sie tragen die Koteletts durchs Haus, für den Herrn, für die Potenz, damit er sich noch lange durchs Leben vögeln kann.

Vor zwei Jahren also, war auch ich verliebt, mit ständigem Herzrasen, Heißhungerattacken und jede Minute abgelenkt. Meine Gedanken waren bei ihm, um ihn herum und ganz tief in seinen Wurzeln. Wusste um seine Einflüsse und um seine Poleposition, bekam obendrein noch ein temperaturkorrigiertes Umfeld dazu geschenkt.

Keine Zweifel bestanden, den Hochzeitstermin festzulegen, die Gästeliste zu erstellen und die Reise nach Paris zu planen. Ungeduldig waren wir beide, scherzten und tauchten schon mal hinein, in eine gefühlte Ehe mit einem

gemeinsamen Namen, schrieben die Buchstaben in vielen Facetten und unterschiedlichen Farben, wie es eben nur Verliebte tun. Wir waren das Vorzeigepaar in Frühlingslaune mit dem Gütesiegel für den zweiten Neuanfang.
Wer denkt denn schon daran, dass es einmal anders sein könnte, wenn beängstigende Leidenschaften kochen, weiße Schmetterlinge bunter werden, Gefühle ausbrechen und der Zustand des Verliebtseins Geisteskranken ähnelt.

Nur der frühe Vogel fängt den Wurm, ich hatte wohl etwas länger geschlafen, zu lange, in einer Schublade mit der Schlafbrille im Gesicht und dabei die rote Lampe übersehen, die immer blinkt, wenn Gefahr droht. Fühlte mich in gewogener Sicherheit, eingebettet in einer scheinbar heilen Welt. Die Jahreszeiten wechselten sich ab, seine Aufmerksamkeit schien zu kippen, die Koordinaten hatten sich verschoben. Die Schlossallee war eine ruhige Straße, eine Einbahnstraße, in der es schwieriger wurde, in die richtige Richtung zu fahren. Er war in einem Irrgarten gelandet, fand immer seltener nach Hause, die Lämmer schwiegen sich aus. Die Sterne standen etwas ungünstig, der Mond hielt sich versteckt und er rutschte auf die andere Umlaufbahn, in die Parkstraße außerhalb der Stadt. Das Navigationssystem gab mir das gut gehütete Geheimnis frei. Meine Sensoren berührten die sinnliche Tastatur, das zentrale Radio war auf Sender 69 eingestellt.

Es kam die Nacht, an dem ein Tag im Nebel folgte, einer, bei dem die Betonung auf einsilbig und der Ton eine Oktave tiefer lag. Ein lebender Beweis für Unbeständigkeit und Unberechenbarkeit zerstörte mit einem Satz in nur wenigen Sekunden alles und das, was davon übrig blieb. Entschlossen mit Punkt und ohne Komma. Eine Tür fiel nach sieben Jahren lautlos in das Schloss. Das Garagentor knirschte in der Angel, das Gaspedal wurde noch einmal durchgetreten und dann wurde es still, ganz still. Ein Szenarium in wenigen Minuten, die Wirklichkeit sah etwas anders aus, sie nahm für sich genau ein ganzes Jahr. Der verwaiste Raum schluckte sein Parfüm, ein Hauch von einem Stück Vergangenheit, die wie ein schwarzer Schleier den Blick verdeckt. Es folgte ein Notruf, ein Arzt, eine Dröhnung, die mich mehrere Tage in einen Rausch versetzte. Einer springt, einer hinkt, einer fährt davon und keiner kommt zurück.

Ein Hund sah auch nicht anders aus, nach einer Schlammschlacht ohne Futter. Hängende Ohren, verweinte Augen und auch im Magen war nichts mehr los. Zu alt befunden, für eine Stelle im verstaubten Büro und keine Aussicht auf „Gute Besserung". Was hatte ich noch zu verlieren? Meine Schuhe, die durchgetreten waren von der Wohnungssuche oder meinen Schirm, der mich vor den Blicken schützte, die mich noch löchriger machten? Eine Bruchlandung ohne Knochenbruch, eine harte Landung auf das Hinterteil. Wie sollte ich weiterleben? Was wollte ich und wohin? Ich hatte keinen Wunsch mehr frei. Der Frosch war aus dem See gesprungen und hat sich darüber tot gelacht, denn er war nicht wieder aufgetaucht. Mich hatte der Schlag getroffen. Heimatlos und bodenlos war ich zu einer fragwürdigen Fi-

gur geworden. Orientierungslos schleppte ich mich durch meine Gedanken und durch die Stadt, die für mich kalt, trostlos und leidenschaftslos geworden war. Jede Straße, jeder Platz ließ Erinnerungen wach werden, die vergleichbar waren mit einem Stich durch die Brust und mitten in das Herz.
Das Parkett war nach der Trennung glatt geworden, der Freundeskreis zweckbestimmt und die Aussicht auf Unterhalt nicht vorhanden, denn im Gesetz war die Lücke zur Unterhaltsregelung in einer Lebenspartnerschaft noch nicht geschlossen. Es gibt Witwenrente, es gibt Unterhaltsverpflichtungen verheirateter Ehepartner nach einer Scheidung, warum gibt es denn nicht eine Verlassenenrente für die Betroffenen, bei denen der Augenblick zur gefühlten Ewigkeit wird? Eine Lebenspartnerschaft ohne vertragliche Regelung ist der Anfang vom Ende und ein Brandzeichen für die Zukunft. Nichts geregelt, keinen Unterhalt und keinen Job. Fraglich, ob meine damaligen Entscheidungen nicht schon an Dummheit grenzten, denn meine einträgliche Selbständigkeit hatte ich für „Euer Ehren“ an den Nagel gehängt. War es ein gesellschaftliches Problem oder lag es am eigenen Unvermögen, realitätsnahe Alternativen zu finden, die den eigenen Lebensunterhalt während der Partnerschaft sichern?

Den Rücken unter seinem verstaubten Talar hatte ich freigehalten, gestreichelt und herausgeputzt, das Haus gehütet, die Gäste gepudert und für das allgemeine Wohlbefinden gesorgt.

Das Buch war geschlossen, weggelegt und nach hinten gestellt. Ein Narr, der Gutes dabei denkt. Die blühenden Rosen hatten ihren Glanz verloren, den Hauch von Jugendlichkeit und Frische. Die Blüten waren für den Abfalleimer bestimmt. Und dennoch, auch in Zeiten größter Verzweiflung zählten die Prinzipien Glaube, Liebe und Hoffnung. Wenn ich auch weit davon entfernt war, an irgendetwas zu glauben, so gab es doch für jede Lebenslage stärkende Momente der Hoffnung, sei es auch nur für einen Augenblick, in dem wir keinen Hunger auf Leben verspüren.

Ein letzter Ausweg war der Weg nach Nirgendwo in eine Stadt, in der mich keiner kannte. Arbeit, Wohnung, eine Gelegenheit, die wieder munter macht. Vom Wünschen, Hoffen und Träumen wurde keiner satt, ich musste handeln und zwar schnell.
Aber konnte ich so einfach gehen für einen Neuanfang im All der tausend Träume, Freunde und meinen Sohn zurücklassen, für eine Auszeit, Abstand, für eine unbestimmte Zeit? Konnte ich beruflich einen neuen Einstieg finden? Fragen, die derzeit einer Antwort bedürft hätten. Der Treibstoff war aus, zu reparieren gab es nichts mehr. Fahnen auf Halbmast, das Schiff ohne Besatzung.

Auf leisen Sohlen rollte ich den ausgetretenen Teppich bis mitten nach L.E. hinein. Brennpunkt für junges Leben, Studenten und Dagebliebene, die noch immer darauf hoffen, in der Weltstadt fündig zu werden. Ich rannte vor

den Problemen davon, anstatt zu bleiben, zu kämpfen und die Frequenz des Wohlgefühls wieder zu erlangen.
Es war schier unmöglich, die Vergangenheit abgleiten zu lassen. Bekümmert nahm ich die Regelmäßigkeiten in Kauf und musste lernen, loszulassen, damit ich mich nicht schuldig fühlte. Ich hatte keinen leichten Weg eingeschlagen, hoffte, dass ich mit allen Vorurteilen und Hindernissen gut klar kommen würde. Ich war kein Meister darin, ein zuversichtiges Lächeln vor mir herzutragen, weniger noch, einen Draht zu denen da oben zu finden. Hier fehlte mir die Gebrauchsanweisung dazu. Glücklichsein, eine Frage der Haltung, der Einstellung, auch das konnte ich herunterbeten. Wie denn, wenn der Hering an der Decke zappelte. Ha, und sie hatten recht, alles eine Frage der Zeit. Für eine Frau wie mich gibt es keine Hindernisse.
Die Stimmung war ausgewechselt, der Möbelwagen entladen, Freunde blieben in der ersten unruhigen Nacht. Übrig blieb ein kleiner Funken Optimismus, irgendwann wieder dahin zurückzukehren, wo ich zu Hause war. Die Entscheidung war getroffen und ohne das Gesicht zu verlieren, war ein Sinneswechsel vorerst nicht akzeptabel.

Die Bestimmung von Entweder-Oder war gefallen, bedurfte Mut, Energie und viel Humor. Der Pakt mit dem Teufel war beschlossen, das Seil zwischen mir und der Zukunft gespannt, der Kampf im Sturm begann. Ich war Matrose auf der Sieben-Tage-Fahrt des deutschen Schlachtschiffes Bismarck, das gegen eine riesige Übermacht einen tapferen Kampf geführt hat. Ich unterschrieb einen gut dotierten Vertrag in einem Haus, in dem das Geld nach dem Waschvorgang getrocknet wurde. Nichtsahnend, dass dadurch einige Freundschaften auf der Strecke blieben. Marketing hieß das Zauberwort, die Fäden wurden in einer anderen Etage eingefärbt.

Arbeit, Zeit und Raum linderten die Erinnerung, das Heimweh und das ganz Vertraute. Der Job forderte mehr Zeit, als ich geben konnte. Die Arbeit war für mich zum Lebensinhalt geworden, ich übersah jegliche Avancen und machte einen Bogen um Freundschaftsbekundungen. Ich war topfit, wollte das Ganze, das Große und das Unerreichbare. Irgendwo und irgendwann war sicher ein Stern zum greifen nah.
Die Wunden waren geheilt, auf meine Weise war ich zufrieden und beruflich stand ich auf festem Boden.
Vielleicht passiert es, dass ich bleibe, vielleicht passiert ein Wunder, vielleicht passiert aber auch etwas ganz anderes. Später, vielleicht? Vielleicht wird Weihnachten verschoben und Hasilein klopft an der Tür.

Erste Arbeitstage, die Weihnachtsfeier, die neuen Kollegen, alles im Zeichen der Jungfrau. Alles oder nichts! Sportlich ging es zu, Gokartrennen mit Helm und Kosmonautenanzug. Wie die Geisterfahrer rangen wir um Sieg und Platz. Ein neuer Beweis, dass ich nicht ganz 100 war. Runde um Runde hielt ich mit starrem Blick das Steuer fest in der Hand, überholte die, die es nicht wollten, lachte laut und immer wieder. Ich war auf der Spur, auf der man nur überholen kann, wenn man übermütig ist. Der Rausch der Begeisterung hielt mich gefangen. Fieberhaft drehte ich um jede Kurve, nur noch eine Runde, dann stehe ich auf dem Siegerpodest und halte den Pokal in der Hand. Drehen, drehen, das hält doch keiner aus, warum fährt das Ding nicht schneller. Ich spürte in mir die Kraft eines Kamels im Sturm mit großem Gepäck. Ich wollte es allen beweisen, dass ich auch noch sportlich war. Noch ein einziges Mal, noch wenige Sekunden, dann war das Ziel erreicht

Es war mein falscher Ehrgeiz, der mich in die letzte Runde rief. Der Pfad vom Wollen und Schaffen war schmal. Die Schwerkraft war es, die mich aus dem Sitz und im großen Bogen gegen die Leitplanke schleuderte. Ich hörte ein Dröhnen, ein Krachen, ein Brummen und dann gar nichts mehr. Meine Rippen schmerzten und Luft bekam ich nur, wenn ich nicht atmete. Das Blaulicht rettete mein Leben und was davon übrig blieb, die Erinnerung an eine Ärztin mit leuchtenden blauen warmen Augen, die ich nicht wieder vergaß.

Dann diese helle gleißende Lichtung, ich glaubte nicht wirklich zu sein, ich schwebte hinein, näher und näher mit einem begleitenden Glücksgefühl. Ich erlebte etwas, überdies in seiner Komplexität der Aussage mancher Mediziner zweifeln würde. Irgendetwas wehrte sich dagegen, diesen Weg fortzusetzen, diesem Licht entgegenzuschreiten, ich war noch nicht bereit dazu. Ich bin einfach zurückgekehrt, aufgewacht, ich war ganz einfach wieder da. Die Ärzte hol-

ten mich im Krankenhaus zurück. In das Leben mit fünf neuen Buchstaben, die ich später, viel später noch einmal in einer anderen Form definieren musste. Was wirklich passiert war, erfuhr ich erst viel später.
Meine Lunge war gerissen und die Rippen klapperten an meiner Seite das Lied vom Tod. Das sind die Momente, in denen wir zweifeln, über die Gerechtigkeit und den Schutz des Universums. Ich bekam die harte Hand erneut zu spüren, eine grobe Hand die mich mitziehen wollte, dorthin wo es für immer dunkel bleibt.

Die Weihnachtsfeiertage verbrachte ich im Krankenhaus. An Silvester durfte ich meinen zweiten Geburtstag feiern. Die Firma war zwischenzeitlich pleite, zahlte nicht mehr, dafür die Krankenkasse, die mich von nun an unterstützte. Das Universum hatte mein Verfallsdatum vorgeschrieben, mich aber darüber noch nicht in Kenntnis gesetzt. Behielt sich noch einen Zeitraum vor. Ich war keine Katze, die sieben Leben hatte. Eine Zahl, die das Vollkommene einschließt und ein Synonym für die Unendlichkeit. Ich war zweimal gesprungen und zweimal habe ich Glück gehabt.

In Folge kam es noch pikanter, noch etwas schärfer, etwas, womit man sich die Zunge verbrennen konnte. Der Schutzengel hatte sich in einen Teufel verwandelt, brach alle Grenzen und raste mit Überschallgeschwindigkeit durch das All. Die Katze wäre bestimmt schon aus dem Fenster gehüpft und die restlichen Leben freiwillig gespendet.

Von nun an teilte ich meinen Arbeitsplatz zu Hause mit dem vertrockneten Hering an der Decke über mir. Wenn er herunterfällt, erschlägt er mich wenigstens nicht. Letztendlich war es mir egal, wie und wann ich Geld verdiente. Wie war das, alles eine Frage der Einstellung? „Das Glück ist immer bei dir!" Du da oben, mach keine Scherze mit mir. Kathrin, eine Freundin aus früheren Zeiten stupste mich mit der Nase drauf. Der Hering war ein stiller Zuhörer, verschwiegen und letztendlich ganz konfus. Ich saß am Schreibtisch mit dem lustigen Telefon, tauchte in den Schicksalstraum des Gegenübers ein. Flirtete mit der schnellen Nummer, gab Ratschläge und schrieb nebenher für einen guten Zweck. Die Menschen waren süchtig danach. Es gab tausend Fragen, es gab tausend Antworten. Das Telefon war für mich ein fühliges Instrument, aus der Einsamkeit zu fliehen, auf diejenigen zu treffen, die verzweifeln wollten.

Mehr als ein Jahr gewöhnte ich mich allmählich an eine neue Identität, ein weiteres zweites Jahr war Grund genug, meinen Aufenthalt in L.E. zu beenden. Meine Einnahmen konnten das Licht der Welt erblicken. Das Glück vom Tüchtigen forderte das Finanzamt. Alles gut, alles fein, die Schulden waren ausradiert. Nur nicht in Kleinigkeiten verzetteln, sonst hat man nichts vom Leben. Kleine Dinge, große Wirkung, neue Frisur, neues Blond und ab nach Hause, zu alten Freunden, zu meinem Sohn und in die noch immer vertraute, verhasste Stadt. Mit wasserdichtem Gepäck zurück an das Ufer der Leine. Endlich gesund, endlich wieder Mut zum Risiko. Ich hatte es ausprobiert. „Das Geld kommt gern zu dir.“

Ein paar nette Bekannte sollten meine Entscheidung bald erfahren. Ich hatte zudem eine kleine Feier ausgerichtet, diese Neuigkeiten mitzuteilen. Ein angenehmer und lauer Herbstabend, genau wie damals, als ich auszog, das Fürchten zu lernen.
Die Feier war feucht-fröhlich und die herzliche Verabschiedung von vergänglicher Erinnerung. Es waren nicht die Freunde fürs Leben, es waren nette Zufallsbekanntschaften mit ausnehmend unterschiedlichen Interessen. Einige Freunde waren durch die Entfernung verloren und für neue reichte die Zeit nicht aus. Ich wollte es auch nicht mehr.

War der Abend anstrengend, fühlte ich mich abgespannt oder hatte die ganze Aufregung mir doch etwas auf den Magen geschlagen? Ich legte mich etwas zur Ruhe und verspürte wieder den Druck in meiner rechten Brust, in der etwas Auffälliges zu tasten war.
Genau vor einem halben Jahr war ich schon einmal in der Sprechstunde von Frau Dr. Jo, eine Bekannte hatte sie mir empfohlen. Das Kinderwunschzentrum war nicht gerade das, was ich suchte, sondern eine genaue Diagnose meiner anhaltenden Vermutung. Ihr Tastbefund reichte für eine Zyste, die mich nicht beunruhigen sollte, weitere Untersuchungen waren nicht angedacht und nicht geplant. Sie hätte mir auch ein stumpfes Hodentrauma bescheinigen können, ich wäre nicht verwundert gewesen.

Und doch hatte ich den Verdacht, dass hier etwas schlummert. Und genau das nahm ich zum Anlass, mich noch einmal untersuchen zu lassen. Beunruhigende Momente, schlaflose Nächte bis zum Termin. Eine andere Ärztin untersuchte meine rechte Brust. Ich erhielt Anschriften von mehreren Kliniken und zur Vorsicht eine Überweisung zur Mammographie. Nur keine Eile, alles nicht so schlimm, wir hatten erst eine Untersuchung vor einem halben Jahr.

Man geht allein, man geht mit den Botschaften der Engel, auch wenn man selbst keiner ist und nicht mehr daran glauben kann. Menschen springen und beten zu Gott, dass sie fliegen können. Diese Situation war auch nicht anders.
Die Radiologie war nichts für mich, große kalte Räume, ängstliche Patienten und keiner, der was sagt. Mammographie ist wie ein Buch, das man so lange drückt, bis ein Löschblatt zum Vorschein kommt. Ein stilles einsames Vergnügen, bei dem eine Frau in die Knie gezwungen wird. Nächste Dame, gleicher Herr, neuer Patient.

Wie von Geisterhand öffnete sich die Tür. Mammographie und Ultraschall waren ausgewertet. War es Schicksal oder Ironie? Blaue warme Augen die Bände sprachen. Ich hatte sie nicht vergessen. Damals war es ein Unfall, bei dem ich mir die Rippen brach, was hatte ich mir heute gebrochen? Das Herz, den Lebenslauf oder den Stab, der über mir knackte? Frau Dr. R., Fachärztin für Diagnostische Radiologie bat mich hinein.

Mein Platz im Wartezimmer war nass und durchgeschwitzt, peinlich sichtbar die Knitterfalten in meinem Rock. Es war nur die Angst, es war nichts Außergewöhnliches. Mein Herz schlug gegen die Wand.
Der Ausdruck auf ihrem Gesicht verhieß nichts Gutes. Liebe Frau Dr. R., ich gebe dir alles, mein gesamtes Vermögen, es war sowieso nicht mehr viel da, ich verkaufe dir meine Seele, aber lass deine Worte im Hals ersticken und durchkreuze mir bitte nicht meine Pläne. Nach der Ebbe kommt die Flut, von wegen, alles wird gut. Noch einmal schwitzen, noch einmal leiden für die Biopsie. Das Ergebnis sollte mir über Frau Dr. Jo. zu einem späteren Termin mitgeteilt werden. Dazwischen lagen sechs einsam durchwachte Nächte. Selbst die Küchenschaben waren nicht bereit, meine Angst mit mir zu teilen. Das Resultat war niederschmetternd, schwindelerregend und deprimierend. KREBS. Diese Konsequenz wurde mir offen und schonungslos mitgeteilt, wie eine Ware, die gestern frisch eingetroffen und bereits ausverkauft war. Frau Dr. J., hast du vor einem halben Jahr geschlafen, hast du die Akte vertauscht oder hast du deine Hände in Unschuld gewaschen? Ich war Statist in einem neuen und grausamen Film. Frau Dr. J. war zudem keine zimperliche Frau.

Meine Frage nach dem Fortgang der Angelegenheit wurde mit einem Schulterzucken beantwortet. Ich klickte auf „Löschen“.
„Soll ich aus dem Fenster springen, was soll ich tun?“ Fragende Augen suchten die Antwort, die nicht kam. Ener-

gisch schleuderte sie mir ihre Drohung ins Gesicht, mich in die Psychiatrie einliefern zu wollen, wenn ich meine Suizidabsichten noch einmal äußere. Wie ein Stromschlag kam die Angst aus der Dunkelheit. Das hier war jedenfalls nicht der Platz, auf dem ich sitzen bleiben wollte. Das geht sicher auch anders, in einer anderen Praxis.
Das große Wort „WARUM" begleitete mich zur Ausgangstür. Die Bedeutung nach allen Seiten offen. Wem sollte ich mich mitteilen, wer verstand meine Situation, es war keiner da. Ich sah mich im Grab, in einem weißen Kleid versteckt, von mir entworfen und mit Papier bestickt. Der letzte Kuss, der sollte meine sein. Hingehaucht von meiner besten Freundin Estelle mit einem Paar himmelhohen Schuhe an den Füßen, die ich nicht mal im Stehen tragen konnte. Aber dann, dort oben, zur Geisterstunde vielleicht, bat mich der Teufel um einen Tanz, wer wusste das schon? Denn der hatte mit Sicherheit seine Hand im Spiel. Kein Handy, kein Telefon und keine sonstige Kommunikation, mein Gott, wie wäre das schön. Keine Strähnchen, keine Falten und keine Diäten mehr. Nur noch schlemmen zwischen weißen Wölkchen brav und schön, so anschmiegsam und watteweich. Hinein in das Verderben, ich komme, macht jetzt Platz, öffnet die Pforte. Endlich Hahn im Korbe, keine Frau mehr sein, ein Kobold vielleicht, einer von den Guten. Sicher habe ich dann genug Zeit, eine Website zu erstellen und Bilder zu knipsen für www.freudundleid.de.

Auf dem Weg nach Hause war auch mein Traum vom weißen Engel weggeflogen. Wie ich meine Wohnung zu

Fuß erreichte, weiß ich heute schon nicht mehr. Es müssen Stunden gewesen sein. Ich verspürte keinen Hass, keine Verbitterung, ich spürte gar nichts mehr. Nicht einmal meine Tasche in der Hand. Alle Träume waren verloren und wieder einmal geplatzt. War ich denn schon wieder Schuld daran? Ich wollte alles richtig machen und nun?

Das Gegenüber im Licht des Spiegels war das Produkt des Befundes. Es war fahl und grau, zeigte mir nicht mehr als den durchdringenden Schatten meiner selbst.

Ich gab mir Mühe, raffte mich auf und ging hinaus auf den Balkon. Meine Buchsbäumchen standen im dichten Blätterwuchs mit sattem Grün in der Abendsonne und warteten seit den frühen Mittagsstunden auf mich und meine Neuigkeiten. Auf mich wartete der Stromableser, dessen Rechnung ich in einigen Tagen zu befürchten habe. Meine Augen brannten und mein Hunger war verflogen. Mein Körper zitterte vor Kälte, Angst und Verzweiflung, als berühre mich ein blitzkalter stählerner Handgriff aus dem Jenseits. Das war zuviel.

Irgendwo lag die Visitenkarte eines Freundes. Arzt und Neurologe Dr. Mohammad Dayab. Ihn konnte ich damit sicher behelligen. Mit zitternden Fingern wählte ich die Praxis an. Freundliche Stimmen gaben mir das Recht zu behaupten, dass dies der richtige Weg war, eine Entscheidung, die ich nie bereute. Stotternd kam mir nicht mehr als ein Wort über die Lippen. Nach wenigen Minuten saß

ich in seinem Wartezimmer. Ein neues Fashiontalent mit Nachwuchs in der Brust betrat die Bühne. In seinen Armen fiel mir das Weinen leichter. Wie ein Baum, der seine Äste um mich legte, Blätter die mich streicheln, alles wird gut.
Dr. Dayab begleitete mich zu Dr. Gazawi, Facharzt für gynäkologische Onkologie. Ein Haus, das für sich spricht, Die alten hohen Treppen in der Eingangshalle, die Bilder, das Empfangspersonal, fast wie in einem Film, in dem der Patient im Mittelpunkt steht. Eine sichtbare Herausforderung, am Leben bleiben zu wollen. Dr. Gazawi und Dr. Dayab waren zudem Männer mit Ausstrahlung und Einfühlungsvermögen, die bei allem Respekt das Kranksein etwas belebten.

Ich hatte schon vieles infrage gestellt, aber das Mitgefühl, die klaren Ausführungen und die Sympathie in ihren Worten waren Grund genug, den Kampf gegen den Krebs aufzunehmen. Und wieder Tränen in meinen Augen, wieder Herzleid in meiner Brust. Wie das Rauschen des Meeres vernahm ich die letzten Worte und die Therapiemöglichkeiten zur Bekämpfung des Tumors. Ich war ein Krebspatient. Dieses Haus sollte nun für eine ungewisse Zeit meine zweite Heimat sein. Es waren Männer, sie waren vom Fach, Himmel sei dankbar, vielleicht geht es doch.
Wenige Wochen zuvor hatte ich Maxi kennen gelernt. Eine recht unternehmungslustige und rastlose Frau. Mit ein bisschen exzentrischen Zügen, auf der Spur, das Leben noch einmal von vorn einzuholen. Ihr Fitnesswahn führ-

te dazu, dass sie figürlich gesehen einer pubertierenden Prachtentfaltung Konkurrenz machen konnte. Um meine Hüften schwang sich der erste Rettungsring, ein Reservoir für die Bevorratung von Eigenfett, das mich zu einem günstigen Zeitpunkt vor dem Verhungern bewahren sollte. Wie recht ich damit hatte, bewiesen mir die anschließenden Chemotherapien.

Ich versuchte, ihre Einstellung in den Ansätzen zu teilen und vielleicht führte es uns über Umwege auch irgendwie zueinander. Das Leben ist zu kurz, um immer auf Nummer sicher zu gehen.

Irgendwie kennt doch über Kreuz gesehen jeder jemanden, der den Jemanden des anderen kennt. Kurzum waren Roger und Ingward die beiden Männer, mit denen wir ein Wochenende Heiterkeit in Hamburg erleben wollten. Schöne Tage, lange Nächte. Einfach nur aus Spaß und dem Alltag so zum Trotz. Dabei sein, in einer Nacht, so wie sie ist, im Getümmel der Szene, die ihr Coming out erlebt und sich nicht mehr im Schrank versteckt. Unsere Gemüter waren erhitzt und die Spannung gut verpackt. Wozu warten auf die Dinge, die da kommen oder nicht, ein Killer für die Zeit und nichts für uns. Nichts sollte geschehen, Punkt, Komma, Strich, hier war ein Knoten drin. Zum Aufwickeln hätte es ein Jahr gedauert, genau ein Chemojahr, mit Ausgang unbekannt. Aus der Traum! Vor mir standen das Leben und der Tod und nicht Roger und Ingward. Maxi regelte die Absage auf ihre Weise und ich auf elektronischem Wege. Roger hatte es in den folgenden Tagen geschafft, mich aus dem Tal der Irrsinnigen und Wahnsinnigen herauszureißen. Ich kannte ihn noch nicht einmal. Das Telefon war die einzige Verbindung zwischen Hamburg und L.E.

Erste Chemo

Alles war vorbereitet für den Tag der ersten Chemotherapie. Abholservice, Begrüßung von allen Seiten, Wintergarten mit schöner Aussicht, Musik, Literatur und ein bequemer Sessel für Rückenentspannung und Wärmbehandlung. Es war kein Wellnesstag, es war die erste Erfahrung mit der flüssigen Chemie. Angestöpselt nahm ich andere tapfere Frauen wahr, die sich an meiner Seite Tropfen für Tropfen eine Heilung durch die bittere Mixtur versprachen. Sie waren ungefähr so alt wie ich, zwei angenehme Frauen. Für ein paar Monate Zusammensein, ein paar Stunden das Grausame vergessen lassen, genug Zeit war dafür da. Dr. Gazawi hatte dafür gesorgt und die Termine zeitlich so aufeinander abgestimmt, dass wir die schwierige Zeit gemeinsam durchstehen konnten. Der Port wurde später gelegt.

Reichlich mit flüssigem Gift und Medikamenten vollgestopft, sprang ich nachmittags wie ein Reh in der Stadt umher. Ich trank Kaffee und stopfte mir ein großes Stück von der Sahnetorte in den Mund. Mein Kopf war klar, mir ging es gut, ich tippte meine Texte noch vor dem Abend ein. Grandios waren der Tag und die Vorstellung, dass es ewig

so blieb. Mehr hatte diese Katastrophe nicht zu bieten? Das Ganze noch fünf Mal. Wer hätte da nicht an Urlaub gedacht? Zwei Tage später sollten diese Worte einen anderen Stellenwert bekommen. Mein Körper wurde schwach, ich zitterte, er setzte sich zur Wehr, die Stunde Null begann. Die Batterie war leer, der Strom war weg. Versuche, mich auf den Beinen zu halten, brachten mich ins Schwitzen. Ich war allein mit mir und diesem verdammten Krebs.
Ich schlief, wenn ich müde war, ich kochte meine Suppe, wenn ich Lust dazu hatte und arbeitete nach einem unbestimmten Prinzip. Keine Sorge mehr, irgendetwas zu verpassen. Ich entwickelte eine besondere Einstellung zum Werden und für die Zeit danach. Annehmen, was nicht zu ändern war.
Alles bekam eine neue Dimension. Noch mehr auf mich gestellt, in den vier Wänden, die kein Mitleid kannten. Eingesperrt für Monate, zurückgeworfen um wertvolle Zeit und kein Land in Sicht. Meine Energie zog zum Fenster hinaus und mit ihr meine wertvolle Substanz, von der ich von nun an nicht mehr leben konnte.

Mein Port

Die leidige Angelegenheit, Diagnose im Tierkreiszeichen, hatte den Nebeneffekt, dass sich nicht nur dieser Gedanke im Gehirn fest verankert hat, sondern auch die Befürchtung, vielleicht nie wieder Frau zu sein, mit allem was dazu gehört.

Der erste Gesprächstermin, die Vorbereitung zur Einpflanzung eines fest implantierten Systems, um Nährstofflösungen oder auch Medikamente direkt über die Blutbahn zuzuführen, verlief ziemlich unspektakulär. Die ausschlaggebenden ersten, ich vermag die Vermutung zu unterschreiten, 10 Sekunden, bedürften besonders ausschweifender Worte, die an dieser Stelle völlig irrelevant sind. Dr. Steger stellte sich vor, ich mutmaße, die Hälfte meiner gelebten Jahre. Er wirkte jugendlich und unverbraucht. Eine Herrlichkeit in Weiß, sich der Sache bewusst, einer Frau gegenüber zu sitzen, die sich mit der Angst trägt, zu verlieren, dennoch stabil erscheint, vielleicht doch noch gewinnen kann.

Er spielte nicht den Helden. Er rückte seine Worte in das Bewährte und stellte einen guten Ablauf in Aussicht, damit meine Bestürzung nicht in das Uferlose gleitet. Er muss ein Musterschüler gewesen sein. Sein Gefühlsausdruck sprach meine passende Stimmung an, die äußerte sich emotional und in Form von Tränenausbrüchen. Rückte mich unweigerlich in den Mittelpunkt einer verwundbaren Frau, die in jedem gesprochenem Wort nach Hoffnung sucht. Für mich war seine Visitenkarte ein Anker, eine Geste, eine Sicherheit, an der ich mich festhalten durfte. Ein kleines Stück Papier für kleine Schritte zum großen Ziel. Leben.

Der Tag der Operation stand wie ein Orkan vor meiner Tür, nicht wissend von bleibenden Schäden, die sie anzurichten vermag. Ein Nachmittagstermin, an dem der Vormittag zum Nichtstun verurteilt war. Ein Taxi brachte mich zur

Klinik. Meine Handtasche hielt ich fest unter dem Arm, sie war das Einzige, woran ich mich klammern konnte.
Ängstlich schritt ich zum Empfang. Wie in jedem Wartezimmer lagen auch hier ungezählte Prospekte, stapelweise Zeitungen und Zeitschriften für einen Daueraufenthalt. Die Frau neben mir leckte sich genüsslich die Finger beim Umschlagen ihrer spannenden Lektüre.
Kinder krabbelten am Boden und steckten sich die Finger in die Münder, die Mütter waren mit Wichtigerem beschäftigt. Der mit dem gebrochenen Fuß hustete die Bakterien in mein rechtes Ohr. Hätte ich mich darüber noch aufregen sollen? Mir stand Wichtigeres bevor.
Angsterfüllt spürte ich das Kribbeln unter meiner Haut, Schweißperlen standen auf meiner Stirn. Die Leichtigkeit des Seins war mit einem Mal verflogen. Keiner fühlt sich wohl, wenn Gefahr droht. Da half auch keine Visitenkarte mehr. Also stürzte ich mich in die erste große Gefahr hinein, vielleicht sterben zu müssen, bevor ich mein ganzes Potenzial entfalten konnte.
Nur noch wenige Schritte trennten mich von Messern, Scheren, Fäden und dem kalten gleißenden Neonlicht. Immer wieder liefen neue Schauer über meinen Rücken. In Kriminalserien werden den Pathologen und Chirurgen die Patienten laut Drehbuch freiwillig auf den Tisch gelegt. Sie wurden gekidnappt, eingeflogen und eingewiesen und bekamen ein sattes Honorar dafür. Als Plagiat war ich die Hauptfigur, ich wurde aufgeschnitten und drapiert. Honorargebühren, die konnte ich vergessen, weder Ärzteschaft noch Krankenkasse besuchten meinen Film.

Die Begrüßung war herzlich, recht angenehm, so wie ich sie in diesen Momenten brauchte. Es war kein Empfang mit getrimmtem Auftreten auf dem rotem Teppich, auf dem die Stars der Branche unter Blitzlichtgewitter ihre Narrenpossen für die Klatschspalten mit immer fragwürdigeren Kabinettstücken propagieren. Die Morgenzeitung wird kurz überflogen von denen, die kaum noch wissen, was am Vorabend geschah. Die Fauna der Society ist vielfältig, sie verkraftet schnell, ist geklont, mutiert und feist vom Selbstgefallen. Wir gehören dazu und wollen mehr. Wir wollen uns nicht blamieren, wir sind halt wie wir sind.

Dr. Steger, die Anästhesistin und drei Schwestern waren vorbereitet, duldeten kein Mittelmaß, hatten doppeltes Heimrecht und vertraten die Meinung ihres Schlages. Virtuos noch einmal ein kurzes Aufklärungsgespräch über Risiken und Folgen im Operationsverlauf. Dr. Steger kannte seine Schäfchen, die Tapferen, Braven und Ängstlichen. Sie alle mussten sich der Tatsache, Krebs zu haben, stellen. Ausnahmen gab es keine.

Klein, hilflos und ohne Worte stand ich im Kleid, in einem viel zu großen Kittel, für einen Elefanten geschneidert. Ich machte eine tragische Figur. Riesige blaue Plastiküberzieher umrahmten meine nackten Füße. Die Haube um das ausgedünnte Haar versteckte noch den letzten Rest. Wenn auch spärlich, so war es wenigstens mein Eigenes. Lange sollte dieser Zustand nicht mehr dauern. Den Beweis bürstete ich mir täglich strähnchenweise heraus.

Meine Liege war vorbereitet, alles steril, die Luft roch nach Chemie. Ein kurzer kalter Schauer durchzog meinen Körper, ich fröstelte. Ich legte mich auf der Schlachtbank zum Freilegen des Fleisches nieder. Hier hatte ich Zeit, darüber nachzudenken, über die Sozialpolitik, über den Hilferuf zur Anpassung der Lohnbezüge für Mediziner und das medizinische Personal. Sie stehen unter Druck, sind müde und erschöpft. Wir erwarten von ihnen 24 Stunden im Akkord und wir sind selbst schon müde nach einem unangestrengten Tag. Die Schuldfrage sei hier nicht gestellt. Ärzte reparieren, retten und stellen fast alles wieder her. Nur ab und zu wird der edle Teil des Kopfes gespaltet. Mit halbem Hirn und geteilter Meinung werden in Folge Gesetze verabschiedet und Politikern der Ehrensold hinterhergetragen. Mit Verlaub, hätte man da nicht schon mal einen tieferen Schnitt riskiert? Lasst Gedanken keine Sünde sein.

Noch einmal ganz tief Luft holen, Augen zu und durch. Ein Blick nach rechts und dann nach links. Zwei Augenpaare sind auf mich gerichtet, sie strahlen viel Wärme aus, ich nehme sie auf, wie das letzte Glas vom roten Wein.
Eine Hand streift meinen Arm, meinen rechten Fuß und mein Gesicht, als würde meine Seele berührt. Dr. Steger stand an meiner linken Seite, dort, wo mein Herz schon einmal gebrochen war. Damals, als ich durch das Feuer ging und ich die Trennung nicht verstand. Ich spürte diesen Schmerz nicht mehr, die Narben sind verblasst. Jetzt das beruhigende Gefühl, alle sind da, sind um mich besorgt.

Ein Schnitt, ein Wärmegefühl von Blut, ein Rinnsal auf meiner Haut. Der Versuch, meine Fingerspitzen zu fühlen, endete in der stillen Verzweiflung, dass etwas Rätselhaftes geschieht. Ein Eingriff in das volle Menschenleben. Ich wollte es nicht, ich musste es dulden, so wie das Unwetter zwischendurch. Die Anästhesistin nahm meine Hand, fest ineinandergegriffen gab sie mir Vertrauen für die kommenden Minuten. Gib mir mehr davon, viel mehr, das kann ich gut vertragen, davon hatte ich nicht viel. Flüstere mir das Lied vom Leben, von der Liebe und von der Flamme, die irgendwo vielleicht noch für mich brennt. Ein brechender Schmerz, ein dämonischer Laut und plötzlich diese seltsame Stille, die meinen Gedanken ein Ende setzten. Was war passiert? Ließ sich der Katheter nicht platzieren? Eine OP-Schwester griff fester zu, unter meiner Haube sammelten sich Schweißperlen, meine Augen suchten die des Arztes, aus Angst, eine eventuelle Dramatik, die sich während der Operation ergeben könnte, darin zu finden. Seine Stimme war unverändert und von einer ausgleichenden Charakteristik, seine Augen außerhalb meines Blickfeldes.

Nichts Ungewöhnliches, nichts zu befürchten, alles normal. Es war nur der Schlauch, der hatte sich an mein Herz gelegt. Ein Schlauch, ein Herz, eine Verbindung auf Zeit und ohne Trauschein. Wir führten einen Dialog über die Vergangenheit und die Zukunft.
In diesem Moment erlebte ich eine Welle von unbändiger Sehnsucht nach Freiheit, wollte raus, wollte nicht mehr hier sein. Unbeschwert leben von mir aus auf dem Hüh-

nerhof, mit Schweinen und dem ganzen Gedöns. Ferien auf dem Bauernhof. Großeltern, die sich um mich sorgten. An alles und nichts hatte ich in diesem Moment gedacht, Halbzeitpause als Traumpatient. Einquartiert, in einem keimfreien Raum.
Früher bin ich weggelaufen, hatte meine Wege mehrmals selbst durchkreuzt und vor Unannehmlichkeiten einen großen Bogen gemacht. Meine Toleranzschwelle war lange unerprobt. Hier konnte ich nicht weglaufen, musste durch, hier war die Angst, zu versagen und nicht mehr zu genügen.

Dr. Steger rettete Menschenleben, er wurde gebraucht. Ich bin kein Arzt und kein Held, ich bin an einem Schreibtisch, im Internet auf Sendestation, als Ratgeber und Sorgentante für Menschen in Not.
Machte Kunst, malte Bilder und spendete ein sattes Sümmchen von meinem Lohn, den ich unter Aufsicht der Bundesnetzagentur und der Schweizer Regulierungsbehörde verdiente. Die Wertigkeit ist stark reduziert, die Steuern dafür sind noch nicht bezahlt, das Finanzamt hat sie angemahnt. Meine Selbständigkeit stand jetzt als staubige Akte im Regal. Pustekuchen. Vielleicht spendeten jetzt die Hühner ein paar Eier für mich.
Ich kann der Menschheit nicht mehr dienen, ich liege hier, mit meinem Krebs im Krankenhaus. Irgendjemand rief mir zu: „Hallo du da auf der Liege, wo ist deine Stärke geblieben? Halte sie fest und mach was draus. Sei auf der Hut und pass gut auf, damit man dich nicht überrollt.

Kämpfe mit deinem Verstand und gegen den Krebs. Du willst es doch, du schaffst das auch. Sei tapfer und gib nicht nach."

Das Licht über mir brach die Schatten der Angst, noch ein Schnitt, noch ein starker Druck und der Katheter wurde bis in die herznahe obere und untere Hohlvene vorgeschoben. Mir wurde schlecht, mein Magen rebellierte und auch meinem Darm konnte ich nicht die Gewissheit bieten, dass ich durchhalte, bis zum letzten Augenblick. Alle noch an meiner Seite? Sprecht mit mir, sagt etwas, irgendetwas, nur nicht still sein. Stille kann ich jetzt nicht ertragen.

Über meinem Kopf bewegte sich etwas kleines, etwas feines, nicht aus Gold und nicht aus Silber.
Ein Metall, ein kleines Herz? So etwas Ähnliches hatte ich schon einmal gesehen, in den Auslagen mit exklusivem Preis, damals für die Hochzeit versprochen. Ich konnte es nicht genau erkennen, meine Sicht war eingeschränkt, die Tränen suchten sich die sicherste Bahn in meinem Gesicht.

Hier spielte man nicht mit angeschlagenem Herzen, hier kämpfte man mit der Zeit. Mein Hochzeitsgeschenk war weg, so weg, wie der Mann, der mir fast alles versprochen hatte. Den Grund dafür erfuhr ich aus der Zeitschrift, mit geschliffenem Jargon, nach einem Abend mit Freunden, die seine Absicht bereits Monate vorher kannten. Er war mit seiner Muse durchgebrannt.

Am Rand des Spielfeldes gab es nur den Port. Wie ein Präsent lag er auf seiner Hand. Zur Einpflanzung für den besonderen Zweck, für das Gift zum Überleben in trister Zweisamkeit und für eine absehbare Zeit. Die Leihgabe war es wert. Ich mochte ihn. Den Port natürlich! Zugegeben, Dr. Steger war äußerst attraktiv, eine Luxusvariante. Ich war Lichtjahre seines Alters entfernt. Ein krasses Missverhältnis, ein Gedanke, der Ablenkung schaffte. Seine Zeit war knapp bemessen, der nächste Patient wurde bereits vor die Tür geschoben. Spritzen, Schnippeln, Kleben im Akkord, die Ulla hat's gewollt, sie braucht ein bisschen Urlaubsgeld und für die Verwandten einen sicheren Job.

Schnitt, Film aus, Licht an. Ende des Spektakels. Zurück wie eine Henne mit wackligem Hintern aus dem OP bis in den Ruheraum. Der grüne Kittel verhinderte den Zugang zum Backstage Bereich. Das Model war ausgeschieden, kam nicht auf die Titelseite, nicht mehr auf den Catwalk.

Draußen war es bereits dunkel, meine Beweglichkeit stark eingeschränkt und mein Appetit gesegnet. Ich sehnte mich nach einem gesunden Bayern im Hofbräuhaus, wollte Würstchen mit Kartoffelsalat und wenn es sein musste, dann auch eine Haxe mit viel Sauerkraut. .
Das Taxi war bestellt, auch Christian war bereits durch die Station geeilt. Ich kannte seine Puschen, seine Schwächen, aber nicht sein anderes Ich. Nähe war nicht in Aussicht gestellt, keine Anzüglichkeiten und kein Pardon. Ich hatte ihn um Hilfe gebeten, für die Nacht, aus Angst, den Morgen

nicht zu überleben. Erwartet hatte ich ein paar Handreichungen, stattdessen machte er es sich auf dem Sofa bequem und staunte, wie gut es mir ging. Ich kochte ihm einen Tee, er war dafür zu schwach. Im Kiosk vor der Klinik hatte er sich Würstchen mit Sauerkraut bestellt. Sein Bauch war voll und ich war bedient. Enttäuscht verwarf ich meine fixe Idee.
War ich denn völlig übergeschnappt, war ich bekloppt und die Verzweiflung so groß? War das Dunkel schwärzer als ich sehen konnte? Die Müdigkeit verschonte mich nicht, grußlos verließ ich das Wohnzimmer und schlich in meine Wiege, in die Sicherheit für diese Nacht. Ich knüpfte noch einmal die Verbindung zwischen dem Abschlussgespräch am Ende der Operation und dem undankbarem Etikett unter meiner Brust.

Ich wachte in jener Nacht mehrmals auf, die Kompresse war verrutscht, die Wunde schmerzte. Der Zeiger der Uhr wollte stehen bleiben, was war das für ein seltsames Geräusch? Eine Dampflock in den Bergen zog die schweren Wagen, Bergarbeiter klopften Steine klein. Aussetzer, pure Angst, ungewohnte Laute. Hatte ich geträumt? „Christian, hallo Christian, bist du noch da?“ Die Antwort blieb aus. Die Ausfälle von der Atmung bis zum völligen Stillstand wurden kürzer. Stirbt er jetzt oder etwas später? Sollte das noch länger dauern, peitsche ich ihn aus. Ich hatte Hunger und Durst, seit mehreren Stunden nichts Essbares zwischen den Zähnen gehabt. Langgestreckt lag er da und träumte von seinem fetten Mahl, vom Kiosk und von mir. Wieder war es ruhig, ich stellte mich nicht mehr auf Wunder ein und war kurzzeitig eingeschlafen. Flugzeuge stürzten in die Tiefe, in der Schreinerwerkstatt wurde das Holz zersägt. Die nächtliche Störung ließ wenig Raum für Spekulation. Ich bekam Lust, ich war ganz heiß, ich drehte am Strick, den ich ihm um den Hals legen wollte. Ich hatte genug, ich war reif für die weiße Jacke, die man bekommt, wenn die Aussicht auf Verblödung steht.

Gefällig bewegte er seinen Hintern mit einem Wasserglas in der Hand. Er brachte es mir ans Bett, fiel um und stellte sich tot. Neben mir ein Frosch im grünen Schlafanzug. Mit blankem Entsetzen schoss ich hoch, mit einem Schrei ins Nichts. Die Nacht nahm ihren Lauf, so wie die Dinge, die man vorher ahnt. Er hatte gut geschlafen und ich auf dem Sofa in der Vollmondnacht. Er hatte sich eingenistet mit Hemd, Hose und der grünen Zahnpasta, auf sechzig Quadratmetern in meinem Appartement. Nie und nimmer würde ich das wieder tun. Die Chemo überstehe ich ohne Gäste, ohne Wasser, nur mit Ausdauer und Geduld. Der Port saß gut, die Schmerzen waren erträglicher geworden. Ich hatte ein paar Fotos gemacht und an meine Freundin geschickt. Dr. Steger war mit seinem Ergebnis zufrieden, die Schwellung war kein Problem. Nach ein paar Tagen war ich schmerzfrei und dieses kleine Ding hat mir wieder einmal einen neuen Weg gezeigt.

Kurzes Haar

Der Kalender dreht seine Seiten um, ohne dass wir es wahrnehmen.
Ist von denen da oben in fester Hand und die lassen sich nicht von uns blenden. Reinkarnation, Unsinn, wir werden geholt, wenn es denen Spaß macht und kommen auch nicht als glühendes Würmchen zurück, um dem Schweinehund, der uns verlassen hat, in die Suppe zu spucken. Das macht dann die nächste, eine irdische, denn die ist auch nicht besser. Das funktioniert zwar nicht immer, aber wenn es funktioniert, dann multipliziert es sich. Und darauf kommt es schließlich an. Das geht langsam aber es kommt alles zurück.
Trübe Gedanken am Buß- und Bettag und Angst vor der eigenen Bedeutungslosigkeit. Sturm und Regen zeigen an, dass der Herbst zu Ende geht. Regen prasselt an die Fenster, stellt sich sehr dramatisch dar. Das Telefon ist still, das Universum hat Feiertag, die Beamten machen freitagmittags Feierabend, nur mein Krebs arbeitet weiter.
Streicheln, boxen, schlagen, nein das tut weh. Aushungern, nichts mehr essen nichts mehr trinken, geht auch nicht, dann falle ich um und bin mausetot. Muss ihn so nehmen, wie er ist, schließlich lebt er in meiner Brust. Gut zureden, Gedicht für ihn schreiben, der kann nicht mal lesen. Der macht sich nur breit und macht sich ständig wichtig, setzt sich zur Wehr, denn mir wird schlecht. „Du Kasper du.“
Wenn ich am Leben bleibe, dann sorge ich dafür, dass ich keimfrei bleibe, alles unter Kontrolle halte, die Männer,

das Geld und meine Gefühle. Nie wieder Alkohol am Steuer, immer schön langsam fahren, nur überholen, wenn ein Hüt'l mit rotem Auto 30 an statt 50 durch die Botanik fährt und sich dabei die Nase von innen krault. Werde meine zwanghafte Pflichterfüllung und Putzsucht im Keim ersticken und mich nicht mehr mit falscher Bescheidenheit beladen. Mein Sternzeichen soll mir Ruhe und Gelassenheit geben, das Leben so zu nehmen, wie es ist und mich lehren, geduldig und beharrlich meinen Weg zu gehen. Momentan kann ich nicht gehen, ich komme nicht hoch, mein Hintern ist wie Blei. Gefühlstod. Der graue Tag streckt seine Fühler aus, packt mich mit spitzen langen Fingern und piekst mir in die Seele. Ich grüble nach über die Fehler, die ich gemacht habe, die ich begangen habe und über das, was ich noch nicht weiß.

Wohlgebettet liege ich im Schlafzimmer mit allen Freiheiten meiner Gedanken. Nichts ist vorgeschrieben, nichts ist wertig und nichts ist jetzt von Bedeutung. Ich fühle mich leer, unaufgeräumt und müde. Bin so herrlich neben der Spur. Unter mir im Bett eingelagert mein restliches Hab und Gut. Vorhänge, die ich hier in der kleinen Wohnung nicht gebrauchen und nicht aufhängen kann. Der Balken ist stark genug. Die Fenster haben lange Jalousien, sind nicht schön, die Wege dafür kürzer. Zwei Schritte aus dem Bett und ich stehe in der Küche. Eine Singlewohnung mit vierundfünfzig Quadratmetern eben. Entspricht meiner derzeitigen Finanzlage. Das Wohngeld kommt pünktlich und wird streng kontrolliert. Wenn ich meine zwei Untermieter melde, stellen sich Probleme ein. Sie verdienen nichts, sind arbeitsscheu und sind schlau. Haben sich irgendwo gefunden. Haben mich bezirzt und sind zu mir gezogen. Beide fühlen sich sehr wohl in meiner Brust, haben ein gutes Leben, meistens liege ich auf dem Sofa. Manchmal spüre ich beide, links den Port und rechts den Krebs. Noch eine Woche, dann kommen die kleinen giftigen Männer mit der Spritze und holen den einen erst mal raus. Der zweite muss noch warten. Für ihn gibt es noch etwas zu tun. Als Wächter zur Sicherheit für eine eventuelle Nachgeburt. Ein kleiner Kompass unter der Haut auf der Brust. Fühlt sich an wie eine Klingel, bevor man Nachbars Lumpi trifft.

Verdrängte Gefühle tauchen auf, ich sehne mich nach Abwechslung. Es ist Mittagszeit, male mir aus, wieder auf festem Boden zu stehen und mich den kulinarischen Genüssen hingeben zu dürfen. Sahnetörtchen, Frühlingsrollen, Lammfilet an grünen Bohnen, mariniert mit Speck und Rosmarinkartoffeln. Das wär's gerade jetzt, wie komme ich aus dem Bett und wo ist das Lamm zum streicheln, weich und zart?

Der Hunger und die Appetithäppchen waren lautlos vorübergegangen. Ist denn auf diesem verdammten Planeten kein Mensch, der mal nach mir schaut? Bis zum Horizont ist kein Mensch zu sehen. Ich sollte irgendetwas tun! Vielleicht die Haare waschen? Vielleicht eine Runde drehen oder einen Schnaps zur Verdauung, damit die Tabletten besser rutschen. Soll ich aus dem Fenster schreien? „Hallo

hierher, hier bin ich. Ich will jetzt sprechen, ich will eine Unterhaltung, ich will lachen und weinen.“
Vorsichtig bewege ich mich aus dem viel zu großen Bett. Garaus auf der ganzen Linie sechs mit großem X. Muss mich mal anschauen, ob ich es noch bin, fühle mich überretuschiert, hässlich gemacht. Spieglein, Spieglein an der Wand, wer ist die Schönste hier im ganzen Land?
Meine zarte Haut, mein blondes Haar, meine unbesiegbare Kraft, wo waren sie geblieben? Eine blasse Schablone von Weiblichkeit, zerschlagen, angefressen, zermürbt und abgerichtet wie ein Stück Vieh im Stall. Eine Projektionsfläche großer Augen, dicker Nase und eines schmerzvoll verzogenen Mundes. Eine Auseinandersetzung mit der Gegenwart. Ich will keine Freundin mehr sein, niemand muss mich besuchen, mir alles zuviel und zu unwichtig. ich lege mich in mein Bett zurück. Wohin ich blicke, es ist dunkel geworden, ein ungelebter Tag. Um mich herum nichts als Einsamkeit und wieder diese Stille. An Schlaf war nicht zu denken. Ich lasse einfach mal los, es liegt nicht mehr in meinen Händen, wie mein Leben in Zukunft aussehen wird. Ich überlasse es dem Zufall. Und vielleicht führt es mich über einen Umweg irgendwie zum Ziel. Aber wo ist das Ziel und was ist es? Ich zeige mich geschwächt. Und morgen ist ein neuer Tag. Ich habe heute genug Buße getan, morgen werde ich meine Haare opfern.

Gleich nach dem Frühstück beginne ich, was nicht zu verhindern ist. Ich greife nach einer Strähne, die nicht mehr dem Qualitätsstandard entspricht. Sie gleitet mir ungefragt

in meine Hände. Es wird allmählich Zeit, einen Kurzhaarschnitt zu tragen. Nicht jedes Haar verliert seinen Halt, einige haben noch viel Kraft. Vorsichtig berühre ich mit meinen Händen das Todesinstrument, um ein gutes Stück abzuschneiden.
Es ist eine schöne Schere, die in ihrer Einfachheit und Unverschämtheit glänzt und scharf geschliffen ist. Ich höre schon das metallene Geräusch. Es ist keiner da, der mich noch einmal umarmt, der mich festhält und mir ein Taschentuch reicht. Nur einmal bitte, festhalten und eine Berührung wagen. Die Tränen lassen sich nicht mehr aufhalten. Sie sind untrennbar mit dem Schmerz verbunden. Ich fühle ihn wie einen scharfen Dolch, der mein Herz zerstört. Mutig schreite ich zur Tat. Gleich ist es vorbei, noch ein letzter Schnitt und das lange Haar ist der Vergangenheit geweiht. Das Wunder ist vollbracht, ich trage kurzes Haar. New summer collection 2010. Der Spiegel im Badezimmer zeigt den Beweis meines Mutes, das Bild einer fremden Frau, die ich erst kennen lernen muss. Ich betrachte mich etwas länger. Enttäuschte Augen schauen mich an. Die Diagnose hat mein Selbstbewusstsein zerstört, die Mundwinkel weisen gen Boden. Das alles zu begreifen, fällt schwer. Ich fühle mich wie in einem Netz aus Draht, in dem ich mich verfangen habe. Wieder einmal, als ich beim Aufschwingen war. Schwer wird es werden, mich daran zu gewöhnen und mich daraus zu befreien, allein, mit meinen Sorgen und Ängsten ohne Partner, Freunde und der unendlichen Sehnsucht nach zu Hause. Kann ein Mensch so viel Schmerz und Einsamkeit ertragen? Trotz allem werde ich

kämpfen. Um die Zeit zu leben, die mir noch bleibt. Den Kraftakt schaffen starke Frauen, die des Willens und mächtig sind, ihre Gegner zu besiegen. Ich weiß doch nicht einmal, wo das Schwert begraben liegt, aus welcher Ecke der Angriff kommt und wie lange das Schreckgespenst in mir sein Unwesen treibt.

Ich trage etwas Schminke auf, der Lippenstift verrutscht, meine Hände zittern. Mit einem Stift ziehe ich die Konturen um meine schmal gewordenen Lippen nach. Sieht alles etwas billig aus, das bin ich nicht. Das kurze Haar steht mir nicht, es ist nach hinten gekämmt. Die Schlangenfrau hat sich gehäutet. Jetzt bin ich die andere, die Fremde in mir, die gebündelt ihr Schicksal annehmen muss. Ein zaghaftes Lächeln richtet sich auf und macht sich bereit zum Gehen. Ich will in die Stadt, fremde Leute sehen, mich irgendwo hinsetzen, Kaffee trinken und ausruhen. Leute nach dem Sinn des Lebens fragen, die Antwort werden sie mir schuldig bleiben. Ablenken von der Krankheit, Zerstreuung suchen. Eine ungezwungene Konversation, bei der ich entscheide, wann ich gehe. Diese Szene hatte ich bislang nicht einstudiert, dafür fehlte mir das Drehbuch. Mein Wollkleid sitzt fabelhaft und die hohen Stiefel über den schlanken Fesseln versetzen mich in eine Art Affekt der Heiterkeit. Ein Versuch, und eine ganz neu entdeckte Richtung, meinen seelischen Zustand etwas behaglicher zu stimmen. Überflüssige Dinge verbanne ich aus meiner Handtasche. Das Café ist bis auf den letzten Platz gefüllt, hier hatte Faust Mephisto seine Seele versprochen. Die Zeiten haben sich geändert, Gretchen ist nicht zu finden, man hat sie derzeit zum Tode verurteilt. Um mich herum Studenten, Pärchen und Singles, die es möglicherweise noch nicht wissen, weil Zuhause eine Überraschung lauert. Die Rechnung kommt auf dem Tablett. Serviert mit einer freundlichen Geste, so wie ein Lebewohl eben ist. Nicht anders und selten ohne Vorankündigung. Augenspiele treffen mich, habe wohl zu dick aufgetragen. Was kümmert mich der Blickwinkel der anderen.

Frauen besitzen die Gabe, mit den Augen der anderen zu sehen. Unterteilt in schwarz oder weiß, in gut oder schlecht. Uns verbindet die oberflächliche Grundhaltung zum eigenen Geschlecht. Dem Outfit, der Frisur verpassen wir einen Stempel, im Vorbeigehen, ganz flüchtig. Wir taxieren unterschwellig und stellen so unseren eigenen Marktwert fest. Der äußere Schein ist es, der uns belügt. Das Innere geben wir nicht preis. Es sind die Lücken und die Schwächen, die wir wissen, wir tünchen etwas Farbe darauf und leben mit dem Heiligenschein. Verdammt noch mal, wo bleibt die Echtheit unserer selbst? Wir denken kaum noch über uns und andere nach, zu wenig Zeit, zu wenig Lust, wir funktionieren nach Bedarf. Die Gesellschaft verlangt nach Jugend, die ewig dauert, nach Gesundheit und Profit. Die Wahrheit liegt begraben zwischen Frust und Lust. Veränderungen nehmen wir nur ungern an. Möge doch alles so bleiben wie es ist. Das Beste vom Stück und den Knochen fein ausgelöst. Der ist übrig für die Hunde, die laut bellen und nicht beißen. Die man vorführen und dressieren kann, für die Show im Freundeskreis. Wer war denn jetzt der Hund?

Über Nacht haben sich die Strähnchen verändert. Sie haben sich verdünnt, punktgenau war die Vorhersehung und das Versprechen für diesen Tag zur selben Zeit, die man den nächsten Morgen nennt. Der Laubbaum wirft seine letzten Blätter ab. Etwas schütteln, etwas rütteln und fertig ist das Winterkleid. Ich sträubte mich dagegen und begehrte auf, vier Jahreszeiten ohne jedes Haar. Das ist nicht fair, das ist nicht gut und nicht gerecht. Hier bleiben müssen für mehr als ein Jahr, in guten und in schlechten Tagen. Die letzten kurzen Haare waren für den Abfall bestimmt, für den Kompost, aus dem das Ungeziefer kriecht. Nein, nicht daran denken. Die schmerzerprobte Seele brauchte ihre Zeit. Das geringste Problem für einen Freund, der in der Selbstfindungskrise steckt. Er hatte bereits kreisrunden Haarausfall. Sollte ich oder sollte ich nicht? Hinter meiner Entscheidung stand Christian mit der Haarschneidemaschine wie der Pastor zum letzten Gebet. Rachelust an meinem Körper, ich hatte schmählich versagt. Keine Zustimmung zu dieser radikalen Methode. Ich war nicht gerade taktvoll darin, das auszudrücken, was ich dabei empfand. Ich habe ihn wieder weggeschickt, blieb ungeschoren.
Die professionellere Variante wäre ein Lächeln gewesen. Richtig dosiert am richtigen Ort. Frau Flodder mit den Gruselhaaren legte sich ins Bett und wartete wieder auf einen neuen Tag.

Friseurtermin

Dass der Mensch glücklich sein kann, dafür gibt es einige Beweise. Nur leider entsteht daraus der Anspruch, dass ein glückliches Leben ein gutes Leben ist. Dabei gehören alle Gefühle zum Leben. Erst Traurigkeit, Niedergeschlagenheit und Misserfolg lassen das Glück neu und richtig strahlen. Es gibt niemanden, der ohne Verletzungen oder Schuldgefühle durch das Leben kommt. Im Dunkeln wissen wir, wie die Sonne uns wärmen kann. Ich hatte Frieden mit mir geschlossen, die Chance ergriffen, eine der größten Veränderungen anzustreben. Es machte Mut, den Weg des Friedens zu beschreiten und ihn immer wieder neu zu suchen und zu finden. Endlich konnte die Schwere weichen und der neuen Lebensfreude Platz machen.

Der Termin beim Friseur war auf eilig datiert, die Perücke stärkte meine Selbstliebe und öffnete mir das Tor, mich der Zukunft anzuvertrauen, loszulassen und den Blick nach vorne zu wagen. Zeremoniell sollte es zugehen. Mit allem was dazugehört. Nicht einsam, verlassen zu Hause, nein, sensationell, in einem perfekt inszenierten Salon, Einzelsitzung mit Räucherstäbchen und eine Frau, die dazu spricht. Zwiegespräch mit dem Beelzebub, oder zugegeben, nichts dagegen mit einem Himmelsboten, der vielleicht später in meinen Träumen erscheint, einen zum anfassen, zum gernhaben und zum behalten. Lass es geschehen, bringe es hinter dich und schau dich nicht noch einmal um!

Es war mein Tag, der 21. November, trübe Aussichten. Die Müdigkeit und der Schlafentzug standen mir ins Gesicht. Seit Monaten weckten mich die Baufahrzeuge, die ich bereits mit Kennzeichen kannte und die über die Lautstärke der bevorstehenden Arbeiten selbst entschieden. Leider hatte ich kein Mitspracherecht. Es galt das unangefochtene Baustellenrecht. Auf der gegenüberliegenden Straßenseite wurde gesprengt, geworfen und die Schlagbohrer versanken im Staub. Sie kannten keine Ruhezeiten. Meine Nerven hielten das nicht aus. Die Tage streckten sich in meiner Verzweiflung leer vor mir aus. Ich musste hier raus, weg von hier, sonst bringe ich mich um und stürze mich auf die Rolltore vor dem Supermarkt.

Die Menschen brauchten frische Ware und ich meine Ruhe und meinen Schlaf. Manchmal hatte ich zusammenhängend zwei Stunden geschlafen, mehr war mir nicht gegönnt, pünktlich um fünf Uhr morgens ratterte die nächste Lieferung ein. Was hatte der Lastzug wohl diesmal gebracht? Leergut, Panzer oder Handgranaten? Gab es vielleicht doch noch einen Hoffnungsschimmer? Oder waren es schon die Männer in weißer Uniform? Wurden die Hausbewohner an einen sicheren und stillen Ort gebracht? Eingeschnürt in Hemden, mit dem Band nach hinten mit scheuem und irrem Blick? Ich lebte nicht im Sanatorium, ich wohnte mitten in der Stadt. Ein Empfänger von Hilfe und den restlichen Gebrechen. Gefühle in wirrer Folge brachen wieder über mich herein.
Es brachte dem ganzen keinen Nutzen.

In einem jämmerlichen Zustand fuhr ich in den Salon „Shalom“ zu dieser Frau, die mir für 8,50 Euro versprach, mich den Außerirdischen gleich zu machen. Die Tür wurde mit unsichtbaren Händen geöffnet. Vor mir stand eine gutaussehende, junge und resolute Dame. Rotes, langes Haar umschmeichelte ihr kräftig geschminktes Gesicht. Der Raum versank in einer heimeligen und rauchigen Atmosphäre. Vernahm ich Laute aus dem All oder war es die Musik, die leise im Hintergrund spielte? Ich war nicht hier, um meiner Verschönerung beizusitzen, ich war dazu verdammt, mir eine Glatze rasieren zu lassen. Meine Körperhaltung spiegelte Wehmut wider, sie war den Umständen angepasst. Hier saß ich nun, an einem Bach, der sich einen Weg suchen musste. Ein Hohn für mich am Spiegelplatz, die Lockenwickler auf der rechten Seite. Mir wurde schlecht. Der Kontakt zu den Außerirdischen war abgebrochen. Mein Magen wollte sprechen, seine Stimme versagte, es setzte der Moment der großen Stille ein. Ich machte meine Augen ganz fest zu. Ich vernahm von weitem das leise Summen des Motors und verspürte einen kalten Hauch, der über meine Kopfhaut zog. Die Bestürzung war geboren. Unerschütterlich stand sie im Raum und versprühte die starre Kälte der Verzweiflung und des Hasses gegen diese verfluchte Krankheit. Hinter mir, voller menschlicher Hingabe arbeitete sich die Friseurin Stück für Stück der Vollendung meiner weißen Kopfhaut entgegen. Der Motor lechzte nach dem letzten kleinen dünnen Haar. Ich schaute nicht zu, ich sprach wirres Zeug, um der Unterhaltung nicht wirklich einen Sinn zu geben. Der Motor wurde ruhig, im Raum war es ungewohnt still, mein Kopf war kahl und eine Hand berührte vorsichtig meine Schulter. Sie hatte ihre Aufgabe erfüllt. Das Werk war vollendet.

Ich sah die Rührung nun auch in ihren Augen. Mit unseren Tränen konnten wir alle Blumentöpfe für mehrere Tage im Raum bewässern. Salzige Tropfen zwischen Steinen und Klippen, zwischen Wiesen und Feldern. Es waren Sekunden des Schocks, es war ein Moment der Realität und das Betreten eines inneren Auslandes. Sie nahm dafür kein Geld, Ihre Zeit hatte sie mir geschenkt. Sie war eine wunderbare Frau, einfühlsam, warm und sensibel, uns beiden diese intime Gemeinsamkeit zu gönnen. Ich stand auf, neu im alten Gewand und setzte meine Perücke auf. Sie war wunderschön, ungewohnt und war bereits ein Teil von mir. Verflogen war die Bestürzung über meine Kahlköpfigkeit. Mit den letzten funktionierenden Gehirnzellen manövrierte ich mich, zugedröhnt mit Breitspektrum-Antibiotikum, nach Hause und setzte die Verkehrsordnung außer Kraft. Kein Besuch, kein Telefon und keine andere Nachricht wiesen darauf hin, dass ich am Leben war.

Mein Schreibtisch war mir vertraut, das Papier lag übersichtlich verteilt, mein Kopf war wegen Unpässlichkeit geschlossen. Nichts hatten wir zu versäumen, keiner drängelte, keiner wartete und Termine wurden nicht mehr gemacht. Lange durfte dieser Zustand nicht dauern, meine Gehirnzellen hatten bereits erste Roststellen angesetzt. Im Kühlschrank stritten sich Würstchen, Hefekuchen und Joghurt-Becher. Ungenießbar für mich zu diesem Zeitpunkt.

Meine Geschmacksnerven waren wie verwandelt, sie waren schlichtweg taub. Starker Kaffee brachte Hitzewellen, Tee die Magenschmerzen und das Wasser entwickelte sich zu bitterem Schaum. Wieder war ich ohne Nahrung und den Tränen nah. Bald entwickelten sie ihre eigene Dynamik. Im Spiegel war die Frau, die ich hasste, das Mondgesicht mit langen Ohren, kahlrasiert und abhängig von fremder Hilfe. Die Perücke war zum Trocken allein ausgegangen. Freude in mein Leben, raus aus der existenziellen Notsituation. Ich will nicht den Solitär haben, das Einzelstück, sondern das Fundament. Etwas, womit ich wieder von vorn beginnen kann. Erst einmal habe ich mich hinten angestellt und werde die Linsen aus der Asche lesen. Viele sind noch vor mir, an der Kreuzung wird der Schuh probiert. Die Guten ins Töpfchen, die Schlechten ins Kröpfchen. Oder hatte ich da etwas verwechselt?

Der Morgen danach

Ich blieb am anderen Morgen, an dem ich wusste ohne Haare zu sein, bis mittags im Bett. Irgendetwas lag wie Blei auf meiner Haut. Ich starrte die Decke an und bemerkte nicht einmal, dass ich am Leben war. Ich stieß Laute aus, über die ich selbst erschrak. Meine Hände, meine Arme und Beine lagen leblos neben mir. „Bald wird ein Netz über mich fallen. Die Maschen werden eng sein, sie werden mir die Kehle zuschnüren, der raue Strick wird mir die Luft nehmen. Ich kann ihn nicht zerreißen, ich will es nicht. Halte ich das aus, ein Jahr auf dem Sofa zu verbringen, zwischen Küche, Bett und Bad. Hin und her staksen mit plüschigen Pantoffeln? In Einsamkeit mit der Chemo und dem Port? Ich weiß nicht einmal ob ich am Leben bleibe? Ich werde ein Jahr in Abhängigkeit leben und angewiesen sein auf die Gunst ferner Verwandter, von denen ich nicht wusste, ob sie es überhaupt gibt.“ Miete, Auto, Medikamente, Lebensmittel, alles zu seinem Preis. Es folgte wieder eine Welle der Verzweiflung. Diese Willenslähmung, dieses Dahinvegetieren entspricht nicht meinem Naturell. Mit den Kraftreserven kam ich nicht mal in den Keller. Viele gehen dorthin um zu weinen, ich weinte in meinem Bett. Der Teufelskreis war geschlossen, keine Chance zu entrinnen. Der Untermieter in meiner Brust, der keine Miete zahlte, hat ein erbärmliches Wrack aus mir gemacht. Eine starre Maske mit Gucklöchern über der triefenden Nase.

Die Krankheit überfällt die Betroffenen wie ein Donnerhall und die Familien wie ein Schwert. Viele haben gemeinsam für die Heilung gekämpft, waren füreinander da, in den Stunden, in denen gar nichts mehr ging. Sie waren nicht angewiesen auf fremde Hilfe, auf simple Gefälligkeiten. Sie hatten den Zuspruch von Personen, die sich einfühlen konnten und bedienten sich der Hilfe des Partners, der bei Tag und auch bei Nacht die Hoffnung auf baldige Heilung nicht aufgab. Hier ist nicht mal eine Kakerlake, die um mich herumscharwenzelt.
Der Krebs wird meine Tageszeit bestimmen und den Zeitpunkt wählen, wenn das Spiel zu Ende geht. Das war jetzt

mein Leben, unbestimmt, ein Scherbenhaufen und ein kahlgeschorener Kopf, das Ebenbild einer Toten. Die gesamte Bandbreite stand mir noch bevor, das war nur der Vorgeschmack, ein kleines Zipperlein.

Christian

An trockenen Tagen wagte ich mich hinaus, Schmuddelwetter war nichts für mich. Der November war unangenehm, ich brauchte Powerquellen, Sonne, Strand und frischen Wind. Und wenn der mal gerade fehlte, brauchte ich meine Segel erst gar nicht setzen. Meine Puste war zu schwach, reichte weder fürs Treppensteigen, noch zum Tragen des Dackel-Mischlings Beyoncé. Bevor etwas geschehen konnte, musste ich darüber erst einmal nachdenken, visualisieren, meine Gehirnzellen mobilisieren und den Geschmack auf meiner Zunge prüfen. Heute schon geschmeckt? Je intensiver, klarer und gefühlsgeladener ich das tat, desto wirkungsvoller war das Resultat. Es gelüstete mich nach Pfötchen und Schwänzchen, nach Kutteln und genoppter Ochsenzunge. Zwischen Appledown und Appleopen lieferte Christian die abgefahrenste Ablenkung für meine Geschmacksneurosen.

Christian war ein Wackelkandidat, mal mürrisch, mal wieder versöhnlich gestimmt, freute sich über jede Abwechslung, die seine Denkarbeit am Monitor stoppte. Wir waren nicht immer einer Meinung, verharrten oft im Streit. Tagelang war unsere Kommunikation durch unsere auffällige Charaktermischung gestört. Wir waren wie Kühe auf der Weide, strapazierten wiederkäuend unseren Standpunkt. Keiner gab so schnell nach. Stur und unnachgiebig beharrten wir auf unserer Meinung. Irgendwann war dann auch diese Funkstille befristet und zum Waffenstillstand erklärt.

„Komm Christian, sattle die Pferde, wir machen eine Landpartie, fahr mit mir zum Bauernhof. Dort gibt es frisches Fleisch und frische Wurst, Schlachtplatten vom ausgedienten Ochsen und seinen Konkubinen. Die Bauern haben selbst geschlachtet und das Süppchen tut der Seele gut.“ Nur diesmal bitte nicht auf meinem Sofa schlafen und nicht wieder in meinem Bett. Ich brauche keinen Mann in meinem Schlafgemach.

Christian öffnete mir die Tür zu seinem Shuizi Quatranata. So oder so ähnlich stand jedenfalls auf dem großen Rad an der hinteren Wagentür. Ein Ahnenschriftzug so groß wie seine inzwischen verblichene Hundedame. Leider konnte ich mir aufgrund meines gestörten Verhältnisses zu meiner Erinnerung nichts mehr merken. Was unweigerlich immer öfter zu erneuten Streitigkeiten führte. Die Synapsen hatten die Arme verschränkt, ein Zeichen, dass sie es ablehnten, etwas hinzuzulernen. Von den 100 Billionen hatten sich 99 Billionen vorläufig zur Ruhe gebettet.

Der Wind tanzte, blies die letzten Blätter vor die Windschutzscheibe. Fünfzig Kilometer lagen hinter uns, nur für einen Deal. Da waren sie, die kleinen fetten Würste, die geräucherten und gelachsten. Die fleischigen Därme und die gepökelte Zunge aus dem ausgewachsenen Kopf eines Rindviehes. Alles schien mir göttlichen Ursprungs. Miesepeter und Krisendespot füllten die Taschen im entspannten Schnelldurchflug. Zurück ging es etwas schneller, aller Seelenschmerz war verfolgen.
Wir waren nicht vier, wir waren zwei, die im Spätherbst zum „Großen Fressen" daran festhielten, barocke Körperformen zu werden und keinen Selbstmord feierlich und kollektiv zu begehen.

Trällernde Vögel aus dem Lautsprecher, einer lispelt mir etwas ins Ohr. Es war der Ohrwurm Shuizi Quatranata.
Der Zauber war gleich vorbei, der Geruch vom Schlachter war auf meiner Haut, auf meiner Kleidung, überall …
Eine halbe Scheibe, ich kaute auf Petroleum. Es schmeckte nichts, ich konnte es auch bleiben lassen. Alles bitter und unbekömmlich.
Christian langte dafür umso kräftiger zu, ich konnte es kaum fassen, was ein Magen so alles vertragen kann. Wieviel kann ein Mensch essen, bevor es unangenehm wird?
Die Fahrt nach Hause war mit einem Care-Paket gut verdient. Der Kühlschrank blieb leer, der Magen knurrte und mein Geld trat mit Shuizi Quatranata die Heimreise an.

Baustellenlärm und Roger

Die qualvolle Angst vor dem Sterben konnte ich nicht ausblenden. Ansätze zur Ablenkung wurden schon im Keim erstickt, so wie die Stimme, die auf niedrigster Frequenz ein paar Luftpölsterchen hauchte.

Das Krankheitsbild hatte sich rasch verändert, bildlich gesehen, die negativen Schwingungen stark ausgeprägt. Die Verantwortung war im Wort der Isolation zu finden. Ein Segment, in dem das Irre zu finden war. Diese Folge setzte im Dreivierteltakt mit einem Bach von Tränen routinemäßig ein. Dieser scharfe Abglitt mit dem Verfall geistiger und körperlicher Beweglichkeit war besorgniserregend und äußerst desolat. Die Rutschgefahr war groß, gänzlich in den Abgrund zu stürzen.
Die Depression war ausgeprägt, die Folge von vielen kleinen hintereinander negativ besetzten Ereignissen. Eine ganze Fülle von Meteoriten, eine Zerstörung auf Raten. Es müssen Tage gewesen sein.

Eine bizarre Situation, aufzuwachen und sich vorzustellen, man ist ein Nichts. Eine taube Nuss, ein Rumbumbel mit einer Mumbel in der Brust.

Die Lebensflamme lag in der Glut. Katrin wusste um Rat. Aus Dormagen kam Hilfe, ein kleiner Zeichenvorrat von Plus und Minus, senkrecht oder wagerecht. Sie erfasste meine Struktur vom lustigen Telefon und überwies mir zuwei-

len ein überschüssiges Sümmchen im Umschlag der nicht durchsichtig war. Denke, wer zu denken vermag, ich hatte es zurückgezahlt. Katrin schickte mir überdies Siglinde Vogt, eine ehrliche Haut, die sich noch traut, für das Ehrenamt in die Pflicht zu gehen. Sie half beim Putzen, kaufte ein und nahm mich auch mal in den Arm. Die „Kleine Hilfe" war ein von Bund/Land und Stadt finanziertes Beschäftigungsprogramm für die Dauer von zunächst drei Jahren. Ein Pilotprojekt, durch das Stellen im sozialen Bereich geschaffen wurden, um ältere und behinderte Menschen den Alltag zu erleichtern und ihre Teilhabe am gesellschaftlichen Leben zu verbessern. Hilfen wurden den Hilfeempfängern kostenfrei gewährt.
Siglinde, wie ich sie nannte, gab mir die Freiheit zum Reden und setzte auch mal einen Punkt, damit sie ihre Bahn nicht verpasste. Wir sprachen über Männer und ihre Gebrechen, über Zahlen und Zitate, über die liebe Verwandtschaft und über den Glauben, den doch jeder hatte. Dafür schrieb ich ihr ein gutes Zeugnis, zu Händen ihres Chefs. Hoffentlich ist das Papierchen angekommen und hat sich vorher nicht das Genick gebrochen, beim Sozialamt lief so einiges daneben. Die schickten auch gleich mal Frischoperierte zum Arbeiten.

Die ganze Prozedur macht keinen Sinn, wenn der Verstand das letzte Vertrauen verliert. Jedes Ding hat seinen Preis. Mein Preis war die Krankheit mit der Einsamkeit, gefangen mit meinem Befund und der Prognose. Der Aufenthalt in meinem Appartement glich einem Film, der Millionen hätte einspielen können. Ungeachtet des immer wiederkehrenden

Dröhnens des Baustellenlärmes vor meinem Fenster und der nächtlichen Warenanlieferungen versuchte ich trotz allem, meine Fassung nicht zu verlieren. Was hätte ich auch anderes machen sollen? Klinikaufenthalt, Sanatorium oder ähnliche Wunschvorstellungen? Heulend saß ich Stunde um Stunde, um meine Müdigkeit zu bezwingen. Die Baustellenfahrzeuge ließen es sich nicht nehmen, genau um sechs Uhr in der Frühe einzufahren und mit ohrenbetäubendem Lärm die Mieter aus dem Schlaf zu zwingen. Noch vor dem Aufstehen setzten die Sprengungen der alten Ruinen ein und abends rollten die Steine vom Band. Wochenlang, wiederholte sich die gleiche Szene. Ich hatte mich mittlerweile darauf spezialisiert, die Stimmen auszumachen, die sich vor meinem Schlafzimmerfenster lokalisierten. Ich analysierte alle Geräusche nach auditiven, akustischen und artikulatorischen Parametern.

Es waren die Verkäufer zur Raucherpause aus dem Supermarkt, es waren Hunde und Katzen aus der Nachbarschaft und die Penner mit viel Flüssigkeit. Sie brachten mir keine Botschaft, sie brachten mir Verdruss. Bald hatte ich das Interesse daran verloren.

Draußen schneite es zum ersten Mal. Die Frau hinter der Glasscheibe legte ihre Hoffnung in jede einzelne Schneeflocke. Es war kalt. Um den Kopf sah ich im Spiegelbild ein weißes schönes Tuch gebunden. Der Monat November war kein guter Monat, er brachte eine schwierige Zeit. Ich versuchte, den Worten meiner Freundin Estelle Glauben zu schenken und alles mit Humor zu betrachten. Es war eine schwarze Kunst, zu lachen, wenn einem nicht danach zumute war. Ich betrachtete meine Bilder, die ich früher malte, die Vernissagen damals waren gut besucht. Die Staffelei steht im Keller, ist eingepackt und schon lange unbenutzt. Ich werde sie irgendwann hervorholen, nach der Operation, nach der Bestrahlung und wenn meine Gedanken wieder Fliegen lernen.

Es wurde Abend, die Baustelle ruhiger und eine neue Herausforderung im Überlebenskampf begann.
Durch die Wände hörte ich jeden Ton, auch die Nachbarn neben mir beim wilden Sex. Die Nacht stand wieder bevor, mit ihren vielfältigen Attacken. Ich holte imaginär zur Gegenwehr aus. Ich stellte mich Mitternacht mit dem Bademantel auf den Balkon und schlug mehrmals mit einem großen Stein gegen die Metallverblendung des Balkons. Laut genug, um alle in der Straße zu erschrecken.
Immer wenn ich nicht schlafen konnte, holte ich wieder aus. Meine Schlafstörungen waren kein Zeitvertreib, sie waren Störungen auf Zeit.

Erst einmal waren die Wochen durchtränkt mit Verzweiflung, mit Demut, Willen und Vertrauen. Letzteres gab mir die Kraft, wieder in die Zukunft zu blicken. Und mit ihr kam gelegentlich der Appetit und der gut gefüllte Kühlschrank mit der Vorfreude auf die Serien im TV. Da war die Freude auf Zeit und Roger mit seinem Interesse, mit mir allabendlich zu telefonieren.

Mit ihm zu sprechen tat mir gut. Es waren gute Gespräche über Schöpfer und Herrscher, über die Welt und das was uns umgibt. Über mich und das, was mir gerade fehlt. Es war ganz einfach seine Art, die mir gefiel. Nach endlosen Telefonaten war er ausgebüchst. War es Neugier? War es die Gelegenheit? Er hatte die Autobahn zwischen Hamburg und zwei Terminen gewechselt mit schnellem Halt hier in L.E. Ich glaubte, meinen Augen nicht zu trauen, so umwerfend schaute er aus. Ich hielt mich auf den Beinen, so gut wie ich konnte. Drei Stunden waren es, in denen ich den Krebs, die Kälte und die Jahreszeit vergaß. Der Hunger und die Nachbarn waren ruhig gestellt. Wer konnte es uns verübeln nach so einer langen Zeit. Seine Blumen waren am nächsten Tag verwelkt. Ich sagte es ihm am Telefon, er war schon lange nicht mehr da.

Er war einer von den fixen Mäusen, die man nie zu fangen wagt. Ich wusste um seine Passion, das weibliche Wesen. Erfolgreich, eigensinnig, stark und zerbrechlich zugleich. Pferdehaar, mondän mit dem lasziven Blick. Gestöckelt und geschminkt, die Augen stark umrandet und mit Lippen, die devote Züge haben. Etwas Sanftes, etwas Handfestes und etwas, was zu formen war. Schade aber auch, all das ist mir abhanden gekommen. Ich war blass und empfindlich wie ein Skelett. Die Strümpfe hielten nicht mehr an meinen Beinen, auf denen ich halbwegs stand. Sie waren dünn wie die Saiten auf der Harfe, dazu trug ich noch kurzes, falsches Haar. Das alles war wie das Rennen mit dem Igel und dem Hasen. Es gibt Fragen ohne Antwort und Antworten die jeder kennt.

Es folgte eine Phase des absoluten Hochs. Die Freude auf das Wochenende. Nicht mehr Tage ohne Namen ohne Sinn. Etwas anders, ganz anders als sonst. Gern hätte ich wieder gearbeitet, meine Stimmbänder brachten es nicht her. Die Ratsuchenden brauchten eine feste, starke Stimme. Gerade eine Stunde hielt ich durch, ich hatte es zumindest mal wieder versucht. Ich brauchte das Geld, eine Einnahme und das Gefühl, nicht überflüssig zu sein. Eine heikle Angelegenheit zwischen Soll und Haben.
Ich hielt mich tapfer über viele endlose Tage. Virtuos spielte ich die Möglichkeiten durch, einfach zu verschwinden, irgendwo hinzufahren, mich unauffindbar zu machen. Warnungen schlug ich in den Wind, ich hielt sie für überflüssig. Sie waren nicht für mich bestimmt, für eine andere, die kränklich war. Der es noch viel schlechter ging als mir.

Unter meiner warmen Decke genieße ich die Einsamkeit. Bis die Kerzen runterbrennen schaue ich die DVD „Sex and the City", der Dialog berieselt meine Psyche, ich brauche nicht nachzudenken. Ich fühle mich gesund und stark. Denke über den Inhalt meines Kleiderschrankes nach und erfreue mich an den nutzlosen Dingen. Leider war kein brauchbares Wurfgeschoss in der Nähe.

Sonntagskinder haben Zeit

… und haben kein Problem, erst mittags aufzustehen. Es ist Totensonntag, gedenken wir an diese, die uns lieb und teuer sind. Einen Favoriten gibt es nicht. Ich habe nichts geerbt und nichts dazu gewonnen, mir nicht die Zeit genommen, einen reichen Daddy um den Finger zu wickeln. Bin auf selbst und ständig geeicht und reiche Anverwandte blieben mir bis auf weiteres erspart. Im Augenblick unterliege ich dem Einfluss einer höheren Gewalt, die seit längerem als Ausgangsbasis dient.

Fernab gibt es Lebewesen mit etwas kauzigem Verhalten. Vom Sternzeichen Steinbock in doppelter Ausführung ist das, wer daran glauben mag, ein harter Brocken. Die Herrschaften sind so um die Neunzig, vital und rüstig, besitzen ein paar hundert Quadratmeter auf dem Land. Dort gibt es wenig Freude, keine Leckerli, kein Karneval.
Bis zum Erbrechen wird auf alles geschimpft, was in die Quere kommt. Aber es kommt nichts und niemand mehr. Das Stimmungstief erreicht die Oberhand, man spürt es schon am Ortsschild hinter der nächsten Abbiegung. Ein hoher Baumbestand ziert den gewaltigen Garten, der nach allen Himmelsrichtungen mit Brettern vernagelt wurde und die Insassen vor der Vergangenheit abschirmt. Die Angst liegt mit im Garten vergraben. An gewittrigen Tagen steht das Wasser bis in den Keller, zum Glück ist der Tresor in Sicherheit und bleibt vor Nässe unberührt. Die Zahlenkombination ist nicht mehr bekannt, die Unterlagen waren wohl im zweiten Weltkrieg mit verbrannt. Einige Bomben zerstörten einen Großteil des Hauses, eine Grundsanierung würde den finanziellen Rahmen sprengen. Die Rente ist knapp bemessen, hier müsste auch ein Sponsor her. Nicht

die meinen Sorgen, die rutschen auf einem anderen Niveau. Auf platten Füßen in einer kleinen Wohnung, so groß wie ein Karnickelstall.
Der Garten bedürfte ein wenig Pflege und ein gutes Stilgefühl. Es gibt Ställe für den Ramsch, den wohl niemand mehr braucht, alte Taschen, alte Schuhe mit vielen Löchern, morsches Holz und Eisenstangen, archaisches Untensiel und Baustoffreste, Spinnen, die ihr Werk vollenden. Einen Acker mit Kartoffeln und Zwiebeln, Karotten, Krautköpfen, Tomaten, flachgelegte Bohnenstangen und vernachlässigter Samen nicht zum Verzehr. Der Kaffee wird in der Küche getrunken, der Weg nach draußen ist umständlich, man muss einen Bogen schlagen, denn der Bauherr hat sich mit dem Einbau der Terrassentür geirrt.
Mitten drin im Garten steht noch ein anderes kleines Haus, ein Glashaus für die Gurken, für die saure Gurkenzeit. Das alles wird bewässert mit dem Regenwasser aus den Sammelbehältern, den blauen Plastiktonnen, die zu Dutzenden im Garten den Sitzmöbeln den Platz vermiesen. Oasen sind Luxus, unnötig, alles Murks. Die Komposthaufen sind quasi in Sichtweite und an Nachbars Garten angelegt, als Bastion für Nachbars Lumpi, wenn der mal mutig in die Höhe springt. Die angrenzende Anwohnerschaft hielt es außerdem für angebracht, etwas Abstand zu halten. Wir hören nichts, wir sehen nichts und wir sagen nichts. In dieser Stille sind auch die Vorbesitzer vor einigen Jahren gestorben, die Schuld an dieser Hinterlassenschaft tragen. Die tanzen seither im Himmel und vergeuden jeden Atemzug, denen ist das einerlei. Tante Margret hat sich vor Gram und Kum-

mer in der Bodenkammer aufgehängt und Onkel Eadwine war etwas später in einer glücklichen Stunde dem Tode geweiht. Seine Freundin hat ihn streng erzogen. Sie mochte die Peitsche, das Leder und den Rest. Die fesche Lola, die ihm durch das Gehirn spazierte. Er hatte sie im Testament erwähnt, war aber im Nachlass nicht mehr aufzufinden. Das Rätsel um dessen Verbleib ist bis heute ungelöst, man würde es sicher finden mit einem Spatenstich. Die gierige Dame hatte sich mit Verlaub geirrt und die Rechnung ohne den Wirt gemacht. Schneller als der Blitz, wurde das Grundstück der Schwester vermacht. Nun leben beide in Eintracht mit der drückenden Sünde.

In L.E. verspielte damals mancher sein Leben. Auf die eine oder andere gerechte oder ungerechte Art, zu lesen auf Antrag zur Sichtung in der Schnüffelakte, die Namen sind geschwärzt, wie die Seele der Macher, die heute alt und ergraut unter Palmen sitzen. Mit sich zufrieden mit dem Wissen um manche verschwundene Akten. Sie leben zurückgezogen und haben die Uniform in der Kammer auf dem Speicher versteckt. Die wird ganz klammheimlich getragen, bei Feierlichkeiten im kleinen Kreis, beim Treffen unter sich. Dann wird innig gelacht und über manchen Befehl ein Witz gemacht. Teilen sich die Panik, erkannt zu werden, aus Furcht, ein Gentleman steigt mit langem Messer über den Lattenzaun und verdirbt die reiche Pension. Namenlose Handlanger haben sich eine weiße Weste zugelegt, träumen von alten Zeiten und kassieren bei guter Gesundheit mit einem erlesenen Posten das gute, gute Geld.

Das Haus als Erbstück, zum Gegengeschenk den Krebs? Das wären fantastische Abenteuer. Sie zögen über Träume und Vampire, Werwölfe und Dämonen. Dieser Einfall flößte mir Unbehagen ein. Es war nicht gerade das, wonach ich mich sehnte. Baustellen hatte ich genug und zum domestizierenden Erdmännchen war ich nicht geschaffen. Wenn ich damals geahnt hätte, welche Wendung mein Schicksal nimmt, gäbe es nur einen einzigen Ausweg …

Der Nachmittag neigte sich dem Ende. Totensonntag, so nutzlos wie er nicht nutzloser hätte sein können. Im Radio sprach man von viel Schnee, der Himmel war davon noch unberührt. Kein Mann, keine Maus und kein anderes Streicheltier. Lieber doch in das Mauseloch, in die Bodenkammer, in der die Gespenster sich einen Scherz erlauben? Der lange Strick ist sicher nicht mehr am Haken.

Diese Matratze, dieser Blick auf die Baustelle, fast einhundert Tage im Kreis gedreht. Es gibt gute Tage, es gibt graue Tage und Tage, an denen gar nichts mehr geht. Allmählich verlor ich den Verstand. Letzten Endes versuchte ich es mit Löffelbiegen und Hypnose. Nach einer Stunde Probezeit gab ich auf, der Löffel war stark geblieben.
Lesen, alles durch, singen, mir war nicht danach. Anrufen?

23 Uhr, stille Nacht, Alarm am Telefon, raus aus der Falle. Wer mag das sein, wer ruft nach mir?
Hallo, guten Abend, einen schönen Tag gehabt? Geburtstagsfeier am Totensonntag, auch eine Möglichkeit, durch

den Tag zu kommen. „Wunderbar, dass du gerade jetzt an mich denkst, unfassbar die Emotion, in die du mich gerufen hast."
„Befinde mich gerade auf einer Welle in phantastischen Stimmung, habe ein bisschen geschlafen, sonst war nicht viel los."
„Gut geht es mir, prima, alles in Lot."
„Freue mich auf morgen."
„Habe ein paar Termine, die ich unbedingt wahrnehmen muss."
„Zehn Uhr Massage, zwölf Uhr Friseurtermin zum Lockendrehen und danach gehe ich essen. Wenn mir niemand etwas dazwischenschiebt, beginne ich um 15 Uhr mit Rollschuhsport."
„Ab 18 Uhr wäre noch eine Gelegenheit für eine erotische Fußmassage." Ich war versucht, dem Gespräch eine lockere Form zu geben, eine Richtung oder vielleicht eine Anspielung darauf, dass es mir beschissen geht und er seinen Arsch gefälligst mal nach L.E. bewegen soll.

Eine Verabredung mit Aussicht, mit Sicherheit. Eine Gelegenheit, um die sich eine handvoll Frauen duellieren würden. Roger war ein Typ. Eine stattliche Herausforderung, ein echter „Hamburger Jung". Jo, sein Entwicklungspotenzial hatte das Maximum erreicht. Laut Maxis Aussage jedenfalls. Im Grunde genommen war mir das wurscht, ein zufriedenes Huhn legt auch kein goldenes Ei.

Es machte mir etwas aus, für jemanden den Clown zu spielen und es gibt den Zeitpunkt im Leben, in dem wir realisieren, was unwichtig für uns war, wer wichtig für uns ist und was für uns richtig ist. Wir verschwenden keine Gedanken über Menschen aus der Vergangenheit, sie bleibt zurück, die Zukunft ist nicht geplant. Es hat alles seinen Sinn und seinen Grund, warum es Menschen nicht geschafft haben, an meinem Leben bis heute teilzunehmen.

Mein Gesicht war Hefeteig und kurz davor, als pausbackiger, fetter Pfannkuchen aufzugehen. Schwarze Augenringe umrahmten den Rest, die Augenbrauen und Wimpern teilten mir ihre Absichten zum Aufbruch mit. Das Vorhaben war erst einmal auf Eis gelegt, mit dem Frischesiegel in die Tiefkühltruhe. Bedauerlich war das Haltbarkeitsdatum abgelaufen, die Ware nicht mehr zu gebrauchen. Die Lust nach dem Kick war mir vergangen, vorbei das Begehren nach körperlicher Nähe. Nicht auszudenken, wenn die Perücke rutscht, mir vor lauter Umdrehungszahl schlecht wird und die angemalten Augenbrauen in der Hitze des Gefechtes verwischen. Ich ihn anschaue wie ein Schwein mit großer Schnauze. Ihm würden alle Haare zu Berge stehen und jede Frau nach Echthaar prüfen, bevor er seine Gehirnzellen im Unterbauch aktiviert. Hm, ich meine, er hat ja auch keinen Dummy. Nach diesem Gedankentransport wurde ich von der Schläfrigkeit überfallen. Des Nachts hatte ich geheime Verträge unterschrieben. Die überwältigende Müdigkeit, die meinen Körper erfasste, brachte mich in eine dankbare Gemütsverfassung. Ein Aussetzer in meiner sonst so empfindlichen Psyche. Geht auch ohne, geht prima. Gibt sowieso keine soliden Männer. In der Szene hauchten sie nur blödes Zeug, weil zu Hause keiner mehr hinhörte, unter den Intellektuellen herrschte der Zwang, sich demütigen zu lassen und die Handwerker reisten mit schrottigen Lastkraftwagen den Highway rauf und runter. Die Künstler gehen in ihrer Arbeit auf, die Nischenspezies kleben am Portemonnaie. Die durchzufüttern macht keinen Sinn.

Eine Woche später setzte das Unwetter ein, im Radio sprach man von viel Schnee, Kälteeinbruch und einer Klimakatastrophe. Die Vorhersage zog allmählich auch über L.E. herein. Der Himmel schickte seine Boten aus, Straßen und Autos waren schnell zugeschneit. Kurz vor dem ersten Advent erfasst jeden die Sentimentalität und bildet einen Widerspruch zu dem, was man sagt und sich wünscht. Ich war auf zu dünnem Eis gelandet. Zweifel führten mich triumphierend durch mehrere gedankenverlorene Tage. Ich wechselte die Fronten, gab mich geschlagen, fühlte etwas, was nicht ganz einzuordnen war. Eine ganz bestimmte, kaum wahrnehmbare Frequenz zwischen Kopf und Zehenspitze. Ein kleines Signal, das aufleuchtet, wenn Gedanken pausieren, wenn nichts mehr normal ist.

Als klein- und zwischenhirngesteuertes Lebewesen eröffnete ich den Hauptangriff, steuerte so dem Verderb entgegen. Ich wählte die Nummer mit der Vorwahl +4940. Nach dem Warum fragte ich schon lange nicht mehr. Die Flucht vor der Einsamkeit, einen Abend zu zweit, die Sehnsucht nach Liebe? Die Antwort stand am nächsten Tag zu fort-

geschrittener Stunde mit einer Einkaufstüte voller Leckerbissen auf der Schwelle. Roger, der Strahlemann, der mir seit vielen Abenden vergnüglich Entschuldigungen und Beteuerungen entgegenbrachte, seiner gegenwärtigen aussichtslosen Lage zu entrinnen.
Bei dieser unerwarteten Begegnung befiel mich eine Unbeholfenheit, sodass ich fast ohne Bewegung blieb. Seine Heiterkeit erweckte mich aus der Versteinerung. Er gab mir ein großes Bündel frischer Blumen und schlang seine Arme um meinen Hals. Roger fand den Weg zu mir, ob er es auch ohne meinen Anruf getan hätte?

Ein eifriges Wortgefecht stand im Mittelpunkt der Nacht. Unter der Perücke war es warm, viel zu warm, erste Schweißtropfen sammelten sich auf meiner Stirn, der Champagner zeigte zuverlässig seine Wirkung. Es war spät, sehr spät. Die Kerzen waren schon lange heruntergebrannt. Wir schlichen wie Katzen um den heißen Brei. Ich war eine Frau und er ein Mann. Eine Hand hielt die Perücke fest, die andere den Port bedeckt, meine Stimme versagte und ein schallendes Gelächter brach aus uns heraus. Nichts war passiert, nichts geschehen, wir hatten den Joker verspielt. In dieser Absicht drehten sich jene zur Seite, die als Schlafgenossen am nächsten Morgen mit der Freude auf ein ausgiebiges Frühstück aufwachten. Roger gestattete sich den Drang, frische Brötchen aus der nahegelegenen Bäckerei zu besorgen. Wohlbemerkt nahegelegen, es schickte sich wohl nicht zu fragen, ob die Hauptperson im Handy die Gunst errungen hatte, mich eine Stunde lang umständehalber warten zu lassen. Bei Tisch wurde die Unterhaltung auf zweideutige Aussagen gelenkt und zuweilen durch unbeträchtliche Kleinigkeiten fortgesetzt. Alsbald erfuhr die leere Einkaufstüte mehr Aufmerksamkeit als ich. Im Hirn wurde die Pflicht abgerufen, die Sachen zu packen und nach Hause zu düsen. So beschloss ich, nie wieder an Sex zu denken, geschweige denn, mich dem in einem Anfall von Entschlossenheit zu unterwerfen.

Die Papiertüte, wie gut, diese nicht entsorgt zu haben, das wunderbare Zeug, das Denkmal, welches meine Sinne in Bewegung brachte und mein brennendes Interesse auf die Hafenstadt lenkte. Der Duft der Trabrennbahn mit ihren mondänen Gebilden, die Hüte mit Samt überzogen, der Fischmarkt noch zu schlafender Zeit, kleine Köstlichkeiten in Kowalkes Restaurant, die Alster und das kalte Bier, die Betten und der Brunch im Hotel „Vier Jahreszeiten“. Vergessen, nein, warum sollte ich, gehörte zu meinem Leben. Da war er wieder, der wunde Punkt, der mich kirre machte. Indessen mich der Instinkt der Natur belehrte, dass das Erlebte Geschichte sei.

Auf dem Diwan brauchte ich keinen breitkrempigen Hut, keinen Schirm und keine Bewunderung, nur ein paar warme Höschen, ganz praktisch für das Krankenhaus, ein Nachthemd bis zum Knie, eine Mütze, die mich vor Kälte schützt. Keine Schminke, keinen Kamm, nur etwas Zahnputzzeug, damit nicht noch die Zähne herausfallen.

Roger machte sich dünn, telefonierte schon wieder und schieb SMS, ich sah es am Fenster, an dem ich auch nicht mal den Schatten fand, von dem, was ich mir wünschte. Ich trat einen Schritt zurück, in keiner anderen Absicht, als das Geschehene ganz schnell zu vergessen.

Noch 24 Stunden trennten mich

… von meiner vierten Runde Chemotherapie. Die Nacht zerrte an den Nerven, kein Gedanke an Ruhe, Schlaf und andere Notwendigkeiten. Zerrupft und kleinlaut stand ich auf. Gerade mal wieder kleinere Lichtblicke bis auf den Grund ausgekostet, mit dem Löffel im Honigglas gekratzt, schon waren sie wieder vorbei.

Gedankenverloren rührte ich in meinem heißen Kaffee und wartete auf das Taxi. Peter war pünktlich und zuverlässig, chauffierte Patienten zur Chemotherapie, schob dazwischen noch einige andere Fahrgäste ein und vergaß nie, ein Stück Hoffnung mit auf den Weg zu geben. Während der Fahrten sprachen wir über die ganz kleinen Wehwehchen, über die großen übten wir Stillschweigen, jeder von uns wusste, dass einige Fahrgäste nie wieder seinen Dienst in Anspruch nehmen konnten. Die Namen verwehte der Wind, es kamen neue hinzu.

Peter als treuer Beistand und Bestandteil im Rhythmus zwischen Selbstzweifeln, Niedergeschlagenheit und Ho-

neymoon, eine kleine Leihgabe für Herzen, die nicht mehr denselben Ton anschlagen.
Meine Habseeligkeiten waren für den Ernstfall eingepackt. Wie gern wäre ich zum Flughafen gefahren, hätte ein Ticket gekauft und wäre auf eine Insel geflogen. Ich liebe das Meer, die Dünen, die Möwen, die Sonne und den Ostfriesentee. Fremde Länder, die Menschen, die so ganz anders sind als wir. Lange Strandspaziergänge Hand in Hand, Herumtoben im Sand, barfuß über Muscheln und Steine laufen. Wie lange war das schon her? Wie dünn doch das Band zwischen Erinnerung und Hoffnung sein kann. Eine leise Melodie, deren Töne ganz leise verklingen. Man möchte sie wieder hören.

Und wieder dieser Trott die Treppe hoch zur Anstecknadel mit dem Gift. Dr. Gazawi wartete auf mich. Katrin hatte alles vorbereitet. Roter Beutel, weißer Beutel mit viel Gift für meine Zellen. Der „Anstich" fand in der Praxis statt und nicht beim Münchner Oktoberfest. Hier wurde kein Bier gezapft, sondern mein Port mit einer feinen spitzen und langen Nadel angepiekst. Danach vier Stunden bequeme Lage mit Bettina und Cornelia. Es gab Nackenmassage, Wärmebehandlung und ein kleines Schläfchen zwischendurch.

Die Aussicht in den gepflegten Garten gab zudem den Blick auf restaurierte Gebäude frei. Das Gelände der Botschaft neben der „Weiße Villa" erstrahlte im Licht der Sonne wie ein Guckkasten in dem man die Farbe angemischt hatte. Der Krebs hatte auch seine angenehmen Seiten. Noch gab es keinen wirklichen Grund, mich vor den Zug zu werfen. Die Bemerkung, Bettinas Zustand sei kritisch, nahmen wir nicht wirklich ernst, sie sah gut aus, war unverändert. Hielt sich mit frechen Sprüchen und Witzen in Erinnerung, bis Peter das Elend in unterschiedliche Richtungen lenkte. Die Therapie war die höchste Belastung für unsere Körper. Bettina entschied sich noch während der Behandlung für eine andere Belastungsprobe, die Misteltherapie.

Die Medikamente machten mich noch durchsichtiger, feinfühliger und zutiefst melancholischer, fühlte mich abgeschnitten wie ein Scheibchen Wurst auf einem kahlen Tisch. Eine Kleinigkeit, für die der Senf zu schade war. Tief in mir verloren, lernte ich die andere Seite in mir zu verstehen. Ein weißes unbeschriebenes Blatt Papier, ohne Worte, unfähig mich aus dem Selbstmitleid zu befreien und ein tapferes Gesicht aufzusetzen. Mein Blick ersetzte eine Naturkatastrophe.
Ich fröstelte, zog mir die Decke bis zum Ohr, der Hauptverantwortungsbereich lag isoliert an einem Ort mit einer festgelegten Klassifizierung.
Die größten Sorgen stellten meine finanziellen Belastungen dar. Das Ersparte reichte dauerhaft nicht für die Miete. Mit Gift im Blut lassen sich die Gehirnzellen nicht auf Kompromisse ein, sie verweigern die Arbeit. Das Auto stand auf der Straße, Benzin war teuer, jede Fahrt musste überlegt sein. Wenn die Dinge dagegen sprechen, sollte

man Abstand nehmen. Abstand von allem, was einem lieb und teuer ist. Ist es das, was übrig bleibt? Ein Koffer voller Habseeligkeiten nach einer missglückten Beziehung, einer „Scheinselbständigkeit“ und einem Krebs, der wie eine Ratte an mir nagt. Es waren mehr als tausend Kleinigkeiten, an die ich dachte.

Die gegenwärtige Wohnfläche entsprach nicht den Kriterien für soziale Maßnahmen. Zwei Quadratmeter zuviel, zwei Quadratmeter richteten sich gegen den Bescheid. Ein verlorener Kampf, 1:0 für den Amtsträger, der die Umzugskosten übernahm, aber nicht die Suche nach einer Wohnung während der Chemotherapie. Zerrissene Bilder konkurrierten mit der bloßen Vorstellung, dass die Befürchtungen wahr werden und ich um die Dachkammer meiner Verwandtschaft betteln muss. Den Ernstfall schob ich erst einmal ganz weit weg. Dazu blieb noch etwas Zeit.

Es gibt vorher noch etwas anderes, die Zeit der Qualen, der Ängste und der unendlichen Traurigkeit um das Alleinsein, den Absturz in die Tiefe und die Schmerzen in den Knochen. Die Schreie in der Nacht, die niemand hört. Bald sollte es wieder so weit sein, zehn Tage dahinvegetieren, ohne Lust zu Leben und ohne, dass sich jemand kümmert. Zum Nichtstun verurteilt, wie oft hatte ich diese Worte gelesen aber nicht wirklich registriert.
Abhängigkeit macht klein, macht stumm und die Seele fängt an zu frieren. „Wenn der Schwan schreit, dann weinen die Tiere des Waldes.“ Diesen Satz hatte mir mal ir-

gendwann ein Freund erzählt, als er ganz unten war, als ihn seine Frau verließ.

Da lag ich nun, ausgestreckt, wackelte mit dem Kopf und mit dem Hintern. Hörte Volksmusik und summte vor mich hin. Roger lag mit seinen täglichen Ermahnungen im Limit. Er hielt sich auf der Oberfläche und ich darunter. Er saß beim HSV und setzte seine Arbeit außer Kraft. Im Stadion brüllte man sich die Seele aus dem Leib. Wie gern wäre ich an seiner Seite, eingepackt in warmen Hüllen und wenn es sein musste, mit der Pudelmütze auch vom HSV. Die Müdigkeit, die Bitterkeit und der pelzige Geschmack hielten sich länger als gedacht. Es vergingen qualvolle Tage, an denen gar nichts ging. Noch vier Phasen des Grauens standen bevor. Ich halte das aus, ich halte das durch, ich will am Leben bleiben und meine Brust behalten.

Von Zeit zu Zeit kletterte die Angst vor dem Tod wie das Glas Wasser unter einem aufgedrehten Wasserhahn. Zu sterben, in der Mitte des Lebens, zwischen Flucht und Zweifelsfall. Etwas Schlimmeres hätte es nicht geben können. Ich hielt mich tapfer und meine Tränen zurück, schaltete den Fernsehapparat ein und schaute wieder eine DVD. Sie hatte mich nicht abgelenkt, sie hatte mir nur die Zeit verkürzt. Ich kannte alle Sendungen am Nachmittag, verbrachte Stunden mit Putzen und Müßiggang. Dann schlief ich wieder ein.
Diese enormen Einschränkungen lieferten gleichermaßen die Erkenntnis, dass es nicht auf alle Fragen eine vertretba-

re Antwort gibt und Situationen, die einen Anfang und kein Ende haben. Führt man ein Leben so wie es gefällt oder führt man ein Leben wie es vorbestimmt ist? Ich finde es heraus, später, wenn ich wieder gesund, wenn ich fähig bin, klar zu denken und die Wärme wieder durch den ganzen Körper fließt.

Mein Tagespensum war erreicht worden, gleitend im Übergang zwischen Gift und Galle. Am fünfzehnten Tag nach der vierten Chemotherapie schaffte ich täglich zwei, drei Stunden, dann war es genug. Zwischen Schwächeanfällen, Hungerattacken und Depressionen hangelte ich mich über die kommenden Wochen hinweg, von denen es nichts besonderes zu berichten gab, außer die Freiheit zum Denken und meine Rolle als Individuum in der sozialen Gesellschaft. Früher, vor den Einschlägen in das Seelenleben arbeitete ich locker mehr als vierzehn Stunden. Mit Leichtigkeit fasste ich nach jeder neuen Herausforderung und ruderte schnell aus manchem Bedrängnis wieder heraus. Rendezvous interessierten mich nicht, sie fanden so am Rande statt, ich jagte keinen Trugbildern hinterher. Ich ruhte im Glauben, je älter man wird, desto leichter fällt der Senkrechtstart. Bevor man weiß, dass es nicht so ist, hat man sich die ersten Blessuren zugezogen. Wer dann nicht die Kraft hat, damit umzugehen, geht ohne Schwimmweste unter. Als zähe Fleischmasse aus Molekülen zusammengesetzt. Die Zahl 50 setzt den Maßstab. Frauen, die sich vordrängen, die Dinge selbst in die Hand nehmen, handeln gegen die Männer. Werden als zähes Freiwild gejagt.

Doch schon die Zahl 40 ist so verletzlich, dass man von einer Null erstochen werden kann. Mit 30 hat man nicht die leiseste Ahnung, was noch übrig bleibt vom Leben. Hätte ich mich mal lieber rechtzeitig nach einem Schönheitschirurgen umgeschaut, der sich auf Brustimplantate spezialisiert hat. Wäre kostengünstiger und das Entwicklungspotenzial maximiert. Es kreuzte nichts dergleichen meinen Weg, schon zuviel Plastik auf diesem Planeten. Ausverkauft und abgeräumt.

Advent

Bald war erster Advent. Die Lust dazu war klein geschrieben. Alles war weit weg, die Zukunft, die Liebe, das richtige Leben und die Weihnachtskiste. Ich habe sie nicht heraufgeholt, Weihnachten wird ohne mich stattfinden, ohne aufwendigen Firlefanz.
Vielleicht wird mir eine meiner Freundinnen eine Karte schicken, eine von den Kanarischen Inseln und dem Toten Meer von Lu und Estelle. Mehr war im Zauberhut nicht drin, mehr war nicht zu erwarten. Der Magier war nicht gut drauf. Die Motive waren mir klar. Es war die pure Angst der anderen, das gleiche Schicksal zu erleiden. Alles viel zu umständlich, alles viel zu weit. Ehe, Familie, Freunde und der ganze mischpokische Haufen waren wichtiger als ich.
Bei mir haperte es an allen Ecken und Enden und am klaren Sprachverlauf. Ich vergaß Namen, Geburtstage, der Salzstreuer fand sein Ende im Schuhkarten, die Schuhe dar-

in suche ich heute noch. Louboutin lag nicht drin, wäre schön, so auf roten Sohlen auf den Brettern dieser Welt. Ich war kein Superstar, kein börsennotierter Wert, ich fieberte meiner Garung entgegen, als hilfloses Spanferkel mit schmaler Lende ohne deftige Schweineschwarte. Niemand hatte Lust, mich gar zu kochen, geschweige denn, mich zu besuchen.

Ich versuchte es mit ein paar Anrufen in das Wolkenkuckucksheim, es war schließlich mein gutes Recht. Eine hastige Stimme nahm den Hörer ab.
„Was gibt's neues, was ist passiert?"
„Alles beim alten, geht's dir gut?"
„Ich komme bestimmt mal zu Besuch, wenn's die Zeit erlaubt. Momentan schlecht, die Arbeit ist zu viel, dann Urlaub, ich muss packen, ich muss mich beeilen, ich muss das Gespräch beenden, mein Mann wartet an der Tür, wir wollen einkaufen gehen, du weißt, er wartet nicht gern. Der Braten, die Gäste, alles muss, alles braucht Zeit, verstehst? Mach's gut, melde dich wieder, ich drücke dich und Küssle dort und Küssle da."
„Ja ich drücke dich auch, ganz fest, ich drücke deinen Hals, bis dir die Luft wegbleibt und du keine Ausreden mehr ausspucken kannst."

Meine Recherchen um Arbeit stellten sich erfolgversprechender dar als ich glaubte. Auf meinem Schreibtisch lag die Rettung. Ich fühlte mich stark wie ein Marienkäfer im Sturm. Wenn nichts mehr geht, wird die letzte Tür geöffnet,

vor der wir stehen bleiben. Die einen hegen stillen Groll, die anderen Schamgefühl. Mein Ego, damit das klar ist, ist weitaus sensibler als das derjenigen, die vorgeben, eins zu besitzen. Hier ist nicht nach Befindlichkeit gefragt, hier zählen die Minuten, die Geistesblitze und ein wenig Ironie. Hoch lebe die Doppelmoral.
Hier hilft man sich selbst, und wenn es denn sein muss, mit der russischen Mentalität.

Nach Plan A folgt Plan B. Cecilia, die Schöne, die Nachtschwester, die der Obrigkeit ihren Dienst gewährt.
Nennen wir sie hier das liebenswerteste Geschöpf mit scharfen Kurven, bei dem die Toten Augen bekommen wie ein toter Fisch. Ihre Stimme Schwerhörige aufhorchen lässt und die ganze Heerschaft bis auf wenige Ausnahmen zähmt.
„Nur der hat was vom Leben, der sich nicht in Kleinigkeiten verzettelt." Die Kleinen wollten es sanft, die ganz Großen etwas schneller, die hatten wenig Zeit, waren im Job, ihr Arbeitgeber zahlte pro Minute. Das Telefon war geduldig und immer besetzt. „Und ewig lockt das Weib." Das Dinner, die Dienerschaft und wenn es denn halt sein muss, konnte ich auch mal etwas strenger werden. Schließlich ging es um das Geld, und das flog nicht von selbst in meine Töpfe hinein.
Null Bock auf Sozialgeschichten, null Bock auf die ganze Schleimerei bei den Behörden. Ich war krank, besaß keine Mäuse, aber Lust, Geißbock und Hammel zu vertrimmen und ihnen meine ungezügelten Geschichten abzutreten. Ein

tröstlicher Zeitvertreib aus einer Mischung aus Wahrheit, Imagination und Übertreibung. Das Telefon als stimmgewaltiger Ausgleich zwischen Not und Elend, Humor und Leidenschaft, eine wahre Geldausspuckmaschine in meiner Freiheit als Notwendigkeit. Nichts für Zarte, nichts für Schmaldenker. Es war harte Arbeit für kargen Lohn. Die Macher saßen am Fließband und haben ihre Steuergelder aus dem Land geschleppt. Es gab keine Kinderarbeit, es war eine Sklaventreiberei. Es gibt wohl kaum einen Zweifel daran, dass sich hier die Frage aufwirft, wer zuerst da war, das Angebot oder die Nachfrage, die Henne oder das Ei? Und wie ist die Moral zu der Geschichte?

Die Antwort darauf habe ich noch nicht gefunden, mir hat man diese Frage nicht gestellt, habe deshalb auch nicht mehr danach gesucht.
Kleine Wunder sind überall möglich, auch in der Nacht, wenn die Turmuhr schlägt. Nach näherer Überlegung kam ich zu dem Schluss, dass es gar nicht so schlecht ist, die Arbeit von zu Hause aus zu erledigen, die Vorteile, wie sich später herausstellte, sich zu einer genialen Idee entwickelten und das in einer überaus lukrativen Form.

Vorerst kokettierte ich mit dem Charme von kahlköpfigen Herren und bedürftigen Lesben. Hatte mit Napoleon getanzt und Spaß mit dem Opa aus Graz gehabt. Manchmal musste ich deswegen auch die Lautstärke verdoppeln, denn seine Ohren hörten nichts mehr. Ich saß mit dem Nachthemd am Schreibtisch und verspeiste mein Dessert. Hielt ein Gläschen in der Hand und prostete meinem unsichtbaren Gegenüber zu. Damit hatte ich mich mit der Laune des Champagners bis in den frühen Morgen belohnt. Verwandelte mich zur Diva mit den großen Titten. Meine hielt ich vorläufig unter dem Hemd verborgen.

Mal war ich blond, mal war ich braun. Trompetenklang erfüllte den Raum, mein begnadetes Stimmchen leierte sich durch die Jahre von 18 bis 80. Mich erschütterte nichts mehr, es gab nichts, was es nicht gab. Ein Dutzend dieser Männlichkeiten hatte Gicht in den Fingern, andere waren mit ihrem Fingerspitzengefühl im Klo und einige Schaumschläger in der Frühstücksmarmelade gelandet. Ein Schlüsselerlebnis der ganz besonderen Gattung. So viel zu passionierter Intelligenz und zur Moral.
Je geringer das geistige Potenzial der Männer, desto öfter sind sie versucht, ihrer Schwäche einen glanzvolleren Rahmen zu geben, leben ihre Arroganz und Dummheit auf einer ganz geringen Hemmschwelle aus. Graue honorige Schläfen tun es anders, tun es heimlich, tun es mit mehr Verstand.

Manchmal schmunzle ich vor mich hin, wenn ich daran zurück denke. Tut mir leid, wenn das etwas undamenhaft klingt, aber auch eine tolle Party hat ihren Namen und ist einmal zu Ende. Inzwischen sind diese Herren teilweise dem Krebs erlegen, haben sich vor ein Auto geworfen und sind im Alkohol ertrunken. Ich beende dieses Kapitel mit den Worten, dass auch diese Männer nur Menschen sind, die wir geboren und erzogen haben. Dieser Sarg ist schon lange gedeckelt, das Kuriosum ist begraben, da wachsen heute Bäume drauf. War ein Stück Abwechslung im stupiden Alltagstrott, eine Entfernung von der Angst vor dem Sterben und ein bisschen Spaß muss sein.

Der Krebs hatte sich nicht verändert, dafür mein Gewicht, ich fraß alles in mich hinein, in den Tagen kurz vor einer weiteren Chemotherapie. Diese Völlerei saß in jeder Naht. Der Bauch schien täglich um mehrere Zentimeter an Umfang zu gewinnen. Nicht nur mein Gesicht war aufgedunsen, sondern auch meine Füße, sie schienen um die Länge und um die Breite gewachsen zu sein. Das Futter war mein Freund, Feinde lehnte ich ab.
Fett ist glücklich, oder hat man schon eine unglückliche Walküre gesehen? Ich schlenderte durch appetitliche Regale und fürchtete mich nicht davor, ein übergewichtiger und deprimierter Kloß zu werden. Trabte an toten Fischen vorbei, an süßen und herzhaften Raffinessen.

Meine kleine Küche zeigte sich verständnisvoll, zeigte mir, dass sowohl der Anspruch an Ästhetik und Geselligkeit noch vorhanden war, letzteres sich in Grenzen hielt.
In der ausgeklügelten Zubereitung von Speisen steckte die Kunst der hohen Qualität. Das Zusammenspiel zwischen Tischdekoration, Design und einfachen Zutaten entsprang der Harmonie aus Geist und Seele.
Ich bin kein Perfektionist und kein Weltenbummler, ich bin kein Illusionist und Alleskönner, in mir steckt der Hang

zum Experiment. Ich entschied mich, mein Leben neu zu arrangieren, nicht später, sondern jetzt. Nicht nach der Katastrophe, sondern vor der Katastrophe.

Meine rosa Entenbrust wartete auf ihre Vollendung, sie brutzelte fröhlich vor sich hin. Böhnchen und Kartoffeln waren im Herd vor fremden Eingriffen geschützt. Nichts Außergewöhnliches, alles schon einmal da gewesen.
Ringsherum breitete sich schamlos ein wohltuender Duft in alle Richtungen aus, nicht einmal der Ansatz von Sorge war zu spüren.
Ein kostbares Stück Erlebnis, eine modellierte Wirklichkeit im Speckmantel. Es schien, als hätte meine schlanke Linie einen Nachfolger gefunden. Diese Tage waren viel zu selten, viel zu oft entfremdete ich mich von meinem Lächeln. Das sollte jetzt anders werden. Meine erste Lektion hatte ich gelernt.

Vorahnung

Wie von Zauberhand spiegelten sich farbenprächtige Lichter noch vor Einbruch der Helligkeit an der weiß getünchten Wand, auf die ich meine Trostlosigkeit projiziert hatte, die ungeschmückt die Starre des Augenblicks zurückwirft. Meine Augen, mit feinen Linien umzogen, vom Schlaf gezeichnet, erspähten etwas Gespenstisches. Engel, bunte Flügel, die sich im Rhythmus mit dem Schein des Lichtes bewegten, sie trugen mich davon und entließen mich erst wieder, als ich gewahr wurde, dass ich nicht an der Himmelspforte war, sondern hellwach in meinem Bett lag. Verkrampft hielt ich die Bettdecke vor der Brust, aus Angst, dass etwas Schreckliches passiert sein musste. Was ging dem Gefühl voraus? Geistesgegenwärtig suchte ich nach meiner Mütze, die sich gegen eine gemeinsame Nacht mit meiner hohen Stirn wehrte. Sie wollte sich nicht die Blöße geben, dass sie die Sternstunden im Stande nicht überlebt.

Die Uhr zeigte fünf Uhr morgens, die Zeiger spiegelten die Nacht in meinen Pupillen, das Spezialsonderabbruchaufräumkommando hatte alles im Griff. Das auf der anderen Straßenseite deutlich erkennbar heruntergekommene Druckereigebäude lag als Abbruchcharakterisierung der Stadt schwer im Magen.
Die Ruine, ein Schandfleck aus der Nachkriegszeit, erstreckte sich auf mehrere hundert Meter. Kabelrollen und Eisenträger als verrostetes Beiwerk, störten meinen Blick auf das stark beleuchtete Fabrikgelände. Beste Lage, beste Aussicht, hier etwas Exklusives entstehen zu lassen. Der Versuch dauerte nicht mehr als sechs Monate. Während der Abbrucharbeiten hatten die Akteure und die Wessi-Booster, die feinen Herren in dunklen Limousinen, die Geduld verloren. Großes Loch gebuddelt, hingeschmissen, abgehauen und Insolvenz angemeldet. Filmreife Geschichte in der Wirklichkeit. Bingo! War serienmäßig die Doofe, die dem Verbrechen als Lockvogel diente, die im Stadtrevier als übermüdete Bombe lebte. Man hatte sie nicht entschärft. Das Gebäude kämpft bis heute mit der

Niederlage, als schäbiger Restposten bis in die Ewigkeit zu schrumpfen.

Übermüdet, mit beträchtlichen Kreislaufproblemen, begann ich meinen „Wellnesstag" im Bad und stand mir bis nachmittags im Wege. Ein ausgedienter Waschlappen zeigte mehr Anstand als ich. Kein Empfang für Tätigkeiten, die außerhalb des Sofas waren, keinen Appetit auf irgendwas. Kleine Trösterchen waren nicht in Sicht und auch die Musik stimmte mich eher melancholisch als fröhlich. Ich war kaputt und krank. „Samstagabend war es wieder einmal so weit – und ich werd noch verrückt in dem Zimmer allein", von Hanne Haller, leider war die auch schon tot. Der Krebs hatte auch an ihrer Haustür geklingelt. Da half auch kein prickelnder alkoholfreier Herbst-Cocktail.

Bald ist Nikolaustag. Wieder keine Stiefel vor der Tür. Der Nachbar kannte mich nicht, war nur selten da. Muss wohl einer von einem anderen Planeten gewesen sein. Die Sprittis unten vorm Haus nagelten sich die Birne zu, die wussten nicht mehr, ob es Ostern oder Weihnachten war. Für die war jeder Tag ein ganz besonderer Obstlertag.

Roger sprach von reichlich Arbeit, stark abweichend von dem, was er wirklich meinte. Von Steuerproblemen und Magenschmerzen, von seinem Knie und dass er bald in Rente geht. Wollte er mir Glauben schenken, als Eunuch zu leben, sich der sexuellen Lust entsagt zu haben? Noch waren bei mir nicht alle Gehirnzellen ausgetrocknet, nicht ganz verblödet. Ich sollte mich schonen und mich organisieren, wenig arbeiten und Fotos machen für ihn. Eine Galerie von der Glatze bis zum Scheitel.

Allmählich schien diese Partie für mich verloren zu sein. Aus der Ferne und ständig im Kreis, war ermüdend und gehaltlos. Ich war nicht das Opfer, ich war ein Idiot. Wir waren an einer Kreuzung angelangt, an der wir den anderen mit unbrauchbarem Gepäck überfrachten, ihn überfordern und nicht mehr verstehen. Hier entstand der Eindruck des Resignierens und der „Ich-Erzählung". Wir erreichten das Gegenüber nicht mehr, wir verstanden nicht mehr, machten dicht und ließen uns nur noch vom Wortschwall benebeln.

Es war schon bemerkenswert, wie Fremde sich einfühlen können und bestens wissen, mit der Krankheit umzugehen. Wie man alles auf die Reihe und damit umzugehen lernt. Vielleicht haben sie ja alle Recht und ich hab es nur noch nicht erkannt? Zum ersten Mal seit Wochen war ich nach diesem Telefonat in Frust gebadet. Ich beanspruchte im Namen der Frau Mutter und der Jungfrau, im September geboren, etwas Streicheleinheiten und Aufmerksamkeit und keinen Monolog.
Ich biss von einem heißen gegrillten Hühnerspieß ab, unsere Freundschaft sank auf den Gefrierpunkt, sie hatte einen Riss bekommen. Ich mochte sie nicht kitten und dachte nicht weiter darüber nach. Die absurden Wechselfälle des Lebens waren mir nicht fremd. Trotz allem entband mich die Hoffnung nicht vom Verlangen, in ferner Zukunft einem

erfüllteren Leben zu begegnen. Erst mal Pause, erst mal wieder ein Stoßgebet. Gleichzeitig hat mir es aber Angst gemacht, auf die Telefonate zu verzichten. Sie waren doch Bestandteil eines langen Leidensweges. War ich ungerecht?

Noch immer fiel Schnee aus allen Wolken, tatsächlich, sie waren in einem satten Rosa eingefärbt. Die Lichtreklame gab ihnen zarte Hoffnungsschimmer. Der Winter warf seine Last ab. „Eine Frage hätte ich noch."
„Werden am Ende der Bestrahlung die Wolken auch noch rosa sein?"
„Oder werden rote Flocken vom Himmel fallen?" Sich wie die Liebe einfärben, vor Freude über die Stunts. Am Glücksrad zu drehen wird schwieriger, als einem Pit Bull das Lachen beizubringen.

Und wieder rückte ich um eine Woche an Weihnachten und der bevorstehenden Untersuchung näher. Trotz aller Übelkeit, die mir ganztägig nicht aus dem Gesicht gewichen war, bestand der Zwang zu Nahrungsaufnahme. Unberührt, noch immer am selben Fleck, stand mein Mini, eingeschneit bis zur Unkenntlichkeit. Es brauchte eine Stunde, die weiße Masse wegzuschaufeln. Kurz vor Ladenschluss, ich hätte bald aufgegeben, war das Fahrzeug freigeschaufelt.

Herr Antriebskraft und Frau Willenlosigkeit schauten als Produkt der Arbeitslosigkeit aus dem Fenster und amüsierten sich über meine Emsigkeit. Sie hatten sich, das Leben und die Arbeit schon lange aufgegeben, an den Baum gehängt. Die wenigsten schafften es, sich wieder in der sozialen Struktur einzufädeln, sie werden Außenseiter bleiben und werden sich für nichts mehr begeistern. Sie werden weiter nörgeln, schimpfen und ihre Feindseligkeit nach Außen lenken.

Die grölende Masse wird abends vom Animateuer auf der Bühne mit ohhhh, ahhhhh, hahaha und tralala bespaßt. Die Musik „rums rums, bums, bums" ist laut, hört man im Dorf, die Kühe erschrecken und geben keine Milch. Das Hup- und Pfeifkonzert mit i, i, peng peng verhallt erst in den Morgenstunden, wenn die ersten Maschinen wieder laufen, die Bagger auf den Bauplatz rollen. Das Gemüse durch das große quietschende Rolltor fliegt, die klebrigen Brötchen mit dem Maismehl in der Auslage liegen und der Gasmann klingelt. Der Meier mag die Feierei, sein Bruder nicht, der lebt am Wörthersee, genießt die Aussicht ländlich mondän. Ihr Dösbaddel, habt euer Geld versoffen, versucht doch mal das Sozialamt zu bescheißen. Macht einen auf krank und ungelenk. Nehmt ne Kur beim Bruder und reitet die Pferde ein. Ihr werdet sehen, die schmeißen euch die Kohle noch hinterher. Hemden hoch, die Hosen runter. Genial die Vorstellung, ich wäre dabei.

Und doch waren sie mir um Längen voraus, sie waren gesund.
Mit etwas Glück bekomme ich einen Schwerbehindertenausweis, den klebe ich mir auf die Stirn und stelle mich blind. Dann gehöre ich zu euch, wir gehen nicht verloren,

wir werden immer mehr. Coole Nachbarn, heiße Typen, schrullige Alte und der ganze Rest. „Wisst ihr was? Macht einfach das Gatter zu und leckt mich am Arsch." Ich will mich adaptieren.

Gedanken bekamen Zauberkräfte, überschlugen sich zum x-ten Male, möglicherweise den Abend feierlich zu begehen, eine Fressorgie zu zelebrieren, die Lust im Glas zu ertränken. Lasst die Korken knallen. Imagewechsel von der kranken Frau zur Puddingbombe. Unbequem, mit dem Wagen durch die Meute hechelnder Menschen zu trotten. Meine Strukturen im Gehirn veränderten sich, schafften es nicht, mich bei guter Laune zu halten. Der moderne Mensch rennt, eilt und vergisst am Ende noch zu atmen. Mit relativ kleinem Aufwand bekam ich das Nötigste, nicht das, wonach ich begehrte. Das Angebot war zugeschnitten auf die Bedürfnisse der Anspruchslosen, die nie aufmuckten, die alles schluckten, alles hinnahmen, was ihnen vor die Füße geworfen wurde. Demzufolge besaßen sie auch keinen Ballast, um den sie sich kümmern mussten. Und tatsächlich geschah etwas, das sich aus der Masse herauslöste, sich selbst transportierte.

Mehr Heiß ging nicht, nicht zu verantworten, die Perücke kratzte, am liebsten hätte ich sie als Mopp benützt. Kälte in den Schuhen, Hitze im Hirn. In den Regalen suchte ich meine Gier ertränkt, Wasser in Flaschen, schaut einer, beobachtet mich jemand? Meine Fingerspitzen fühlten einen Verschluss, leicht zu öffnen, keine Schwierigkeit damit.

Ah, kurz davor zu verdursten, gerade noch mal die Kurve geholt, ein guter Tropfen vom kalten Wasser benetzte meine Lippen, der Rest verschwand ohne zu schlucken in meiner Kehle. Bin ja kein Schwein, das grunzt und sich mit dem Arsch draufsetzt. Die leere Flasche landete, na, wo denn? Ich setzte meinen Raubzug weiter an den Regalen vorbei, deutete eine Umarmung an, endlich mal ein guter Tropfen, weiße Schokolade mit Rum gefüllt. Ich schluckte, hatte Appetit und hielt kurz inne, Alkohol auf Droge. Nervös zählte ich das Geld, es müsste dafür noch reichen. Für mich stand fest, heute gut leben, morgen nichts mehr geben. Gut gelaunt schreite ich zur langen Schlange vor. Schweißgeruch in meiner Nase, ranziges Frikadellenfett verbreitete einen ekligen Dunst, hinter mir klebte ein Mann an meinen Haaren.

Er ging der Sache auf den Grund. War er einer von denen, die sich anschleichen, um Erregung zu empfinden oder sog er mein Parfüm in seine Nase? Wollte er mich lupfen oder schubsen, wollte er mal an meiner Perücke ziehen?
Sein Atem hielt sich in meinem Genick, ich spürte sein Verlangen und seine Stärke, dort wo mein Rücken aufhört sich als solcher zu bezeichnen. Alles ohne Absicht, alles mit Bedacht. Lüstling hinter mir trug feinen Stoff und gute Schuhe, er war kein Penner, er war ein Mann aus gutem Haus, sein Gesicht von der südlichen Sonne geküsst, ein Augenschmaus mit grauen Schläfen, ein Mann am falschen Ort, Seine Männlichkeit stand in finaler Stellung hinter meinem Rücken, eine Ahnung von dem, was sich entwickelt, wenn

die Stunde geschlagen hat. In meiner Absicht, ihn zu entwischen, setzte ich zum Sprung auf den Vordermann an. Eine Sekunde, ein kurzer Moment, er drehte sich um, ich ging in die Hocke und wich zur Seite. Zwei Augenpaare trafen sich im Schritt. Mein Vordermann hatte verstanden, hatte begriffen, was er da hinter mir so alles machte. Die Kassiererin wechselte von der Neugier zum Wechseln des Geldes. Nichts gewesen, nichts passiert. Mir war es peinlich, ich war schockiert. Mein Retter passte mich mit einem breiten Lächeln am Ausgang ab. Wir tranken noch einen Kaffee, unterhielten uns über das Missgeschick. Seine Ehefrau lehnte ihn ab, lebte getrennt von Tisch und Bett. Es bereitete mir Vergnügen, ihn danach zu fragen. Mit einer Perücke hätte er noch nie geschlafen, auf den Busen käme es auch nicht an, seine Frau hätte er schon lange nicht mehr gevögelt, ich schaute, als würgte man mich von hinten. Er wollte auch nur seinen Spaß. Rundherum ein straffes Programm. Den Rest des Stimmungstiefs erledigte der Abend. Der Fisch war nicht frisch gefischt, den Kartoffeln fehlte die Stärke, sich gegen meinen Brechreiz zu wehren. Das Essen schmeckte nach nassem Hund. Meine alkoholisierten Tröpfchen fanden es schicklich, lieber bis Weihnachten zu warten. Abends zog ich Bilanz. Insgesamt 24 Stunden auf 57 Quadratmeter Leid. Was würde passieren, wenn ich mit einem Schlag wunschlos glücklich wäre? Mein Vorschlag wäre eine Insel, weißer Strand und ein Gourmetrestaurant. Pelikane spazieren auf meiner Terrasse wenn ich schreibe, vom Schicksal, den Tauben auf dem Dach und den Toten, die uns nicht bis heute begleitet haben. Sie alle würde ich in meinen Schriften verewigen und mit verzücktem Lächeln feststellen, dass man auch alleine ganz glücklich werden kann. Vorausgesetzt, man stirbt nicht, bevor man weise geworden ist.

Kein Anruf, kein Zeichen, alles bitter, kein Geschmack. Ich lief wieder auf eine Klippe zu. Die Stimmungsschwankung kam aus heiterem Himmel, die Höhe und die Tiefe dafür umso gewaltiger.

“Wenn ich springe, dann nicht wirklich, dazu ist es noch zu früh. Ich will nur ein Zeichen setzen.“ Ich hatte den Kontakt zum eigenen Leben verloren. Ich wollte den Schalter bedienen, von rot auf grün, wieder Überblick haben, Herrin der Lage sein. Keine suizidalen Absichten hegen, leben, lieben und durchhalten, aussitzen und weiter machen. Diese kräftigen statischen Auflademomente lagen wohl am Wetter, an dieser kalten und unfreundlichen Jahreszeit so kurz vor Heiligabend. Die frische Nachtluft zeigte sich versöhnlich.

Es war mein Tag

Es war mein Tag, ein viel zu selten gewordenes Datum, mit Sonne, weißen kleinen Wölkchen am blauen Himmel. Ofenfrische Croissants, Milchkaffee und viel, viel Zucker, als belebendes Element gegen die kleinen Unzulänglichkeiten. Nachdenken, über die großen Besonderheiten, die kleinen kamen von ganz allein. Schwierig wurde das mit der Gönnerei, weil ich im Glashaus saß und andere davor. Die großartigen Frauenrunden waren verblichen, der Nerv war gezogen und das tat nicht weh. Einmal weg, immer weg. Soll ich Kritik an der Ursache üben? Der Stammtisch hat sich aufgelöst, ist fortgegangen ohne Gruß. Die einen in die Ehe, die anderen in ihre Liebschaften und einige toben sich am Ballermann aus. Nicht mehr ganz jung, aber jung genug, um wenigstens auf der Tanzfläche auf eigenen Füßen zu stehen.

Nach einer endlosen Hirnakrobatik entschied ich mich für etwas Sinnvolleres, als über die Tauben auf dem Dach und über die Spatzen in der Hand nachzudenken. Ich korrigierte meine Gedankenlosigkeit mit einem Glas kaltem Tee. Kann ja nicht schon nachmittags mit der ewigen Sauferei anfangen. Zwei kleine Champagnerflaschen trieben seit Tagen ihr Unwesen im untersten Fach meines Kühlschrankes und warteten auf die „Eröffnung des Kanals".
Der Schreibtisch hätte sicher etwas Besseres verdient, als sich den Platz mit Küche und Wohnzimmer zu teilen. In modernem Weiß gehalten, duldete er keine Konkurrenz. Übrige Möbelstücke, ein Esstisch aus afrikanischem Ebenholz, ein Sofa mit grobem Leinen in warmem Rosa, wirkten unterschwellig weiblich. Da haben wir's doch. Gleich und gleich gesellt sich gern. Das Ganze stand unter Ausschluss einer schnörkellosen Gestaltung. Nichts mit Schnucki und Schischi. Um meinen Lebensraum noch moderner zu gestalten, hängte ich sämtliche Türen aus. Somit bekam diese kleine Hütte einen Loftcharakter. Ein Zimmer zum Schla-

fen, zum Arbeiten, zum Kochen und vielleicht zum Sterben. Aber dann bitte vor dem Herd, auf dem die Seele der letzten Heidschnucken ausgeblasen wurde.
Die Ungewissheit, dass sich meine Befindlichkeit binnen weniger Minuten abnorm ändern konnte, provozierte ich meine Kleidung im Schrank. Gnadenlos warf ich schwarze Sachen in den Müll, einige davon fanden schon vorher eine Mitnahmegelegenheit. Auch beste Freundinnen fanden Gefallen an den richtig guten Stücken. So flogen Schal, Armband von Hermès, Kugelschreiber und Abendtasche aus, ohne mich um Erlaubnis gefragt zu haben. Mein Atem hielt sich ruhig und gleichmäßig, ich konnte es ohnehin nicht mehr ändern. Fazit von der Geschichte: „Töchterchen, geh mit keinem Fremden mit und lass keine Männer in dein Bett." In meinem gegenwärtigen Zustand stand die Chance eh gleich Null. Angesammelte Verlegenheitsgeschenke wanderten gleich mit in den Müll. Eine Pappschachtel für Stecknadeln, weil ich gern nähte, eine alte Brosche, die meinen Hals stechen sollte und ein Glöckchen aus Meißner Porzellan, mit der ich womöglich am Heiligen Abend durch die Straßen ziehen sollte. Die Freundinnen hatten den Vogel abgeschossen. Ein paar andere Glöckchen hatten bei mir geklingelt.

Der Duft des Badewassers und die wohltuende Atmosphäre verbreiteten eine Aussagekraft, für die es in der Bewertung nichts Höheres gibt, als ein himmlisches Vergnügen. Außerdem entlockte es mir das Verlangen, meinen verblichenen Freundinnen einen letzten Dienst zu erweisen, ihnen irgendwann einmal eine Stecknadel in den Hosenrock zu schieben. Kein Ballast zerdrückte mein Herz, die menschliche Boshaftigkeit war geboren.

Einige Brocken an Schriftverkehr lagen noch unberührt, schnell noch einmal kurz überfliegen, weglegen und wieder holen. Noch einmal lesen und dann für einen kurzen Moment für nichtig erklären. Die Entschuldigung war krank, lag in der heißen Badewanne.
Ich hatte meine eigene Theorie entwickelt, eine, mit der man so nicht weiterkam. In ihr lag die lebensgeschichtliche Dimension der Erfahrung. Sie hat ihre Ursache, ihre Wirkung ist das Resultat, nämlich der Schlag zum K.O. Es war nicht der erste, den ich einstecken musste. Ich kann sie nicht mehr zählen. Der letzte traf mich am härtesten. Doch angesichts der allgemeinen Krise war ich momentan nicht gewillt, das beklemmende Gefühl noch weiter aufsteigen zu lassen. Es wird immer wieder ein erstes und ein letztes Mal geben. Das tägliche Auseinandersetzen mit der Krankheit und dem Broterwerb war kein Spaziergang und kein Streifzug durch die Feiertage. In diesem Jahr war ich zu Hause, anderweitige Schmerzen, keinen Rippenbruch und keinen Lungenriss. Dieser Schmerz war weitaus größer, heftiger. Einer, der die Welt aus den Angeln gehoben und durcheinander gebracht hat. Ich war auf einer Insel, verdammt zum Leiden und damit zu leben. Erreichbar nur mit den Schlittenhunden. Denn mittlerweile lag der Schnee so hoch, dass die Räumfahrzeuge ihren Dienst einstellen mussten. Wenig Proviant und viel Gedankengut.

Nichts für Amateure, diese Insel zu besuchen. Nur Experten war angeraten, zwischen meinen Worten zu hören und zwischen meinen Zeilen zu lesen. Ich mochte es nicht, wenn man an mir kratzte.

Führt mich an einen Ort, der groß genug ist für zwei, nicht eingeengt, aber eng genug, um Nähe zu spüren. Nichts mehr und nichts weniger.

Nikolaus

Da waren sie wieder, die Betrachtungen aus weiter Sicht, da war die Vergangenheit, die mich piekste, Erlebnisse, gute und weniger gute, dazu kam das Unaussprechliche. Isolation in meinem Mars-Hotel, Loftendhaus mit Sozialcharakter und leerem Nikolausstiefel. Etwas Salböl hätte Nikolaus mir schon spenden können. Kein Nümmerchen gefunden? Die Schilder waren aus Buntmetall. Ich kenne keinen, der aus tiefsten Tönen mit mir jammert. Der Regen, der gegen die Fenster peitschte, die gegenüberliegende Mondlandschaft, auf der verrostete, alte Fässer kullerten, verfeinerten die Vermutung, in einer Sackgasse zu stecken.
Vor zwei Jahren war ich davon gelaufen, aus Angst, mich im Labyrinth der Bedrängnisse zu verirren. Die Radischen haben sich vor Lachen gekugelt, als ich wortlos gegangen war. Hätte es denn nicht gereicht, meinen damaligen Partner durch die Spülmaschine zu jagen? Nie werde

ich den Tag vergessen, als ich den Wohnungsschlüssel in den Briefkasten warf.
War ich denn noch ganz dicht? Ich hatte meinen Platz geräumt, wortlos, still und ohne Kampf, für die nächste, die ihn zu meinen besten Zeiten verführte. Es machte keinen Sinn, darüber weiter zu philosophieren, die Liebe war vorbei, die Mensur mit einem anderen Teufel erwartete in Bälde seinen Richterspruch. Die Herausforderung lag mit in meinem Bett, im Takt mit den Zeigern der Uhr, unaufhaltsam, geräuschlos mit ungewissen Folgen. Ist die Batterie leer, wird sie erneuert, ich konnte mich nicht an die Steckdose klammern.
Vorerst war es mit der Karriere und dem Glück vorbei. Deckel zu, und aus die Maus. Vorbei das Vorrecht, zu begehrten Anlässen, mit einem Augenzwinkern an der Warteschlange vorbei und nach vorn spazieren zu dürfen. Wenn überhaupt, dann heißt es anstellen, den Schwanz massieren. Einladungen finden den Briefkasten nicht mehr und die letzte Party wird ohne mich stattfinden. Was heißt dann Leben? Welche Bedeutung nimmt es dann noch ein? Aufstehen, essen, putzen und nach dem Rechten sehen. Den Schwerbehindertenausweis in den Rahmen hängen und im Chor mit dem Radio singen. Leben, was machst du nur mit mir? Ich sollte ein Theaterstück schreiben.

„Die Rückkehr in die Gesellschaft aus der Probezeit.“
Theater total, Schockelemente, raffinierte Kulisse. Ich, als kauzige alternde Bühnenfigur im Hexengewand, zu mehr würde es nicht reichen. Aufgedunsener Bauch, hängende

Backen und steifer Nacken. Ich habe mich verändert, Theater bleibt, man zielt und trifft direkt ins Netz. Hier spielen sich Dramen, Exzesse ab, Inszenierungen, im Anliegen, den Zuschauer erfahrungsbezogene Erkenntniswege zu vermitteln, sich dabei selbst kritisch zu sehen, sich selbst über sich bewusst werden.
Ich bin mir bewusst, das hier ist kein Theater, das ist die pure Wirklichkeit. Hier wird der Krebs nicht ausgewechselt, so wie ein Spieler, der sich unpässlich fühlt. Ich spiele gegen meinen Willen das Spiel und setze auf Rot und manchmal auf Schwarz, niemals auf Zahl.

Hätte ich mich in Luft aufgelöst, es hätte keiner gemerkt. Ein heruntergefallener alter Tannenzapfen ist wenigstens noch als Dekoration und als Brennmaterial geeignet. Ich legte meine Stirn an die Fensterscheibe und trommelte mit den Fingerspitzen laut dagegen, mein Körper bebte, die Tränen beschleunigten die Pulsfrequenz. Anhalten, aufhören zu atmen? Todesursache: „Hat vergessen, Luft zu holen."

Wie sollte ich jemals wieder offenherzig eine Bluse tragen? Durchsichtig vielleicht, so wie es viele tun mit der Absicht, den Brustwarzen etwas mehr Gesicht zu geben. Abgesehen davon, dass bei mir sowieso kein Mann mehr Besitz ergreift. Der Krebs hat mich gezeichnet, feine Linien um meine Lippen breiteten sich wie feine Spinnweben aus. Die Schatten um die Augen wurden dunkler und die falschen Haare machten mich nicht schöner. Wer ist schon interessiert daran, in flachen Gewässern zu plantschen, wenn man

auf die hohe See hinausrudern kann. Unter dem Einfluss der Hochglanzmagazine träumen ganze Heerschaften von den überdimensionalen Dingern. Wie würde ich denn beim Anblick eines abgeschnittenen Penis reagieren.
Keiner da und keiner drin. „Panik bricht aus." Bettgeflüster und einarmiger Handstand für den heiligen Gral, oder eine Umarmung in eigener Person, das waren doch Prognosen, die ich mir selber stellen konnte. Als Schwerbeschädigte mit 50 % Selbstbehalt auf der Kartei werde ich lernen müssen, mich von der männlichen Industrie zu verabschieden, die instinktiven Neigungen der Männer pensionieren. Leidenschaft, wer Leiden schafft. Ich schreibe mal lieber Liebesbriefe für andere, verständlicher und gewinnbringender für mich. Ein schwieriges Geschäft, denn heute werden Liebesbriefe nicht geschrieben, es wird Liebe gemacht. Frei nach dem Motto: „Hey du, brauchst du nicht mal einen Mann?" Wie fühlt sich das denn an? Prognostisch gesehen, lernt man sich nicht mehr kennen, das Sperma wird eingefroren, bleibt auch noch nach den Jahren frisch. Es war schon eine Weile her, dass ich zum ersten Mal mit dem Gedanken konfrontiert wurde, meine Energien auf die wesentlicheren Dinge des Lebens zu lenken. Mit Arbeitszeiten die die Lücke zwischen Zuneigung und Partnerschaft versiegeln. Schließlich gibt es doch ein Leben nach dem Tode, oder etwa nicht? Das Leben ist sowieso ein gewaltiges Hinschmeißen in den Tod.

Manchmal spannte sich um den Gedanken an Liebe ein dunkler Bogen und manchmal blieb mir nichts anderes übrig, als meine Gefühle in Tränen auszudrücken. Wäre gern wieder an der Staffelei, kein Platz, keine Idee. Keine Möglichkeit, die Leinwand und die Rahmen zu transportieren. Die Schmerzen waren kaum noch auszuhalten. Als hätte man mir Messer in den Leib gestoßen. Davon hat man mir nichts erzählt, nur, dass alles nicht ganz so einfach werden wird. Was ist schon einfach auf dieser Welt? Auf jedem Pflasterstein lauert die Gefahr, den Absatz abzubrechen. Die eine bricht sich mit flachen Treterchen das Hüftgelenk, die andere das Genick. Ob ein Indianer in der Grube liegt und mit der Flinte im Anschlag auf uns zielt, ist ungewiss. Wir müssen weitergehen. Die Krebspatientin mit einem unscharf und unregelmäßig berandeten gelappten 2 cm durchmessenden Nodus ohne suspekte Kalzifikation richtet sich auf, schiebt den Kalender auf die andere Seite vom Schreibtisch und schaut auf leere weiße Blätter. Eine Wolke mit kleinen roten Herzen weist auf den Operationstermin.

Auf meinem Schreibtisch stapelte sich die Post. Sie zu erledigen – danach stand mir nicht der Sinn. Ich starrte noch etwas größere Löcher in die Luft. Nichts beflügelte mich zu einer Heldentat.
Das einzige, was ich an mein Herz drücken konnte, war eine DVD. Die letzten Folgen von Sex and the City. Gesunde Menschen, schöne Kleider, sexy Apparate, reich und weniger sensibler als ich.

Endlich ein Klingeln am Telefon. Worte so fein und rein, als wären sie aus Milch und Honig gemacht, gut gefüttert

mit Komplimenten, die mir fast schon unangenehm waren. Meine Lebensgeister begehrten auf. Meine Augen bekamen einen Glanz, vor dem der Spiegel sich neigte. Die Wahrnehmung war eingeblendet. Man wünschte mir gutes Gelingen und einen fleißigen Nikolaus. Der Tag bekam eine bessere Haltungsnote. Ein vager Lichtstrahl verirrte sich in meinem Versteck. „Wir bleiben im Dialog." Das waren die letzten Worte, die mich freudiger stimmten. Dazu brauchte ich weder aus dem Haus zu gehen, noch war ich gezwungen, den Leuten am Telefon etwas aufzuschwatzen.
Gefühle von Ärger, Trauer und Angst waren verflogen, vor mir lag ein weiteres unverrückbares und hoffnungsvolles Jahr. Nur schnell gesund werden und ab in die Badewanne. Warme Fühlerchen betasteten meine Brust, es gibt doch Implantate? Die Melodie „What a difference a day made" von Jamie Cullum pfiff mir um die Ohren.
Der Nikolaustag war ein Geschenk des Himmels, die Götter die ich rief, hatten mein Gebet erhört. Der erste Schritt war das Gebet, der zweite der Glauben und der dritte Schritt das Nehmen. Meine Stimme gab mir das Recht, in den Tiefen der Abgründe zu schwelgen. Muss mir eingestehen, dass ich früher auf dem Gummibaum geschlafen hatte.

Injektionslösung

Meine Oberschenkel sahen aus wie zwei ausgestopfte große blaue Nadelkissen. Wie ein Junkie setzte ich mir die Fertigspritzen zur Thromboseprophylaxe. Mal ins rechte, mal ins linke Bein, ein drittes hatte ich nicht. Diesen Stolz tragen die Männer, wenn Sie kurz vor dem Verdursten sind, wenn sie wie ein Adler der Lüfte ausschweben, um nach der Beute zu greifen. Ich war keine Trophäe, nicht Julia Roberts und nicht Meg Ryan, ich war ein optisches Graus von Fünfzig zu Fünfzig Prozent. Dehnbar war der Begriff der Lustlosigkeit auf einen falschen Fünfziger. Meine Haltung war ablehnend, destruktiv, Amnesie in Anmarsch. Zudem hatte ich die unangenehme Gewohnheit, stündlich um Jahre älter zu werden. Die Jugendlichkeit war dem Spiegelbild gewichen, kleine Fältchen um die Mundwinkel signalisierten den Verlust von Lebensfreude.

Meine Hand tastete immer wieder nach dem Knoten. Er liegt als Lebewesen in mir, durstet nach meinem Blut. Er will wachsen wie ein Kind. Nur dieses wollte ich nicht lieben. Einfach aussetzen, so wie es Mütter tun, die in ihrer Hilflosigkeit keinen anderen Ausweg mehr sehen, Nachbarn wegschauen, soziale Einrichtungen ausschwenken, zu spät reagieren.

Der Krebs ist mein Partner, der mich stört und der mich fies behandelt.

Er lenkt mich in die Ausnahmesituation und wenn es so ist, dann herrscht Aufbruchstimmung. Wir werfen dem Hund das Fressen vor die Füße. Wir lassen los und haben genug von dem, was wir erfüllen müssen, was von uns erwartet wird. Die Verlangen in groß, nach einer Insel zu suchen, auf die wir uns zurückziehen können, auf der wir Linderung erfahren und Trost finden.

Es wurde Tag, es wurde Nacht, ich stand auf und ging schlafen, Wiederholung inklusive. Auf meiner Insel passierte nichts, nicht mal eine Kokosnuss traf meinen Kopf. Das Warten auf Veränderung machte mich verrückt. Es fühlte sich an, als würde sich meine Energie gegen mich richten. Um Roger war es still geworden, die Mischung stimmte nicht mehr. Es fehlten ein paar Buchstaben am passwortgeschützten Programm. Sind mir ein paar Flüchtigkeitsfehler bei meiner Betrachtungsweise unterlaufen? Ein Mann versetzt bekanntlich Berge, um das Interesse einer Frau zu wecken. Das Programm hatte eine Macke, ein Momentum zwischen Mann und Frau. Dieses Unterhaltungsprogramm war aus, ich gab ihm eine sportliche Note, und so wollte ich es auch dabei belassen. Nur manchmal liebäugelte ich mit der vagen Vermutung, dass es sich um einen außergewöhnlichen Glücksumstand handelt, mehr als eine Affäre zu erwarten. Frauen neigen ja in aller Regel dazu, das Schlüsselwort Hochzeit in einer einzigen belanglosen Botschaft zu finden. Ein Phänomen, das sich bereits bis nach Sibirien herumgesprochen hat, nur in einigen Köpfen noch nicht angekommen ist. .
Meine linke Gehirnhälfte machte mich zur Fachfrau für Lebensfragen. Darüber musste ich mir später noch Gedanken machen, denn hier lag der Wunsch, in seiner Definition leider noch nicht ganz ausgereift.

Oh Mann oh Mann

Und wieder war der Tisch für mich gedeckt. Ein Termin mit dem spritzigen Vergnügen, mir das Blut aus den Adern zu ziehen, zur Kontrolle für die kleinen Krebse. Meinen Arm hielt ich bereitwillig ausgestreckt. Ich wurde zum Aderlass gebeten, rückte in entsprechende Sitzposition, ein leichtes Schwindelgefühl, der Stuhl drehte sich, als ich die vier vollen Röhrchen sah, die bis oben hin mit meinem Blut gefüllt waren. Brauchte das Labor denn so viel Lebenselixier? Wer hält sich im Blut versteck? Ruft da jemand hier bin ich, ich niste mich ein, sucht mich mal? Ich entschied mich für das kleinere Übel, war tapfer und fiel nicht um. Nadel raus, Pflaster drauf, das Jäckchen drüber und schon stand das Taxi für die Rückfahrt bereit. Lange Standzeiten gab es nicht, das Team machte seine Arbeit gut. Lebensfroher Empfang, auf dem eine herzliche Verabschiedung folgte, eine, die das Innenleben berührt. Nicht vergessen waren die besten Wünsche für jeden Einzelnen und an die Familie. Wer keine hatte, der lebte mit der Sehnsucht danach.

Ich fixierte in meinem Filofax die nächsten roten Termine. Die grünen Termine waren privat und die blauen zeichneten das mühselige Geschäft am Telefon. Vorerst Sendepause, ohne Blut nichts los.
Schlapp wie ein nasser Waschlappen hielt ich zu Hause mein Kopfkissen unter dem Arm versteckt und verdöste die Zeit. Ich brauchte ein kleines Kuscheltier oder irgendetwas, was sich bewegte, was sich anfühlte, wie warme

menschliche Haut. Dann schlief ich ein … Erst rollten die Alpendodler ein, dann eine ganze Horde hochgewachsener Krieger, die sich gegenseitig erschossen. Die letzte Kugel traf meinen Kopf, hellwach registrierte ich die Tieflader, die sich ruckelnd auf die Baustelle bewegten. Es war fünf Uhr. Wieder erlebte ich mehrere muntere Stunden, in denen ich den lieben Gott anflehte, er möge sich bitte um einen Ausweg bemühen. Warum kann ich nicht dort sein, wie Kurt Tucholsky es nicht hätte besser beschreiben können.
„Eine Villa im Grünen mit großer Terrasse. Vorn die Ostsee, hinten die Friedrichstraße. Mit schöner Aussicht, ländlich mondän. Vom Badezimmer ist die Zugspitze zu sehen …"
Hier sind keine zehn Zimmer, kein Dachgarten und auch kein Mann, einen für das Wochenende und einen zur Reserve. Ich bin angenervt und will weg von hier, weg von dieser gottverdammten Krankheit, die mich rückwärts laufen lässt, nach der ich mich nicht angestellt habe, die mir die Lebensqualität gestohlen hat.
Hier lauert die Gefahr, die Gedanken zu Geschossen werden lässt.

Und genau hier traf ich mit dem Pfeil in das Schwarze. Die Unwiderlegbarkeit war besiegelt. Eine, die Wirt in jeder einzelnen Zelle war. Die sich fest eingenistet hat, mich in den Schmelzofen des Teufels hinunter schob.

Doch vorher verwickelte ich in mir eine herzerfrischende Lebensart.

Maximiliano aus München mit dem Porsche, er besaß ein kleines Häuschen, Wald und Gehege. Ob er schon mal einen Bock geschossen hat? Aus gegebenem Anlass, sein Besuch war angemeldet. Genau für diesen Tag, als man mir wieder das Gift durch die Blutbahn spülte. Er brauchte meine Hilfe, er konnte nicht lange alleine sein. Er brauchte sein Frühstück und eine mitfühlende Hand. Seine Freundin bevorzugte einen anderen Mann, hat alles mitgenommen, außer seinen großen Hund. Er musste sich fortan darum kümmern, leider hatte er dafür keine Zeit. Ich hatte schon den Krebs und konnte mich um seinen Hund nicht auch noch kümmern.
„Wenn wir uns a bisserl schneller aussprechen, könntst in München noch das Mariechen erwischen, bevors a andrer kriegt."
Er blieb ein paar Minuten, aufgewühlt und fortgefahren. Der Milchkaffee war nicht ausgetrunken, dafür meine Batterie, die war jetzt endgültig leer.
Nun wollen wir ja nicht päpstlicher sein als der Papst. Mein Schädel war eh lädiert, warum nicht noch einen drauf. Fast im Sekundentakt spuckte er neue Wanderwege aus. Wireless USB Adapter half beim Suchen und fand. Fred, der Gangster, war mein nächstes Ziel. Hatte ihn mal über Internet kennen gelernt, war kein schlechter Typ. Wollte mir ein paar Tage Gesellschaft leisten, mich mal aus dem Tal der Toten holen. Er bot mir seine Hilfe und seine Nähe an. Geredet hatte er sowieso nicht viel. Er muss sich vor Lachen beömmelt haben, als mir die Perücke herunter fiel. Grundsätzlich ja, aber er konnte das Elend nicht sehen und packte den Zündschlüssel und die Koffer mit der Bettwäsche gleich wieder ein.

Fred fuhr am gleichen Nachmittag zurück nach Stuttgart und mit ihm seine Hilfsbereitschaft mit viel viel Nähe.

Ich kramte den ganzen Hofstaat aus. Da waren doch noch der Klaus, der Roger und der Siegfried, der mit mir mal nach Bremen fuhr. Im Katzencafé kaute er einen Erdbeerriegel nach dem anderen und sabberte die Reste heraus. Er sprach sehr flüssig, ein paar Stückchen landeten auf meiner Sahne. Ich verharrte in sicherer Position wie eine Fliege aus Furcht vor der Klatsche. Darauf hatte ich keinen Appetit.

Klaus saß in Salzburg, noch nicht geschieden, hatte auch keinen triftigen Grund dazu. Ich war mal dort. Meine Güte, kopfschüttelnd nahm ich wahr, dass ich einem Irrtum erlegen war. Meine Lippen formten ein großes „O“. Du meine Güte, wenn ich jetzt in Flammen aufgehe, bekomme ich noch ein Grab im Gartenhaus. Seine Dominanz war grenzüberschreitend. Sein Vermögen glättete ihm die Stirn, die Nase korrigiert und die Zähne bildeten eine einheitliche weiße Front. Das Dentallabor gehört seiner Frau, seine Eltern besitzen ein Schloss. Mehrere Hektar umschließt das Areal. Die Gesellschaft ist optisch geprägt und trifft sich dort zur Klunkerkunde mit Gucci, Prada und Co. Auf der Popularitätsskala haben die den Weihnachtsmann hinter sich gelassen. Mir juckte das Fell, ich spürte eine unharmonische Verbindung zwischen zwei Welten.
Womit er sich beruflich beschäftigte, weiß ich heute noch nicht. Vielleicht war er Fahrstuhlführer im eigenen Haus. Angrenzend am Weinkeller erwog der Architekt den Ein-

bau eines gläsernen Fahrstuhls. Champagner so weit das Auge reicht. Weißer Marmor im ganzen Haus, teure Teppiche, Punktbeleuchtung. Am Panoramafenster ein Sofa aus grauem Leder mit freier Sicht zum Pool. Dahinter nichts, außer dem Klang einer fernen Kirchturmuhr. Ein Toast auf den Besitzer. Seine Großzügigkeit beschränkte sich auf einen Einkauf im Supermarkt. Normalerweise gehe ich souverän damit um, aber nicht, dass ich den ganzen Scheiß noch bezahlen durfte. Hatte mit meinem Geld die Lücken im Lebensmittelraum geschlossen. Die Nacht war kurz, bin ohne Frühstück abgefahren ohne Gruß und ohne Kuss. Honkytonk im Gartenhaus, schallalla in the morning.

Roger sprach Bände ohne Ende, an der Umsetzung seiner Versprechen hatte es ihm gefehlt. Wie immer wenig Zeit, der Job, die Kinder, sicher war er nicht chronisch untervögelt. Ein netter Königssohn schickte mir goldene Karten, darauf waren seine Haremsdamen zu sehen. Christian war hier geboren und gedankenverloren. War verlässlich wie das Wetter, hausgemacht und selbstverständlich. Ein netter Kerl, ein guter Kern. Vom Bodensee sprach ein feiner intelligenter Mann. Mit Engelsgeduld lauschte ich dessen Worten, wonach mich die Übermüdung ergriff und ganz nach unten zog. In das Schwarze, in die Nacht und zurück in die Einmann-Schreckenskammer, in meine Verlassenheit, in das Grauen der Einsamkeit. Die Bilder lösten sich alsbald in Pixel auf. Fast war nichts mehr von ihnen zu erkennen, nicht mehr die kleinen munteren kraftvollen Hengste mit ihren aufgeblähten Nüstern, die heiße Luft in den Himmel schnaubten. Die Bilder lösten sich in Pixel auf. Sie hatten sich der Spielregeln nicht angenommen. Die zusammengehäuften Körnchen kehrte ich mit Schaufel und Besen zusammen und zog das Kabel aus dem PC.

Die kleinen Jungs, blind und zahnlos kommen sie auf die Welt, mit einem niedlichen Fortpflanzungsorgan, das uns Mütter zu Freudenschreien hinreißen lässt. Dazwischen liegen ein paar Jahre Umleitung, die ihre Karriere verzögern. Später dann, ergraut und in die Jahre gekommen, das gleiche Angesicht, blind, zahnlos, und mit größeren Potenzproblemen. Unsere Freude steigt dann bei der Testamentsverkündung, dem Uhrwerk für die Fortgeschrittene, die bei der Suche nach dem Glück ein bisschen mitgedacht haben.

Erst einmal Freiheit, ich kann sie spüren, ich kann ihren Ruf schon hören. Hinaus, weiter, fort, hundert Kilometer und mehr. Cabrio starten, das Lenkrad wieder fassen und die PS unter dem fleischgewordenen Hintern kitzeln lassen. Unabhängigkeit und Selbstbestimmung macht sich breit. Fahren an einen x-beliebigen Ort und nicht wieder zurück. Vögel bauen ihre Nester, bevor sie Eier legen. Mein Nest ist in Stücke gerupft. Überall liegt ein Strohhalm von mir. Mein Sohn im kalten Norden, mein Arbeitgeber an der Alster, Freunde klebten an der Haustür in der Kanzlei, Verwandte steckten am Bodensee und am Chiemsee, alle übrigen sind mit dem Erdmantel verschmolzen. Oh Mann, oh Mann, was mach ich eigentlich hier.

Für mich gibt es nur den Supergau, nicht das zahlende Material. Mein Labyrinth besteht aus Einbahnstraßen. Ein langer unsicherer Weg steht mir noch bevor. Ich gehe ihn mit einer liebevoll gepflegten Feindlichkeit entlang. Trinke aus einer offenen Flasche Champagner, schmeiße mich auf mein Bett und konserviere meine ausgewachsene Wohnungsdepression. Barfuss schleiche ich mich in das Bad, stelle mich vor den Spiegel und wünschte mir, eine Elfe zu sein, aber ein böser Wolf springt mir entgegen. Morgen, morgen wird alles wieder gut.

Halbzeit

Eine Woche mit freier Zeiteinteilung war das Salz in der Suppe. Auf dem Treppchen da oben stand der dritte giftige Vitamincocktail. Gleich Halbzeit auf dem Marsch in den Kosmos, eine kurze Verschnaufpause noch, eine Atempause sei mir gegönnt. Ich war gut strukturiert, hatte wieder zu mir gefunden und meinen Tag mit dem Lesen von Werbematerial verbracht. Irrsinnigerweise werden ganze Wagenladungen davon in die Briefkästen geschoben. Ich beginne zu überlegen, wie viel Holz man wohl für die Herstellung eines Kilogramms Papier benötigt? Mehr als ein Kilogramm oder weniger als 500 Gramm? Die Antwort bleibe ich mir schuldig. Mich interessiert jetzt brennend etwas anderes. In bequemer Sofakuschellage spricht mich eine richtig gut gefütterte Jacke an. Dich würde ich gern haben. Kapuze mit falschem Pelz am Rand verbrämt, meine Glatze gewinnt Vertrauen. Hosen, Mäntel, Taschen bereichern das Profil. Meine alte namenlose, die keinen Neid aufkommen lässt, ziehe ich schon lange im Gleichschritt hinter mir her. Eine neue muss her, die alte wird unansehnlich, für die Öffentlichkeit zu schäbig. Die Berührung mit der neuen sollte meine Sinne wecken, mich schwach werden lassen. Will sie küssen, streicheln und liebkosen, lustvoll ihren Namen nennen. Ach du liebreizendes, ungebrauchtes sündiges Ding. Du öffnest dich, wenn ich lustvoll in dich dringe. Du gebrauchst keine Widerworte, bist willig, zart und jung. Meine Herren, ich spreche nicht in eurem Sinne, die Tasche ist gemeint. Wir wechseln jetzt das Thema und nicht das Unterhemd. Keine Ausflüchte, woran haben Sie denn jetzt gedacht? Immerhin, der Sturzflug in die Glamourwelt hat auch Schattenseiten. Nichts ist für „nassing“ zu haben.

Meine tiefgekühlten Finger kappten die Verbindung zur Außenwelt. Ratlos drehte ich eine Runde um den Tisch. Beim Laufen schob ich einen Fuß vor den anderen. Staubkörner schwebten und tanzten im Lichtstrahl, der von außen hereinfiel, es war Abend geworden. Es ist so schön, da zu sein, die Nacht mit ihrer Ruhe zu empfangen, sich dem Fluss des Lebens anzuvertrauen, nichts festzuhalten, nichts wegzustoßen, nichts zu unterdrücken, nichts zu denken, einfach authentisch da sein.

Oft war ich Beobachter, wenn Menschen belächelt wurden, wenn sie von sich erzählten, begannen, sich auszupakken, ihr Seelenleben preisgaben, über das Geheimnis der Zufriedenheit und von den energetischen Prozessen des Loslassens sprachen. Die äußeren Lebensumstände haben ihnen die Verantwortung übergeben, sind untrennbar mit allem was in ihrem Leben geschah, verbunden. Sie haben sich mit der Gegenwart versöhnt. Wem andere nicht gut genug sind, der genügt bestimmt auch selbst seinen eigenen Ansprüchen nicht … In welcher Gesellschaft finden wir die Menschen, die sich anmaßen, einen universellen Geist mit „Lebenskünstler" zu verschachteln. Das Wort greift den Wert der Grenze. Hier lebt der freie Wille zu entscheiden, abzuwarten was geschieht, oder die Energie aktiv zu nutzen, um aufzustehen und sich für immer zu verabschieden.

Die Tiefe, die für die letzte Chemotherapie stand, war herausgeweint und hinaus geschrien. Mich beschäftigte ein anderer Gedanke. Was kommt nach dem Ziel? Ich wusste plötzlich, was dieser Ort war. Es war jener Ort, der mich nicht aufzehrte, der meine Mitte im Sein nicht verdüsterte.

Meine Zunge fühlte sich nicht mehr pelzig an, der Appetit war gesegnet und mein Krebs sollte eine Verwarnung erhalten. Ich stand nur noch wenige Meter vor der ersten Zwischenrechnung, in der Umkleidekabine für das nächste wichtige Rennen und den Requisiten der Erinnerung. Es wird gelingen, dieses Mal wird alles anders sein.

Ich habe mich nicht hinausgelehnt und nicht zurückgelehnt, ich bin nicht abgestürzt, bin aufgesprungen. Ich lebe mal mit und ohne Kummer. Mein weiches Mützchen liegt neben mir, ich nehme es in die Hand und lass meine Finger vorsichtig darüber gleiten. Ich fühle mich ungeeignet, mich als Wartende in die Schlange einzureihen, in der man am Ende feststellen muss, dass alles nichts geholfen hat. Ich weiß es, ich bin mir sicher, es wird einen neuen Anfang geben. Ich greife nach meiner Mütze und setze sie wieder auf. Draußen war der zweiundzwanzigjährige Kälterekord gebrochen. Heidi hat mir selbstgestrickte Socken geschickt. Der Wunsch nach Wärme drängt sich mir auf, ich ziehe sie an. Ich friere, bin allein und werde auch das Weihnachtsfest ohne unterschwellige Gelüste überstehen. Massen von Tabletten und Spritzen werden sie mir noch geben. Ich weiß aber wofür und auch warum. Ewiges Gejammer um den Krebs. Was hast du nur aus mir gemacht? Wünschte ich mir doch ein rauschendes Fest aus nächster Nähe, mit Tuchfühlung zum nächsten Gast und ein Geschenk, einen Klassiker, dessen Preis die Aufmerksamkeit auch in Zeiten der Börsenkrise garantiert nicht erschüttern wird. Im nächsten Jahr ist wieder Weihnachten, höre mich schon mit den Stilettos über den Boden klappern, sehe mich ein Kleid für die Untugend tragen und ein Programm für die späte Stunde unter dem Arm geklemmt haben.

3. Advent

Der dritte Advent, ein klirrend kalter Tag, ein wunderbarer glasklarer blauer Himmel. Aus allen Winkeln der Welt strömte die Vorfreude auf Weihnachten. Ein breites Feld für Melancholie, Behaglichkeit und Glücksgefühl. Neugierig wartete ich auf etwas, das mich erfasst, mir Freude macht. Ein Ereignis, das einfach so vom Himmel kommt und mir den Arm um die Schulter legt. Mich fest an sich drückt und sagt, alles wird gut, ich bin da. Aber es passierte nichts. Lahmgelegt und wirtschaftliche Flaute. Ich verschmolz in meiner Rolle.

Eine überlagerte Ware in den Stunden der Hoffnung auf einen Glücksumstand. Jede lebende Zelle hat mich bisher erfolgreich davor bewahrt, mich in ein Fahrwasser zu schleusen, in der die Phantasie von der Realität gefressen wird. Bisher vermied ich es, auch nur mit einer Silbe Verrat an mir zu üben. Seit einigen Tagen war ein hochsensibles Gebilde entstanden, für das ich keine konkrete Erklärung hatte. Meine aufgeklärte Innerlichkeit zeigte gegenwärtig eine widersprüchliche Entwicklung auf. Leben oder Sterben? Ich bereit war, nötigenfalls mit schweren Geschützen in den Krieg zu ziehen. Aber wie sollte ich es anstellen? Wenn es nicht funktioniert, was dann? Dann schaukle ich im Rollstuhl und bin behindert. Die Tabletten hätten schlimmstenfalls einen Tobsuchtsanfall verursacht, mehr nicht. Vom Balkon springen, zuviel Schnee auf der Straße, die Treppe hinunterkullern, zuviel Speck auf den Rippen. Ich wollte nichts und niemanden mehr, ich hatte es satt, mir etwas vor zu machen und vergeblich neue Hoffnung aufzubauen. Einsilbig war ich geworden, haderte mit allem und mit nichts. Ich hatte eine schwere Depression. Wollte nicht mehr aufstehen, nichts mehr zu mir nehmen, nichts von mir geben und an nichts mehr denken. Wollte sterben, ganz für mich allein. Ich glaubte, mich hätte auch gar niemand vermisst. Erst dann, wenn die Spritzen übrig geblieben wären, ich nicht zum Termin erschienen wäre. In diesen Momenten ist man entweder feige und heult sich den ganzen Frust aus dem Kopf oder der Schweinehund da drinnen zuckt ein letztes Mal und ist mausetot. Also atmete ich tapfer weiter. Besser ich warte damit noch ein Weilchen.

Hörbar war das Klick Klack, Klick Klack im Treppenhaus. Stilettos klapperten sich die Treppe hoch. Der Türspion gab reichlich Radius für Spekulationen frei, dass es sich hier um eine Dame handelte, die nicht zur Mieterschaft gehörte. War viel zu teuer angezogen. Eine Augenweide, bei der die Männer mit dem Kopf auf die Tischplatte aufschlagen und sich mit der flachen Hand lautstark auf die Schenkel hauen. Ihre prallen Möpse waren so groß, dass sie sich schon unterhalten konnten. Ihr Mund gab eine Reihe blitzend weißer makelloser Zähne frei, die sie noch einmal mit Hilfe ihres kleinen Spiegels betrachtete. Sie war schlank, das blonde Haar war zu einem Zopf noch oben geknödelt. Ein schwarzer, offen getragener Mantel umhüllte ihr enganliegendes blaues ultrakurzes Kleid. Alles in allem eine Versuchung, bei der nur ganz Hartgesottene widerstehen konnten. Wie man nur so schön sein kann.

Mir waren die Haare am ganzen Körper ausgegangen, kein Stachel ragte weder raus noch rein. Meine Augenlieder brüteten schwer auf den Pupillen, mein Körper fühlte sich an wie eine Wasserleiche kurz vor der Obduktion. Ich war doch auch mal schön, sehr schön sogar und die Intelligenz war nicht gekauft.

Wo mein Nachbar die wohl aufgegabelt hatte? Ein Freak vor dem Herrn, ein abgespaceter Star aus der Social-Media-Szene. Tattoos und Piercings wohin das Auge schaut. Bekanntlich heben sich ja solche Urgesteine von der breiten Masse ab. Möglicherweise ist er ein Genie, ein ausgebuffter Computerfreak oder besitzt übersinnliche Fähigkeiten und kann in das schwarze Loch schauen. Ups, sorry, in das Universum. So besser im Fokus? Seine Begrüßung war mehr als innig.
Meine Augenlieder verschmierten das Glas im Türspion, hätte am liebsten meinen Kopf durchgeschoben, um alles genau zu erkennen. War ja sonst nichts weiter los. In meinem Bett lag eine Pusteblume. Mal quer mal längs. „Macht mal da drüben“, dachte ich mir, war nicht sauer, hatte sowieso keine Lust zum Sex. Das sollte mir mal einer erklären, dieses Gebaren um diese Einzeltermine, bei denen gehüpft, gesprungen, betrogen und belogen wird. Könnten der Einfachheit halber nicht Sammelstellen eingerichtet werden für die Gedanken die plötzlich anspringen und herausgelassen werden wollen? Nebenan ging es nicht nur hoch und runter, sondern auch kreuz und quer. Wahnsinn! Es war nur eine Frage, wann der Krankenwa-

gen kommt. Gerade als mein Kopfkino eine Werbepause einspielte, klingelte es. Ausgerechnet jetzt, wo meine Ohren eingespielt, sich einig waren, noch eine Weile zuzuhören. Frau Springinsnest, die mich gerade noch an ihrem Kwäcksound teilhaben ließ, hielt sich entblättert und zerrupft an meinem Türpfosten fest. Ihre blutende Nase verhieß nichts Gutes, ich warf ihr einen Bademantel über. Nun war sie nicht mehr schön. Der Mensch regeneriert, das Porzellan behält einen Sprung und wird als zweite Wahl verkauft. Wusste doch, dass mein Nachbar ein großes Arschloch war. Was sie jetzt brauchte, waren ein Bad und ein Handtuch, mit dem sie sich den ganzen Kerl von der Haut rubbeln konnte. Das zum Thema Liebe, Männer und andere Ungelegenheiten. Wir übersprangen das oft zitierte Warum und das Weshalb, ungeklärte Fragen und Antworten, zwei Frauen, zwei Schicksale. Nächste Folge nicht ausgeschlossen. Ein Taxi fuhr sie später noch am Abend nach Hause.

Roger befand sich höchstwahrscheinlich wieder auf dem Truppenübungsplatz und ochste mit denen herum, die sich nicht mehr ganz topfit fühlten, sich mit Hanteln und einem steilen Überwurf die Zeit im Fitnessclub verdrehten. Seine vornehme Zurückhaltung, was das Telefonieren betraf, erreichte den ersten Meilenstein. Mit einem Ohr lag ich auf dem Kopfkissen, mit dem anderen wartete ich auf seine Anrufe bis Einhundert Millionen Uhr. Der Kosmos schickte seine Daten nicht zurück, sie wurden unterbrochen. Ein Störsender übernahm die Sendung, aus der heitere und fröhliche Musik ausgespuckt wurde. Fast täglich rief er an. Aber nun? Die Materie Haut und Knochen löste sich in ein Nichts auf.

Den Mangel im Ablauf des nächsten Tages überbrücke ich mit unsinnigen Tätigkeiten. Ich faltete Servietten und schob das Bügeleisen über die Wäsche, ohne meinen Blick zu wenden. Das Fernsehprogramm lief so ganz nebenbei. Hauptsache es sprach jemand im Hintergrund. Das Kind wird lustlos, wenn man ihm das Spielzeug nimmt. Also spielte ich mit dem Gedanken, anderweitige Aufmerksamkeit auf mich zu lenken. Ein paar Bekannte werden doch jetzt um diese Uhrzeit zu Hause sein?
Die erste Nummer war besetzt, die zweite spielte mir den Text des Anrufbeantworters in das Ohr. Die dritten Zahlen erklärten mich um diese Zeit zum Störenfried. Der vierten Nummer schrieb ich eine SMS. Die Antwort kam prompt und präzise:
„Hallo mein süßer Engel, geht dir's gut? Wir sind gerade im Urlaub, alles super, wunderbar. Wann kommst mich mal besuchen, habe dich lange nicht gesehen. Hast in der Chemo nette Leute kennen gelernt, war vielleicht auch ein Mann dabei? Machs gut, ich drück dich, ich umarme dich, ich denke jeden Tag an dich, Schmatz, Schmatz, Schmatzerchen.“ Meine Gehirnzellen wurden entmachtet, Leerlauf im Gebirge. Etwas Kurioseres hätte ich auch nicht erwartet. Das war die kleinere, die trivialste Geschichte, die mir auf die Füße fiel, die die letzten Geräusche mit sich nahm.

Eine andere, eine ganz andere, die mich aus den Angeln hob, stand mir einige Monate später noch bevor.

Maxi war am Nachmittag angereist. Gut versorgt mit reichlich Tüten und anderem Gepäck nahm sie meine Wohnung in Beschlag. Sie nahm Antibiotika, die Grippe hatte ihr den Hals zerkratzt. Bedenklich war das Ausmaß, mir eine Erkältung zuzuziehen. Ich versäumte gewollt die herzliche Begrüßung, die sie mir sehr übel nahm. Ihre unaufhaltsame Betriebsamkeit kannte weder Freund noch Feind. Immer auf Achse, immer auf brennend heißer Spur, zog sie mich in den Trubel des Geschehens rund um den Weihnachtsmarkt. Sichtlich erschöpft vom Laufen trottete ich brav hinter ihr her. Im Gegensatz zu mir, ruderte sie sich durch Bratendüfte, Zuckerwerk und Räucherware. Noch einen Schritt, reizvoll auf seine Weise, brachte mir den Atem zu stehen, meine Schläfen klopften. Wusste gar nicht, dass es noch so viele gesunde Menschen gibt. War doch alles ungesund, die Würstchen, die man mit Sägespänen streckte, Diethylenglykol im Wein, Rundwürmer im Fisch. Verdorbene Eier wanderten an die Nudelhersteller. Nicht gerade das Gelbe vom Ei. Falsche Früchtchen und Mäusekot im Käse. Wir futtern alles auf, haben mal Aussetzer und es brummt der Kopf, alles kein Problem, der Doktor verschreibt die Pille und ein paar Tropfen. Wenn wir dann zappeln, es ziept und piekst, geht's in die Röhre, die Krankenkasse zahlt die Kosten, die Beiträge werden erhöht, dafür arbeiten wir rund um die Uhr und zahlen Steuern für die Lügen der ganzen Lebensmittelindustrie.

Die wenigen Cafés rund um den Markt herum waren restlos überfüllt. Sieben kleine Zwerge, ein paar aufgedunsene Weihnachtsmänner, verzauberte Prinzen und Feen, sie alle befanden sich im Ausnahmezustand. Mir tropfte der Schweiß auf meine Nase, meine Bluse klebte am Körper. „Ausziehen, mach dich nakisch“, frotzelte Maxi und nahm Jagd auf einen frei werdenden Tisch auf der Empore. Endlich saßen wir mit lang ausgestreckten Beinen, es entfaltete sich eine innere Harmonie zum Raum. Eine Herausforderung, im besonderen Falle in innerer Balance zu bleiben. Wir bestellten uns zwei Sanfte Engel mit viel viel Eierlikör, dazu Apfelstrudel mit Vanilleeis. Von Minute zu Minute steckte unsere Fröhlichkeit die übrigen Gäste an.

Die Perücke holte mich aus meinen Gedanken zurück, sie stachelte wie Klettpapier. Gerade in diesem Augenblick führte ein Blickkontakt zu einem ansehnlich gekleideten Ehepaar herüber. Der Mann stand auf, die Worte um die Entschuldigung waren frei von schlichter Annäherung, sie kamen wie aus dem Nebel, männlich, kräftig, überlegen, getarnt als Frage nach meinem Friseur. „Ein phantastischer Schnitt, die Farbe einfach genial. Meine Frau findet großen Gefallen daran.“ Meine Worte waren in Not geraten. Ich war mir nicht bewusst, dass ich Signale setzte. Ich war kein blonder Engel mit Flügeln, in einem Aufzug, der Männerherzen betört. Ich sah nicht aus wie Maxi, eine Zauberin im schwarzem Kostüm, roten verlockenden Lippen und entflammenden Parfüm. Wie ein Autoaufkleber, so stand mir das Verfallsdatum auf der Stirn.

Die konvenable Information erhielt den Schrecken, der unvermittelt in seine Augen trat. Vom Wort betroffen, war seine Geste zum Unfassbaren aber zugleich als Bewunderung gediehen. Bestürzt entschuldigte sich die Frau ein wenig später und schickte mir beim Verlassen des Cafés eine lebendige, herzliche Handbewegung zu. Sie öffnete noch einmal die Tür und legte unauffällig ihre Visitenkarte auf den Tisch, wir verabschiedeten uns noch einmal mit den besten Weihnachtswünschen. Alle Blicke richteten sich auf mich, die Beklemmung nahm fühlbare Formen an. Die enge Bluse, die einzige die mir noch passte, ich hatte an Umfang zugelegt und brachte es auf einige Kilo mehr über das Normalgewicht, klebte wie ein Löffel im Honigbad an mir. Vielleicht, so seufzte ich, war das alles ein bisschen viel für heute.

Maxi strahlte Unbehagen aus, sie war nicht wieder eingetaktet. Eine SMS verriet den wahren Grund. Ihre derzeitige Herzensangelegenheit teilte ihr im wilden Wechsel mit, dass aufgrund eines soeben zugezogenen Rippenbruchs ein Treffen unmöglich sei, überdies die Verwandtschaft bereits die Pflegschaft übernommen hatte.
Maxis Werte verschlechterten sich zunehmend wie die Nachrichten an der Börse. Ich hielt mich bedeckt im Hintergrund und beschäftigte mich lautlos mit dem inzwischen erkalteten Apfelstrudel.
Ich wusste nicht, wohin ihre Reise an diesem Abend ging. Ich hatte nicht mehr danach gefragt.
Zu Hause lag alles an seinem gewohnten Platz. Nichts be-

wegte sich, keine Küchenschabe, kein Insekt. Der Krebs war kleiner geworden, ein ganzes Stück Hoffnung in einer weiteren endlos langen und traumlosen Nacht.

Montag vor Chemo

Am Montag nach dem 3. Advent stand mein Gute-Laune-Barometer fast auf achtzig Prozent. Nicht wegen des eingehenden satten Vermögens, die Krankenkasse hatte mir gerade zweihundertsiebzig Euro überwiesen, sondern auch, wegen der Umstellung der eigenen Art. Ich fühlte mich wie ein Millionär. Wenn es läuft, dann läuft es richtig. Dann kommt auch Kurt gelaufen, die schmeichelnde Botschaft aus dem unterkühlten Norden. Seine Stimme, ein gewaltiger Sturm nach heißen Sonnentagen. Eine Fülle von Wahrscheinlichkeiten, die darauf deuteten, bei Anwesenheit die Gläser bis auf den Grund zu leeren. Roger, ein Mann der nie etwas Persönliches nach außen dringen lässt, was er in seinem tiefsten Inneren verwahrt. Einen Anspruch darauf zu erheben, ihm Gewalt anzutun, würde nicht mehr bringen, als dass man sich selbst in die eigene Hand schneidet. Er sprach nie vom Liebeshimmel, nie vom Bausparvertrag, sondern um den heißen Brei. Ein lebendes Geheimnis mit hanseatischen Wurzeln. Szenewechsel, der Eisklumpen begann zu schmelzen. Etwas Vollständiges hat Notiz von mir genommen. Vorbei waren die tristen Wartetage auf Irgendwen und Irgendwas. Beide sahen nicht herein und telefonierten auch nicht mit mir. Trafen keine Aussage und wollten mich in den Wahnsinn treiben. Leider gehörte ich zu der Kaste derer, denen der es an Stolz und Charakterstärke mangelte und die zugleich mit einer beachtlichen Leidensfähigkeit ausgestattet war. Zu viele Jahre habe ich gebraucht, mich aufrecht zu stellen. Liebende Frauen sind wie Kinder, sie werden nie müde, an Märchen zu glauben. Immer wieder die gleichen Geschichten, Glücksbringer und immer wieder zu Tränen gerührt. Werden wir älter, hören wir auf, an ein Leben wie Cinderella und Prinz Charming zu glauben. Und sie lebten glücklich bis ans Lebensende. Selbst ein Kuscheltier hat heute mehr zu bieten als eine SMS. Mit unseren Augen blicken wir in ein täuschend ähnliches Spiegelbild unserer selbst. In jeder fein gezeichneten Linie liegt die Rückschau bis zur Jugendlichkeit, die uns bis heute noch nicht alle ihre Geheimnisse enthüllt hat. Nur ein einziges Mal noch wollte ich den samtigen Duft des Glücksgefühls einatmen, mitnehmen für später, wenn die Haut zu bröckeln beginnt.

Der Hafen, die Fischer, der Mantel der Vorfreude rückten näher. Roger hatte an Masse reichlich zugelegt. Wie immer war der Stoffwechsel daran schuld. Mit seiner Umtriebigkeit schaffte er es, seine Arbeit, seine Kinder und den HSV in den Rahmen zu schieben. Zwei Stunden Aufenthalt, mehr war nicht drin, vorzugsweise andere Spieler rangen um den Ball, ich stand wie ein Pferd quer im Stall. Großzügig war ich versucht, ein anderes Thema zu erklären, mein Zynismus war nicht zu verbergen, täuschte Gelassenheit und Selbstsicherheit vor. Langsam und methodisch veränderte sich jegliche Art von Lust, derweil die anderen Gelüste auf Süßes größer wurden. Waren die Medikamente daran schuld? Nur noch heiß auf Eis.

Das Format meines Wunschzettels schrumpfte zu einem erbärmlichen Dreizeiler. Ganz unten wurde die Geburt einer Illusion mit einer radikalen Handbewegung ausradiert. Um ganz sicher zu gehen, kratzte ich jeden Buchstaben einzeln aus dem roten Herz heraus. Nahm den Locher und machte Konfetti daraus. Da war sie wieder, meine blühende Phantasie. Die Kreuzchen auf dem Wettschein waren eins daneben, so wie das Geschäft mit dem Teufel, der mich auf der Zielgeraden erwischte und sich über meine Geistesblüte belustigte, mit Krebs an den Richtigen zu geraten. Niemals in der Geschichte ist es vorgekommen, dass sich ein Mann in eine Krebskranke verliebt, beispielgebend aber hochqualifizierte Frauen in einen krebskranken Mann.

Gewiss bearbeitete Roger noch am selbigen Abend seine Bildergalerie, die sich inzwischen zu einem brisanten Thema entwickelte. Im Laufe unserer lockeren Bekanntschaft waren es ungefähr eine Handvoll erlesener Fotografien, die er analytisch pigmentierte. Andere sammeln Briefmarken, warten auf die „Lindenstraße" und andere interessieren sich eben für die Frau im mehligen Glanz. Ich hörte alsbald auf, meine Fotos wie einen perfekten Tagesablauf zu präsentieren. Konsequent lehnte ich es ab, wie ein Affe vor dem Fotoshooting bepinseln zu lassen.

Es war kurz vor zwölf Uhr, seine Verführungsansätze hatten an Distanz verloren. Die Liste der offensichtlichen Beweggründe, sich vom Acker zu machen, war wieder völlig schmerzfrei um einen Punkt gestrichen. Die Summe aller meiner selbstgesteckten Ansprüche an die Dauer seines Aufenthaltes brachten mir einen gehörigen Nettobetrag an Gefühlswirrwar ein, zuzüglich der Steuer für unkontrollierbare Gefühlsausbrüche, die als Gesamtbetrag nicht mehr und nicht weniger das Ergebnis eines mangelnden Selbstwertgefühles waren. Strich darunter, dieses profilierte Thema, mit allen Feinheiten, ausgeprägter denn je, wussten wir auszuschmücken in den Telefonaten, die fast schon unbemerkt zu einem festen Bestandteil meines Tagesablaufes geworden waren. Am Anfang stand die Neugier, in der Mitte das Interesse und in der Folgezeit zeigte sich jene Sensibilität, die sich vor jedem Festtag entwickelt. Mein Herz schlug in rhythmischen Tönen, die sich anhörten, als wäre der endlose Winter vorüber. Ich war nicht traurig, nicht verletzt, meine Erlebnisse verloren ihre Sensibilität. Ich lernte mich einzufühlen in die jeweiligen Gegebenheiten und verfügbaren Ressourcen.

Im Spiel gibt es nur zwei mögliche Varianten. Entweder du gewinnst, dann bist du happy oder du verlierst und lässt dich fallen. Die Wirklichkeit sieht manchmal anders aus, liegst du auf der Schnauze, siehst du keinen Himmel, oder aber du stürzt unglücklich auf den Rücken und brichst dir das Rückrat, dann ist es mit dem Lachen in beiden Fällen auch vorbei. In meiner Situation gab es nur einen Ausstieg

oder ein Weitermachen. Das mit dem Aussteigen war der besondere Fall, der feige, den ich nicht in die engere Auswahl gezogen hatte, das Weiterführen bedeutete, Strategie ändern, indem ich nicht auf meine eigene inferiore Position beharrte, sondern einfach so tue, als wäre das Ganze vorübergehend. Diese Theorie konnte mir insofern nützlich sein, als dass ich dieses Entscheidungsmuster auf alle folgenden Situationen fortan anzuwenden wusste, wenn auch nicht sofort, aber mit einer genaueren Formulierung. Auf dem Weg dorthin stand der Krebs als Unkraut, als zerstörerische Bombe.
Der Dezember zeigte sich mehr oder weniger fremdbestimmt. Die Lehre, die ich aus diesem Monat ziehen konnte war die, dass ich niemals auch annähernd, niemals wieder, nach dem ersten besten Glühwürmchen greife. Und davon ganz abgesehen, glaubte ich auch gar nicht mehr an die Sterne und die Schnuppen. Die verglühen doch sowieso schon unterwegs, bevor sie gelandet sind.

Meine letzten vier Abende vor der Halbzeit waren restlos ausgebucht. Eine Shoppingtour folgte der anderen in L.E. Kurz vor Weihnachten drehten alle am Rad. Der Mann am Bratwurstgrill drehte die Wurst so lange, bis ihr schwindelig wurde und sie gar nicht mehr schmeckte. Die Händler drehten das unaufhörliche Gedudel laut. Ein Entkommen gab es nicht, weder auf der Straße, noch beim Pinkeln auf der Kneipentoilette. Überall schwappte diese eintönige Weihnachtslieder-Soße über. Selbst im Fahrstuhl verirrte man sich in den Strömen aus den Boxen. Ich wurde nicht kaufwilliger, nein im Gegenteil, griffiger, gereizter und schrie die Verkäuferin an.

Auch gegen das Wetter konnte ich nichts tun, wohl aber für meine Seele. Der Spaß am Leben hielt sich im Vordergrund, ein bisschen Vorrat in der Weihnachtszeit half, den Gemütszustand aufrecht zu halten.
René war berüchtigt für seine pedantische Präzision, seine Ladendekoration szenenwirksam einzusetzen. Die beneidenswert gute Lage seines Geschäftes spuckte ordentlichen Gewinn aus. Auf dem Traiteur-Tisch mit grüner Marmorplatte standen eine Siena Vase aus Altmessing, mehrere Empire State Champagnerkühler und ein Fruchtensemble in einer runden Bourbon Zinnschale. Im Eingangsbereich das Sideboard Touraine, rechts und links zwei Fontainebleau Stühle.

Er drückte mich auf ein Sofa nieder, der Kaffee war gerade angesetzt, aus der gegenüberliegenden Patisserie brachte er mir Schokolade auf einem silbernen Tablett. Er war ein Mann und keine Beleidigung für das geschulte Auge. Attraktiv und hoch gewachsen, eben ein leckeres Bürschchen und nichts zum Abgewöhnen. Vergeben, war nicht zu haben. In dieser feierlichen Atmosphäre chiffrierte ich die Zahlen vor dem Komma. Keine Durchschnittspreise, Qualität aus guter Hand.

Nach einer reichlichen Stunde waren Trüffel, Kekse und der Champagner vergessen.

Sein Kompliment an meine Perücke verschaffte mir den zusätzlichen Kick. Ein bisschen high, ein bisschen Glück, selbstvergessen schlenderte ich noch ein paar Geschäfte weiter. In feines Papier gewickelt waren die Pantoffeln vom kleinen Muck, die er mir als kleine Aufmerksamkeit zur Weihnachtszeit in die Tasche steckte. Ein Jahr später fiel sein Geschäft den hohen Mietpreisen zum Opfer. Eine bunte schrille Landschaft breitete sich allmählich wie eine Lawine durch die Passagen aus.
Eine zunehmende Professionalisierung im Niedrigpreissegment ist sprunghaft angestiegen. Ramsch wird besser verkauft. Was bleibt übrig von einer Stadt, die mehr zu bieten hat als Schnellimbiss und Ein-Euro-Läden, lange Fußmärsche in die Center treiben, in denen es nicht mehr und nicht weniger gibt, als auf dem Weg dorthin und draußen vor der Stadt.

Es war schön, wieder zu Hause zu sein in meinem kleinen schnuckeligen Zwei-Zimmer-Apartment. Das Samstagabendprogramm war nicht mein Ding, kling, kling, klingeling, der Spendenmarathon brachte den Millionengewinn, bis ich schier in Ohnmacht sank.

Gerade als ich den Deckel meiner Nussschale über mich gezogen hatte und alleine weiter paddeln wollte, geschah etwas ganz merkwürdiges. Es war eine Begegnung mit dem Außerirdischen. Ich spürte einen kalten Hauch über mir, als hätte mich ein kühler Wind gestreift. Es war kein Traum, kein Luftzug, es war jemand hier. Auch von den

himmelblauen Wölkchen hatte ich keine eingenommen. Ein seltsames Geräusch, eine Bewegung in der Luft. Ein gleichbleibender Ton von mehreren Sekunden, ein Ausatmen aus tiefer Kehle, dann wieder diese eigenartige Stille. Wurde ich verrückt vor Einsamkeit, gaukelte ich mir etwas vor oder war es Wirklichkeit? Ich machte meine Augen zu und verkroch mich unter meiner Decke. Mein Kopf befand sich an zwei Orten. Ich spürte jemanden im Raum, meine Decke bewegte sich und ich hielt den Atem an. Bei mir war nichts zu holen, ich hatte ja nichts mehr. Eine Weile lag ich unbeweglich da, dann hörte ich eine Tür. Vorsichtig kroch ich aus meinem Versteck. Alles in Ordnung, der Spuk war vorbei.
Mein Herz raste, Schweiß an den Händen und im Gesicht. Die Atmung setzte langsam wieder ein. Es war kurz vor einundzwanzig Uhr, hellwach, gewiss, dass ich nicht träumte. Noch immer weiß ich nicht, was damals geschah. Spuki, Spuki war vorbei.

Wärmebehandlung

Manchmal dachte ich an Lu und Estelle. Gerade jetzt, in dieser Jahreszeit stehen die Sensoren auf Empfindlichkeit. Rührseeligkeiten übernehmen den Schnitt des Tages. Alles muss raus, wie beim Schlussverkauf. Gefühle liegen nicht mehr in der Kapelle begraben, sie steigen wie das Grundwasser im Waschkeller. Angst, Ärger, Mitleid und Freude überraschen uns, wir steigen in einen sensiblen Anzug. Der

Wunsch ist da, nach einer Hand, die wärmt und ab und zu den Müll rausbringt. Selbst kleine Gefälligkeiten sprechen unsere sensibel gewordene Gefühlsebene an, nicht selten fällt uns dabei ein nasses Element aus den Augen. Es steigt hoch wie das Grundwasser im Waschkeller. Gibt es eigentlich eine Jahreszeit, in der wir uns schon früh den Bauch vor Lachen halten? Ich kann nicht mal mehr lachen, bei Bülent im Fernsehen, wenn er seine Witze macht.
Kann mich ja mal auf die Straße stellen, auf die Brust klopfen, vielleicht kommt ein Lacher heraus. Als Kind habe ich mir manchmal vor Lachen in die Hose gemacht, das Lachen war mir aber bald vergangen, als ich flügge wurde, das Elternhaus verließ und ich mich nach Arbeitsschluss um die Familie kümmern musste. Heute bringe ich nur ein verwegenes Kichern hervor, besonders dann, wenn Lu und Estelle glaubten, dass ich mich auf den Weg mache, sie zu besuchen. Mir stand nicht der Sinn nach Ausflug und außerdem hätte es mich zu sehr deprimiert, mir die neuen Urlaubsfotos aus Kuala Lumpur, Singapur, Manila und Phnom Penh anzuschauen. In meinem Wolkenkuckucksheim war Winter, tiefster Winter und es war kalt. Ich spielte Heiterkeit vor und sehnte mich verzweifelt nach einer warmen streichelnden Hand. Ich wollte nicht den Eindruck erwecken, als wüsste ich nicht, mit Weihnachten etwas anzufangen und spielte wieder mal den Clown. Alles gut, alles bestens und alles perfekt.. Was hatten die sich denn gedacht? Weder kriechend, noch hüpfend, noch im Netz bewegend, vermochte ich mich dorthin zu schaukeln. Das war jetzt nicht meine Zeit, die mich in die Ferne rief. Mein

kranker Verstand erinnerte sich an manche, Szene die nicht gerade überzeugend war. Im Schauplatz der Eitelkeiten wurde getuschelt, gehechelt und über andere hergezogen. Zu gern flüsterten sie sich zu, dass ich ausgewandert bin, nach L.E. und mich der Schlag getroffen hat. Es musste schon an Dummheit grenzen, mich dieser Damenrunde auszusetzen. Eine verpasste Gelegenheit, mich noch einmal vorzuführen, als kranke Frau mit kahlem Kopf. Eine, die die Krankheit meistert, die alleine ist, ohne Mann, ohne Gut und Geld und schaut, wie sie über die Runden kommt. Hätte mich auch sehr gewundert, gar nichts von ihnen zu hören. Das waren nicht mehr dieselben, die ich von früher kannte, oder täuschte ich mich etwa? Ein herber Zug kehrte bei diesem Gedanken in mein Gesicht zurück.
Eine neue Freundin, die ich hier in L.E. bei einer Vernissage kennen gelernt hatte, meinte es besonders gut. Sie wollte mit mir über den Friedhof spazieren gehen, weil es dort besonders ruhig war, die Gräber anschauen, die Schriften auf den Grabsteinen, sie interessierte sich für Ahnentafeln. Eine andere besaß die Freundlichkeit, mich in die Klinik einzuladen, dort wurde gerade die neue Pathologie eingeweiht. Eine ernst zu nehmende Angelegenheit, über die ich gründlich nachdenken sollte. Spiegelt sie doch die Wahrnehmung in einem anderen Licht wider, mit einer ganz anderen Leuchtkraft, im Laborlicht, bei dem man friert, unter dem die kalten Finger über die Schulter streifen.
Am Fuße der Beschaulichkeit dehnte sich eine Lähmung aus. Steif, wie die Zeit, die ich mit dem Krebs verbrachte. Und wieder einmal hielt ich Rückschau auf jenen unwahr-

scheinlichen Moment der Trennung, den Anfang einer anderen Lebensform. Ich hatte nicht das Gefühl, wirklich da zu sein. Ich hatte Lu und Estelle einen Brief geschrieben, den gleichen, so wie sich es gehört. Viel Liebe, viel Erfolg und die Freude auf ein baldiges Wiedersehen. Dabei hatte ich nicht wirklich daran gedacht. Nicht alle Schwäne sind weiß, die Black-Swan-Theorie erklärt rückschauend die Metapher, die dieses Ereignis ungesteuert den Bereich des Erwarteten übersteigen ließ.

Draußen

Hinter der Glasscheibe sah ich Tristes. Waschküchenwetter acht Tage vor Weihnachten mit leichtem Nieselregen, getrübt so auch meine Stimmung, alle Termine abgesagt. Meine Seelenlage war umgeschlagen, was heute im Dunkeln liegt, hüpfte gestern noch im Licht herum. Die Phase der Therapie erfasste jeden Knochen, jede Faser, die mich kaum noch zusammenhielt. Mein Körper verlangte nach Entspannung, nach einem Aufschwung. Nicht nach kontaktfreudigen Männern, die mich an der Leine zum Einkaufen führten. Die mich als tragende Rolle nach Hause begleiten, die wortlos neben mir Platz nehmen bis die Sonne untergeht. Nein, etwas Brauchbares, was mir ein Gefühl von Selbstvertrauen schenkt und mit mir die geheimnisvollen Rätsel des Lebens löst. Ich schrie lautlos um Hilfe. Aber woher sollten die denn kommen, aus dem Müll vielleicht? Mein Sofa wurde nicht geteilt, wie das letzte Tortenstück, auch erweckte ich mit meinen hängenden Schultern ohne jegliche Dynamik nicht gerade Beschützerinstinkte. Die wenigen, die mir dann doch auf seltsame Art und Weise auf den Leim gegangen sind, waren berentet oder warteten auf Hartz IV. Verteilten gutgemeinte Ratschläge für den Dummy, der sich in einer anderen Notsituation befand. Die waren fertig, wollten nicht mehr. Hatten sich in ihre Struktur bedingungslos eingefädelt und sich zurückgewiesen gefühlt, nachdem mein eigener Schutzmechanismus in Kraft trat. Fanden die mich zu dösig, als dass ich nicht schon längst selbst darauf kam und vieles bereits erledigt war? Ich zog sie magisch an. Ich saß ja auch nur zu Hause rum.

Um einige meiner Freundinnen war es ruhiger geworden. Lu und Estelle schickten mir ein süßes kleines Paket, als Trost für einsame Stunden und den Verlust, dass ich nicht bei ihnen sein kann. Wir waren uns darin einig, dass nur der Krebs mit Freunden, mit Worten und vielen Taschentüchern zu besiegen ist. Unmöglich, das alleine durchzustehen. An diese Stelle einen Kommentar hinzufügen, wäre wie kostbares Olivenöl in loderndes Feuer zu schütten. Somit bleiben mir aus diesem Grunde auch falsch verstandene und verletzende Meinungen darüber erspart.

Zu ihrer Entschuldigung sei eingefügt, dass sie liebenswerte und großzügige Freundinnen sind. Einzeln betrachtet, sich als Noten zu einem Musikstück zusammensetzten, das mit einer angemessenen Entfernung am besten zu hören ist. Mit Abstand betrachtet, hier jede anderslautende Meinung einen besonderen Charakter trägt.

Im Kreise der flüchtigen Damen, deren Nachnamen ich bereits vergas, befanden sich auch Lina und Lola. Beide hatten sich glücklich in den Ehejahren festgebissen. Für sie war der Ehemann das Sinnbild einer heiligen Kuh, Statussymbol und Gradmesser des Vermögens und Lieferant von gut bekömmlichem Futter. Linas spendabler und kreisrunder Ehemann war fasziniert von ihrer Intelligenz. Sie stand wirklich mitten im Leben, und zwar zwischen seinem Eigentum, den Häusern, die sie ungehemmt unter den Hammer brachte. Bis auf eins, bis auf das, worin sie selber noch schlief.
In ihrem Kopf steckten anhaltend viele und wirre Ideen. Ihre Einfältigkeit vermehrte sich von Tag zu Tag. Wie Lava, spuckte der Fruchtkern unentwegt seine nicht gerade unterentwickelten Ideen durch die Luft. In Ihrem Kopf steckte das Codewort zum Konto ihres Mannes. Sie hatte es geknackt, als er sich mit einer anderen besprach und dabei räkelte, bis der Notdienst kam. Ihr Mann versuchte zu retten, was es noch zu retten gab. Sie beanspruchte Vollmacht, verwechselte das ihre und das seine und das Komma hinterm Punkt.
Mir blieben der Wunsch nach einer angenehmen Zeit und der Dank einer Freundschaft, die schon lange Vergangenheit war.

In einer Ehe und im Leben gibt es nun mal keine Versicherung für langfristige Beziehungen und Verbrüderungen. Es sind meist die spontanen und flüchtigen Begegnungen, die für einen kurzen Unterhaltungswert sorgen. Bis auf „nächstes Mal" und „man sieht sich" passiert nichts weiter, als dass sich schon nach wenigen Minuten die Bewusstseinslage minimiert hat.

Wie ein Frosch im Wasserglas versuchte ich auf die Leiter zu springen, es war weit nach oben. Noch ein paar Stufen, nur Mut und etwas mehr Kraft. Vogel sein, sich Überblick verschaffen, von oben nach unten schauen, sich das Futter selber suchen und ein Nest bauen, dort wo es am schönsten ist. Mit weitem Flügelschlag das Weite suchen und nicht hinter dem Glas wie eine Fliege verenden. Die Luft war so dick, dass ich nicht atmen, nicht fallen konnte. Auch die Nasentropfen halfen nicht.
Skepsis neben mir wie der graue Schleier, der sich verhangen auf die Autos legt. Noch immer keine Spur von der heilen Weihnachtswelt. Erinnerungen kamen und gingen wie Mondstrahlen. Achterbahn hoch und runter, mir wurde schlecht. Mühsam kämpfte ich gegen das Unausbleibliche an. Wenn ein Schwan weint, dann schweigen die Tiere des Waldes.

Ich brachte es nicht fertig, fröhlich zu sein. Abermals durchströmten heiße Wellen meinen Körper, so sehr, dass es fast wehtat. Es war der Schmerz, die Traurigkeit, allein zu sein. Ich schaltete das Radio ein, begann eine CD zu suchen und drehte voll auf, hörbar bis in die letzte Etage. Meine Ohren waren aktiviert, die innere Stimme reagierte und ich

wagte den ersten Sprung in meine hohen Schuhe, tanzte mit meinem Spiegelbild, berührte meine Brüste und wog mich im Takt zur Sinfonie. Ich griff fester zu, konnte ich glauben was ich fühlte, war es Einbildung oder Sinnestäuschung? Eine Feststellung, für die es keinen Zweifel gab. Der Knoten war verändert, fühlbar kleiner geworden. Die Chemotherapie hat angeschlagen, hat draufgeschlagen, ihn kleiner gemacht, hat ein paar Zellen zerstört, aus einem Ganzen ein Halbes gemacht. Diese frohe Botschaft sollte die Welt erfahren. Wen rufe ich zu dieser späten Stunde an? Dr. Gazawi war nicht im Dienst, Mohammads Handy aus und Roger für diesen nächtlichen Überfall sicher nicht zu haben. Bei Lu und Estelle gäbe es eine Ferngesprächsverzögerung, einen Freund hatte ich nicht mehr. Die Nachbarn waren nicht da und die netten Mieter über mir wollte ich nicht belästigen. Sie hatten ab und an nach mir geschaut, für kleine Gefälligkeiten gesorgt. Christian lag unter Palmen, spielte mit dem Wind und tauchte im Wasser unter, mit einer Frau, über die er nur ungern mit mir sprach. Mein Sohn plagte sich mit Jetlag, in Hongkong war es Nacht.
Eine schlechte Idee, Michael aus seinen Gedanken zu rufen, er schrieb gerade an seinem neuen Bühnenstück. Facebook und E-Mail an alle, die es wissen und nicht wissen wollen? Ich vermied es dann doch, mich noch lächerlicher zu machen, zumal ich nicht bei Facebook angemeldet war. Hier entsprang die Geburt eines maßgeschneiderten Konzeptes für die Zeit danach.
Blitzartig verwandelte ich mich in eine Femme fatale. Ich

schminkte meine Lippen mit dunklem Rot, zog die Augenbrauen kräftig nach und riss mir die Bluse vom Leib. Ich schaute meine vollen Brüste an. Das Ganze gab mir den Kick, eine vage Vorstellung von Fell und Fleisch. Während ich das heiße Wasser in die Badewanne einließ, streckten sich die langen Schatten an der Wand im Schein der Kerzen. Lustgefühle waren nun nicht mehr zu verbergen, sie übermannten den Prozess des langen Darbens. Meine Lebendigkeit hatte Farbe angenommen, mein Gesicht brannte vor Schuldgefühl. Angespornt von den Ereignissen der letzten Minuten gelangte ich mit beständigem Vergnügen auf die Stufe der Lustbarkeit. Die milchigen Schaumkronen in der Badewanne gaben wellenartig den Blick meiner Brustwarzen frei. Bei allem Feuer und der Hitze, die sich im Raum ausbreitete, war ich an meine Grenzen gestoßen. Der plötzliche Anfall von Müdigkeit überließ mich meiner Ruhe. Meine Atmung wurde langsamer, das Zentrum der weiblichen Lust rückte aus dem Mittelpunkt meiner Empfindungen. Nur mit äußerster Anstrengung gelang es mir, mich allmählich aus der Gefahr zu begeben, noch im lauwarmen Wasser einzuschlafen. In einem Moment der Stille wurde ein neuer Kontakt zur Außenwelt geboren. Was blieb mir zu tun, als mich auf die andere Seite zu stellen. Ich schlüpfte in ein seidenes, fast durchsichtiges spitzenbesetztes Hemd und tauschte meine Träume gegen die Wirklichkeit ein.

Inventur

Noch immer ist der Himmel über dieser Stadt mit einem dunklen Grau bedeckt. Darüber liegt die Weite, die unbeschreibliche unbegrenzte Weite, in der es keine zeitlichen und räumlichen Grenzen gibt, die sich abstrakt in unserer Vorstellung entwickelt. Meine Ahnungslosigkeit hält mich davon ab, darüber weiter nachzudenken, ob in der Zwillingsgalaxie ähnliche Lebewesen existieren, die mit ihrem Schicksal hadern, die kein Verlangen auf diesen stimmungsdrückenden Leerlauf beanspruchen. Weihnachten bedeutet doch mittlerweile ohnehin für die meisten Menschen Stress und für Singles den Schlag zum K.O. Arbeiten kann ich auch nicht, habe Betriebsferien geplant. Sollte mein Sohn noch unterwegs sein, organisiere ich eine Party und kippe mir einen hinter die Binde. An der Türklinge wird ein Karton mit der Aufschrift hängen: Entschuldigung, Weihnachten wird etwas laut, hier findet Livestyle statt.
Erkenne den Sinn von Pappfiguren, kippen einfach um, wenn man mit der Schleuderzwille drauf schießt, "Wetten dass ...!" ... ich den Richtigen erwische. Die meisten Beziehungen gehen Weihnachten sowieso baden, also warum Trübsal blasen, das mit der Blase kommt später.

Weihnachten – nur ein Datum auf dem Kalender? Die Einen wollen einfach nur weg, gaaaaanz weit weg, die Anderen finden sich zusammen, aus Pflichtgefühl, aus Tradition. An Tagen wie diesen, ist es nicht ungefährlich, den Rahmen zu sprengen. Lange genug wurde leise getreten,

die Unzufriedenheit aufgespart, bis die Sau aus dem Hintergrund springt.
Ich darf mit dem Vorwaschprogramm klar kommen, die Maschine ist angestellt, die Trockenschleuder wird nachher bedient. Mein Geschenk ist der Krebs, hat mich etwas überrascht, ist überpünktlich gekommen, legte alle Energiequellen lahm. Muss also nicht bis Weihnachten warten. Habe ich noch zwei Wünsche frei?
Ich bete zu Gott, bunte Bilder helfen dabei, Inhalte zu transportieren. Noch einmal aufholen, alles ausprobieren, auch wenn die Kraft nur bis zur Hälfte reicht. Nicht mehr an starre Regeln halten und einfach loslassen, was ich sowieso nicht halten kann. Schwamm drüber auf alle, die anders denken als ich. Den kaufe ich mir unsortiert, in der Billigwarenabteilung.
Es muss mir gelingen, mit der anderen Hand meine Finger nach vorn auszustrecken. Geht etwas schief, schnurz piepe, wer abrutscht darf noch mal, müsste hier Routine haben.

Ich stehe hinter dem Fenster und warte darauf, dass sich irgendetwas um mich herum verändert. Sei es nur eine Tür die klappert oder ein Postbote, der sich verlaufen hat. Kälte und Traurigkeit fressen meine Seele auf, der Nieselregen lässt mich vor Einsamkeit erstarren. Wohin mit allem, was mich belastet, was mich nicht fröhlich werden lässt? Die Tage und die Nächte sind endlos und trist, so dass ich mich frage, ob alles so seine Richtigkeit hat, ob noch irgendetwas eine Bedeutung hat. Mit unnützen und anstrengenden Besuchen fühle ich mich überfordert und meine Höflichkeit verbietet eine Zusage, als Gast zum Festtagsbraten zu erscheinen. Witze machte ich früher, als ich mir noch die Pointe merken konnte, heute ist es nur ein kleiner Witz und dessen Ende nur ein Pointchen, reicht für eine limitierte Ausgabe mit unzensierter Aussage. Ich vertiefe meine Empfindungen und spekuliere mit meinem vorhandenen Wissen um die Tatsache, dass ich niemanden eingeladen habe.

An Heiligabend werden mich Freunde fragen, wie es mir geht, sie werden mir alles Gute und viel Gesundheit wünschen. Gut gemeinte Ratschläge reduzieren sich für mich auf Gestaltungsmöglichkeiten wie Konzertbesuch, Kurzurlaub, Dinner zu zweit, auch Wellnessurlaub für Haut und Haar. Sind die denn alle gaga? Komme nicht mal bis zum Schuhmacher, der mir die abgelaufenen Spitzen kittet.

Mein Sohn wird hoffentlich in wenigen Tagen aus Hongkong zurück sein. Die Angst drängt sich in den Vordergrund, schwach zu wirken. Tränen, sagt man, hätten eine befreiende Wirkung, aber bitte nicht an diesem Tag. Muss aufpassen, dass ich mitten im Wort nicht stecken bleibe. Den Text kenne ich mittlerweile schon auswendig. Alles gut, alles fein … schaffe das …

Bald ist Halbzeit, der Ultraschall wird Wirkung zeigen. So unvorhersehbar das Ergebnis auch sein wird, ich bin mir sicher, auch das werde ich irgendwie schlucken. Den Termin muss ich mir aufschreiben, Lücken machen sich bemerkbar. Spuren von kleinen Aussetzern sind die Folge der Medikamente. Früher war alles gespeichert und abrufbar wie auf einer Festplatte. Heute suche ich überall, was ich soeben benützte. Namen sind wie ausradiert, wie verschluckt. Termine lese ich im Kalender nach. Leider haben die Banken und das Finanzamt kein Verständnis dafür.

Lange wird es nicht dauern, die dritte Chemotherapie wird mir die Furcht vor der Ungewissheit und die Freude auf Heilung anzeigen. Niemand kann mir helfen, meine Aggression, die ich mir rational verbiete, die sich gegen mich stellt, abzuschwächen. Gedanken lassen sich nicht umlenken, sie werden in der Steuerzentrale programmiert. Sie sind starr und unnachgiebig. Ihr Gewicht liegt auf Selbstzerstörung.
Die Skepsis trage ich wie auf einem silbernen Tablett. Resignation und Freude stehen sich auf dem Wahlzettel feindlich gegenüber, die Hoffnung ist parteilos.
Prognosen sind überall zu lesen, jeder versteht sein Handwerk. Aussichten, Lebensverlängerung, positives Denken, was heißt das denn? Sind es noch drei Jahre oder drei Jahrzehnte? Genau kann das wohl niemand sagen. Werden wir nach der Wahl erfahren.

Das Fernsehprogramm sorgt für Ablenkung und lässt ein kleines Stimmungshoch vermuten. Herr Lafer ist gerade verfügbar und steckt den Lichter an. Der Kühlschrank bietet das Kontrastprogramm, nicht mehr als eine gähnende Lächerlichkeit.

Die Nahrungskette ist abgerissen, bleibe schlank. Liege auf der Couch, die nackten dünnen Beine gen Himmel gestreckt, im Bademantel eingehüllt wie ein rohes Ei. Brauche keine Haare waschen und keine Wimpern tuschen. Meine ausgelatschten Pantoffeln liegen mit langen Ohren auf dem Boden und warten darauf, mit mir Gassi zu gehen. Wenn ich jetzt belle, springen sie mir möglicherweise auf den Bauch. Das Laufen fällt mir schwer, das Fahren ist anstrengend, ich bin eingeschränkt, zum Reden habe ich keine Lust, bekomme meine Lippen nicht auseinander. Der Markt unter meinem Apartment birgt nichts Außergewöhnliches und nichts für meinen Appetit. Spezialitäten vertrage ich nicht, mein Magen hat sich an die Medikamente gewöhnt. Bin schon süchtig danach, die großen Kapseln einzunehmen, vor denen sich die Kühe fürchten.

Wo sind sie denn?

Auf zur Entenjagd, der Buschfunk sendet offizielle Bekanntmachungen. Nichts ist interessanter, als über Dritte zuverlässige pikante Details über Bekannte zu erfahren. Die Meldungen verbreiten sich wie die Bienen am Frühstückstisch. Wie aus einer Zitrone quetschen wir noch den letzten Rest heraus, damit wir hinreichend informiert sind. Wenigstens saß ich weitab vom Schuss, über mich gab es nicht viel zu mutmaßen. Im Angesicht des Todes vermied man es, in der Gerüchteküche herumzustochern, es sei denn, ich springe auf die Schippe. Heuchlerisch würden sie im tiefem bedauerlichem Ton ihr Beileid bekunden und dass ich ja so eine liebenwerte Seele war, die es nicht verdient hat, so zeitig zu sterben, flugs ein paar in Eile gekaufte Blumen drauf und ab in die Mitte, draußen vor dem Friedhof warten bereits die nächsten Hiobsbotschaften. Nichts ist so uninteressant wie die Meldungen von gestern. Sagte nicht mal jemand: Was interessiert mich das Geschwätz von gestern? War es Dr. Schäuble, Konrad Adenauer oder Helmut Schmidt? Ja, wer war es denn nun wirklich? Einer, der es verstand, den gestrigen Tag abzuschreiben und die „Leute von heute" neu zu bescheißen!

Um die Sache mit Ivano zu rekonstruieren, sollte jeder, der es wissen mag, mit reichlich Phantasie gesegnet sein. Wie aus gut informierten Kreisen berichtet, befand sich Ivanos bestes Stück in arger Not. Vorsichtig wollte er die Schlafzimmertür hinter sich schließen. Da passierte das Unvorhergesehene. Ein Windstoß erfasste die Tür und krachte ins Schloss. Das war sicher ein ausgefuchster und ausgewachsener Hurrikan, der hinter der Tür die Jagdsaison eröffnete. Dieses Kunststück musste mir mal einer vormachen. Allein die Vorstellung, sich beim Liebesspiel im Türspalt verletzen, sprengte schon im Ansatz mein globales Vorstellungsvermögen. Er war doch sonst einer von den Guten, hielt sich sonntags meistens in der Kirche auf und war sogar mit dem Pfarrer auf Du und Du. Ob er dort auf seinen Meister traf?

Mittlerweile war ich auf Eilmeldungen fixiert, war doch sonst nix los. Hielt mich strikt an die Vorgabe, es streng geheim zu halten. Was lehrt uns die Geschichte mit den Geheimnissen? Nichts ist so geheimnisvoll, als dass nicht sofort der Nächste davon erfahren müsste. Schließlich ist man ja kein Geheimnisträger. Und die es waren, haben sich gut versteckt und tragen heute die Weste lupenrein. Meldungen wie diese, schaufelte ich wie ein Stück von der selbstgemachten Käsetorte und kaute alles klitzeklein.

Auf dem Trampelpfad der Gerüchte saß sein Freund, der Bert. Seine neue Freundin stand mehr auf harte Sachen, schwarze Masken, Lack und Leder. Es war ihm nicht vergönnt, seinen Unterhosenbewohner rechtzeitig vor dem Angriff mit einer kugelsicheren Weste in Sicherheit zu bringen. Der Schuss ging nicht nach hinten los, traf leider auf die offene Garagentür. Auaaaaaa!
Hier schieden seine Geister mit glasigem Blick und einem langen Himmelsgebet. Auch er ist inzwischen umgekehrt.

Die Mittagszeit rückte näher, die nächste Gelegenheit, um wieder eine größere Medikamentenmenge mit der Zunge zu zerquetschen. Singleglück, zu schlampen, sich bis mittags gehen zu lassen, im Schlafanzug herumzuturnen und auf die Etikette zu pfeifen. Ein schriller Klingelton lässt mich innehalten, halte die Luft an, damit mich keiner hört. Noch einmal drückt jemand auf das Bindeglied zwischen Draht und schrillem Ton. Das Flugzeug kann noch nicht gelandet sein, Heiligabend ist später. Springe auf und laufe gegen die Tür. Die Linse zeigt ein breites Grinsen, das zu mir will. Außergewöhnlich große Nase, breite Stirn und

Pupillen so groß wie eine fliegende Untertasse. Es ist nicht der Nachbar, der sieht zwar auch nicht besser aus, dennoch kann ich nicht erkennen, wer zu diesen Augen gehört. Es ist zu spät, ich fühle mich ertappt, ein Geist schaut in meine Pupillen, die auf der Rückseite vom Guckloch kleben. Herz-Bube noch mal, die Karten sind gemischt. Herz bleibt stecken, Bube wird gezogen. Ich stehe hinter dem Türspion und sacke zusammen wie ein Kind vor einem leeren Weihnachtsbaum. Der Bube aus dem Schwabenland! Mit seiner Freudlosigkeit brachte er Nadelbäume zum Schütteln. Worüber sollte er auch lachen? Ich hatte ihn vor einem Jahr kalt abserviert. Die Gründe möchte ich nicht nennen, die sind jetzt einerlei.

Er ist kein Held, kein Kosmopolit, kein Chauvinist und kein Blender. Er ist ein Wanderer. Ja, so richtig mit Rucksack und allem Proviant. Das gedankliche Instrument ist das Ziel. Bis er sich auf den Weg macht, um den Mount Everest zu besteigen, werden ihn sicher erst noch andere Wandervögel zum Scherbelberg begleiten. Er erfreut sich mehr an den kleinen Dingen, an den Münzen im Safe und an den angesparten Silberlingen. Ich haue mein Geld raus, wenn's unter den Nägeln brennt. Was kosch't die Welt? Darum habe ich auch kein Eigenheim, aber einen vollen Kleiderschrank und den Knaben in der rechten Brust. Ich kann mich heute noch gut an den einen Tag erinnern, als ich mir im schönen Schwabenländle ein paar sündhaft teure Schuhe kaufte. Herz-Bube lud mich zu einem ganz entspannten Ausflug ein. Ehe ich mich versah, steckte in einem ausgetrockneten Flussbett fest, die Steine sprangen mir hoch bis zum Knie, dabei geriet ich völlig außer Rand und Band. Dreimal rief ich mit quiekender Stimme zur Umkehr auf. Aus Sicherheitsgründen behielt ich meine abgewetzten Ballerinas lieber an den Füßen, als dass ich sie als Wurfgeschoß gegen ihn richtete. „Hascht keine anderen mit? Ommmmmm."

Nun stand er vor meiner Tür, die ich nur einen Spalt breit öffnete. Ich konnte nicht glauben was ich sah. Freudiges Erwachen beiderseits, lange nichts gehört, ewig nicht gesehen. Herz-Bube ließ die Chance nicht ungenutzt. Grinsend hielt er seine Bettdecke vor den Bauch, die Koffer schob er mit den Füßen in den Flur.

Herz-Bube sehnte sich nach einer Weihnachtsfrau, die ihm den Braten in die Röhre schob. Seine Frau war während seiner Geburtstagsfeier mit dem Nachbarn durch die Garage abgehauen. Das mit dem Durchbrennen war mir irgendwie bekannt, zwei Welten, zwei Gesichter und schon war es passiert. Im Traum kam alles manchmal wieder, als Ermahnung vor dem nächsten Feind. Sind wir uns sicher, dass wir beim nächsten Mal alles richtig machen? Wenn wir IHN sehen, steht das Herz in Flammen, die Fingerspitzen beginnen sich zu verkrampfen und werden kalt. Wir verwandeln uns schlagartig in die komplette Fassungslosigkeit, unsere Worte werden im Keim erstickt, auch wenn wir mit unserem vorhandenen Vokabular die Enzyklopädie hoch und runter beten können. Wir avancieren zum Deppen, wenn wir glauben, dass sich unser Herzensmann für uns entscheidet. Wir sitzen in der Falle und hoffen, dass das Publikum applaudiert.

Herz-Bube stand leider nicht auf der Gewinner-Seite. Um die Situation zu verstehen, brauchte es eine angemessene Zeit. Er war verwundert über meine Blässe und über meinen kahlen Kopf. Er wusste damit nicht umzugehen. In ihm herrschte die Vorstellung, dass Chemo nützlich sei, die man erhält, als Frischekick nach dem Delirium.
Er sah meinen Krebs als Stimmungsmacher, den man so nebenbei bekam, wie eine Grippe, die bald wieder vergeht. Auf die Frage, ob der Krebs denn weh tut und wie lange das dauert, hätte ich ihm eine kleben können. Wie blöd muss man denn sein, um das auszusprechen? Etwas über eine Stunde, mehr war nicht drin, meine Worte, die Präzisionsarbeit verlangten, ihn zum Gehen aufforderten, ließen keine Bestechlichkeiten zu. Diese Episode war zu Ende, bevor sie richtig begann. Der Zuschauer braucht das Sahnehäubchen, die spannende Fortführung und das Happy End, hier waren weitere Folgen wegen gegensätzlicher Interessen vorerst abgesetzt, die Schauspieler hatten die Kündigung erhalten.

Gerade, als Herz-Bube sein Auto mit ordentlich Schmackes auf die Autobahn in Richtung Schwabenland lenkte, stürzten darauf folgend die Überraschungen wie die Eisbrocken vom Gletscher ab. Als hätte man meine Klingel unter Strom gelegt, klebten gleich noch weitere Finger dran, die sich danach ausstreckten, die Zeit zu verschwenden.

Meine Desktop-Symbole spendeten mir eine Atempause. Barfuß zurrte ich meinen abgetragenen Hausanzug zurecht, der, nach oben gezogen, die Ohren vor dem Erfrie-

ren schützte. Das schweinchenrosafarbene Monstrum schlackerte um meine Hüften herum, war dem ungeachtet, super bequem für Putz- und Schreibtischarbeiten. Meine Augenlieder klappten auf meine gerade frisch lackierten Fußnägel, die sich vor Schreck dunkelrot färbten. Die ganz große menschliche Katastrophe ereignete sich binnen weniger Sekunden. Knabenhaft und zerbrechlich wirkte ich zu dieser Minute. Nackt auf dem Kopf und an den Füßen, nichts weiter drum und dran und auch nicht dahinter. Ich wand mich unter seinem Blick. In stiller Not stand ich einem dunkelblauen feinen Zwirn gegenüber. Locker gebunden die seidene gelbe Krawatte mit dunkelblauen Streifen. Handgenähte, auf Glanz polierte Schuhe, weißes Hemd, Kalender und Talar stolz über den Arm gelegt.
Seine Frisur, frech und kurz, mit deutlich mehr weißen Streifen als früher, machte ihn attraktiver denn je. Brillengestell Marke Armani, mit einem Blick, unübersehbar voller List und Tücke. Bereit, die Herzen zu verführen, um sie dann zu vernichten, wenn sie sich in Sicherheit glaubten. Phil, ein Mann mit wortgewaltigem Sprachschatz und Musterbeispiel für die Lücken im Gesetzestext, war auf dem Weg, sich mit Mandanten zu streiten und mir seine Lieblingsparolen zu offerieren. Scheidungsfälle waren nicht sein Metier, zuviel Emotionen, zuviel Gemütsbewegung, lieber schlicht, schnell und ohne weitere Debatten.
Diese Advokaten waren launisch und unkalkulierbar. Eine unerwartete Gefühlsaufwallung konnte wie eine Maschinengewehrsalve auf unerwünschte Weise vernichtende Wirkung zeigen.

Dieser feine Liebling aller Schwiegermütter hatte einen Termin in L.E. Peinlich von meinem Aussehen berührt, reichte er mit die Hand. Dieser starke Händedruck verlor über die Jahre seinen Reiz. Nichts war geblieben als ein Nachgeschmack, der wenig Begeisterung hervorrief, trotz allem ich keinen Hass, keine Wut und keinen Schmerz verspürte. Ich war kein Superprofi in der Kunst des Verdrängens. Schlagartig rief diese spontane Begegnung die Perfektion hervor, mit der er mich in Baden-Baden in sicherer Entfernung hielt, wenn am Wettschalter die Einnahmen zu Buche schlugen. Ich war im Schlepptau, ohne blassen Schimmer. Adel, Hüte, feine Stoffe, selbst die Putzfrau kam elegant dahergeschwebt. Die Männer begrüßten sich ohne besondere Begeisterung, dafür die Frauen umso mehr. Man knutsche sich die Farbe vom Gesicht ab. Mein Lippenstift war zu billig für diese Show. Hatte ihn nach dem Rennen gleich vor Ort im Müll entsorgt.
Warum ich ihn dennoch bat, in meine Privatsphäre einzutreten und ihm einen Kaffee anbot, weiß ich heute auch nicht mehr. Es war die Weihnachtszeit, die Einsamkeit, die Isolierung und die Verzweiflung vor der herannahenden, uneinsehbaren Konstellation, die die bevorstehende Untersuchung mit sich brachte. Entschlossen stellte ich mich dem Wortgefecht und brachte es fertig, bestimmt und nicht gequält zu wirken. Während dieser endlos wirkenden Minuten saßen wir in gebührendem Abstand voneinander und waren uns in gewisser Weise fremd. Die gemeinsamen Jahre waren ausgelöscht, nicht mehr da, nur noch verbrannte Erde.

Er lebt schon lange mit einer anderen Frau, etwas ländlich, etwas zwischen Job und mal mehr oder weniger mit denen, die ihn liebten. Ich war ihm letztendlich dankbar für seinen kurzen Besuch und sein angemessen distanziertes Verhalten, für seine guten Wünsche zum Fest und seine aufrichtigen Worte im Kampf gegen den Krebs. Er holte mir noch eine Decke, die mich vor aufkommender Müdigkeit und Kälte schützte. Es war eine vertraute Geste und nicht mehr, ich hatte wieder etwas dazugelernt. Mit dem Kerzenlicht verschwanden gleichzeitig die Odeurs der letzen abenteuerlichen Stunden. Im psychologischen Supermarkt waren die Regale leergeräumt.
Die Liebe ist ein Wunderkind, eine Abschweifung der Natur von ihrer Regel. Eine verklärte romantische Vorstellung oder eine Zwangserkrankung, vor der wir uns in Acht nehmen sollten, weil sie unheilbar ist?

Einen Tag vor der dritten Chemo tauchte ich endlich in etwas Weihnachtsstimmung ein. Die Bewertung ist zu kurz gefasst. Ich war auf den Geschmack gekommen.
In dem Maße, wie sich das negative Empfinden gegenüber dem Krebsleiden entwickelte, desto positiver stieg meine Euphorie, den Kontakt mit dem eigenen Leben wieder herzustellen.

Pflichtbewusst

Die dritte Chemotherapie, eine ganz andere, mit neuen Erfahrungen, entwickelte ihre Eigendynamik. Die Chemie zwischen uns stimmte nicht. Die Selbstachtung verlor sich wie eine Brausetablette im Glas und mit jedem Kreuz im Kalender, das gesetzt wurde, wenn wieder ein Tag vorüber war, der mir kein Lächeln entlockte. Schneewittchen hatte wenigstens noch die sieben Zwerge, die über sie wachten, wenn sie hüstelte. Bei mir stand der Tod näher als der neue Morgen. Was also tun? Es gehörte mehr dazu als das Talent, immer verehrend auf die heilenden Kräfte der Natur zu hoffen und einen Äußerungswillen auszusprechen. Mehr noch als die innere Triebkraft, sich immer wieder auf ein Neues zu mobilisieren. Es grenzte schon an eine übermenschliche Kraftanstrengung, wechselnde Situationen so anzunehmen, wie sie sich entfalteten.
Vielleicht erfahre ich bald eine Initialzündung durch einen Kräuterpädagogen oder einen Voodoospezialisten, der mich in die geistige Welt entführt, der den feinen Sender für die Chancen, die sich mir während meiner „Freizeitphase“ und des „Blaumachens“ boten, wieder richtig einstellt. Mein gesamtes Denken war Tag und Nacht mit der Suche nach den Gründen und dem Wunsch, verstehen zu wollen, beschäftigt. Dass die Astronomie eine mathematisch begründete Wissenschaft ist und sich die Menschheitsgeschichte darauf aufbaut, rückte mir allmählich näher in das Bewusstsein. Sukzessiv entwickelte mein feines Näschen vorerst etwas vage, später dezidier-

ter einen Instinkt für die physikalischen Gesetze des Universums.
Ich stellte keine Behauptungen auf, sondern Prognosen, die sich später dann in der Realität bewahrheiteten. Jede Ursache hat eine Wirkung – jede Wirkung hat eine Ursache und jede Aktion erzeugt eine bestimmte Energie. Wer sich damit intensiv beschäftigt, wird die Tragfähigkeit und das Mysterium unserer Gedanken bestätigen. Wenn wir etwas tun, haben wir Erwartungen, übertreffen wir die Erwartung, dann gibt es uns die Kraft, wieder neue Ziele zu stecken. In der reduzierten Variante, die mit dem Unterbewusstsein im Zusammenhang gesehen wird, heißt das nichts anders, als dass unsere Vorahnung notwendigerweise irgendwann einmal eintrifft.
Wenn wir von unserer eigenen Angst befreit sind, befreit unsere Gegenwart automatisch die anderen. Die Nachhaltigkeit dieser Aussage traf den Kontext, auf dem unser siebter Sinn beruht.
„Es passiert nichts Schlimmes, wenn man ein wenig Vertrauen hat.“ Diesen Besitz nahm ich an die Hand und überließ alles Weitere den schwesterlichen Bemühungen, für die Reinigung meines Portes ohne Komplikationen Sorge zu tragen.
Ein Mann, ein Wort! Eine Frau und noch eine Frau … (∞). Die Portnadel trat in den Arbeitsstreik. Zwei Experimente noch, zwei Stiche und noch einmal mit mehr Begeisterung. Nadel trifft auf Widerstand, ich entwickle Gegenwehr. Schweißperlen bildeten sich auf meiner Stirn. Port kaputt, ich kaputt, die Schwestern bemühten sich um meine Stabi-

lität, die völlig außer Kontrolle geraten war. Röntgenkontrolle, Operation und Port heraus! Die telefonische Verständigung mit der Chirurgie war glücklicherweise noch nicht hergestellt, als Dr. Gazawi auf wundersame Weise an diesem Tag zu dieser Stunde seine Klinik aufsuchte und das Behandlungszimmer betrat. Eine neue Nadel, ein neuer Versuch, alles gut. Da waren wir wieder mit unserem Orakel. Absicht, Weg und Freude.

Ungeschoren sollte ich nicht an dieser Prophezeiung vorbeikommen, die Keule schlug bereits nach einer Stunde zu. Nichts mehr mit Hax'n und Sauerkraut. Mein Schutzengel war weggetreten, meine Balance spulte sich um die Welle. Die Augen brannten, der Atem wurde schneller, der Hals war zugeschnürt, in der Nase begann es zu pieksen. Der Boden war Schlick, gefährliches Moor. Hielt mich fest, bis die Flüssigkeit an meinem Körper getrocknet war. Ich war ein Unfall, eine genetische Farbe, die jemand an die Wand geklatscht hat. Eine Kunst aus Krakelei, Gekritzel und Graffiti, die in späteren Jahren sehr ertragreich sein kann. Mein augenblickliches Meisterstück bewegte sich weit entfernt von der Haben-Seite.
Die Taxifahrten lösten sich bald aus diesem Jahr. Peter beförderte die restlichen Trostlosigkeiten mit einem bedauerlichen und tröstenden Lächeln noch bis zum späten Abend nach Hause. Es war bereits dunkel, die Geschäfte waren geschlossen, der Parkplatz eine einzige Einöde. Einige Eltern holten ihre Kinder noch vom Klavierunterricht ab. Allerorts wünschte man sich frohe Feiertage und

einen gesunden Jahreswechsel. In diesem Moment breitete sich mahnend eine Trostlosigkeit aus. Wo Wolken sind, dürfen wir sie auch sehen, auch wenn uns Einiges davon abhält, sie als Unwetter wahrzunehmen. In meine Wohnung gehen, was mein Zuhause war, dazu hatte ich keine Lust. Einen Augenblick stand ich da, als hätte jemand den Schleudergang in der Waschmaschine eingestellt und ich bin taumelnd herausgefallen. Es war kalt, ich schüttelte mich. Unentschlossen behielt ich die Eingangstür im Auge. Zugleich machte ich mir Sorgen, an Heiligabend, nicht als happystrahlende und selbstbewusste Mutter in Erscheinung zu treten. Es würde mich noch mehr deprimieren, mit einem Bademantel leise zu treten. Allerdings schien es auch unangebracht, als Leinwandsirene aufzutreten. Nur nichts überstürzen, noch ein paar Tage haben wir Zeit. Ein weiterer Grund, warum ich zögerte, die Türklinke nicht in die Hand zu nehmen war der, dass ich genau wusste, was mich dort oben erwartete. Diese verfluchte Einsamkeit, diese Enge und dieses verkorkste Leben. Wenn der Schlüssel erst einmal gedreht ist, bricht alles wieder alles aus mir heraus. Ich kann nicht einmal meine Psychologin anrufen, es ist Freitag, sie ist nicht da. Ich kann mich doch nicht mit dem Tod unterhalten, Korrespondenz nicht möglich, Anschrift unbekannt.
Gibt es einen Ort für den Austausch von Befindlichkeiten zu dieser Zeit? Frauenhaus? Mich hat keiner geschlagen. Unter die Brücke, über die Brücke oder von der Brücke? Zugleich würde es mir schwer fallen, die Männer an der Mauer mit der Pulle in der Hand mit „Kumpel“ anzuspre-

chen. Erfolgversprechend war das nicht, war auch nicht mein Trip. Erfolg ist ein Machtwort, spricht Dynamik aus, Selbstbeherrschung und massives Vorgehen gegen Unangenehmes. Dementsprechend vorhersehbar, aber auch nicht von Dauer. Erfolg kommt und geht, wird verschlungen und zerkaut, zu Tode analysiert, bleibt als bitterer Nachgeschmack.

Ich strecke mit letzter Kraft meinen Rücken durch. Ich darf mich nicht gehen lassen, ich kann nichts ändern. Es wird das letzte Weihnachten sein, so auf diese Art vielleicht. Ich gehe in harte Konkurrenz, kämpfe als emotional instabile Persönlichkeit gegen die eigenen Dämonen, bis mich der Fahrstuhl ausspuckt. Ich springe ab und laufe zur Tür, das Tempo wird schneller. Die Tasche fällt mir aus der Hand, mir wird schwindlig, ich liege vor der Toilette und kann nicht mehr. Zögernd suche ich Halt zum Aufstehen. Mein rechter Arm gehorcht mir nicht mehr. Ich schreie meine ganze Wut heraus. Wie ein Maikäfer krabble ich auf dem Boden umher, Stehen war unmöglich geworden. Die letzten Tränen waren aufgewischt und ich versuchte mich an der ernsthaften Vorstellung, dass alles nur ein böser Zauber sei. Nicht mehr weinen, Tränen machen alt und faltig.

Die Chemo würgte mich durch diese beschissene Nacht. Der dritte Volltreffer schränkte mich in meiner Entwicklung stark ein. Wie ein Frosch lag ich mehr als drei Tage in derselben Stellung mit Unterversorgung an Nahrung und Flüssigkeit. Höllentage, die man nur aus Büchern kennt. Ich war als Bruchpilot gelandet. Die Maschine ist zerschellt, zerzaust und plattgemacht. Die Sanitäter holen die verkohlten Leichen.

Mühsames Geschäft

Die Nacht war in Wettlauf mit der Ungewissheit getreten, die Abfolge meiner unzähligen Gedanken, diese an der richtigen Stelle abzuspeichern und abzurufen, wenn ich sie wieder benötige.
Sie drehten sich ständig im Kreis, die Reihenfolge unbestimmt. Plötzlich tauchte wie ein Stern aus irgendeiner dunklen Ecke ein Gedanke auf, der mich aufwühlte, alarmierte und alles andere außer Funktion setzte, konfus machte. Ein aktiver Mensch produziert am Tag durchschnittlich bis zu sechzigtausend Gedanken, denen ich gefühlt meilenweit voraus war. Vielleicht lag das daran, dass ich einige wichtige Ordner vergaß anzulegen, und alles auf dem Desktop gespeichert hatte, die sich fortwährend unkontrolliert fast gleichzeitig in mein Bewusstsein drängelten. Häufig enthielten diese Blogs ein endlos langes Thema, das in bestimmten Abständen abgebrochen wurde, um augenblicklich ein neues Thema hervorzurufen. Mit dem einen Gedanken ging das erste Licht an, mit dem letzten Gedanken ein neues wieder an. Gesteuert von der Entwicklung meiner Gedanken nahm mein Bewusstsein diese Veränderungen als schöpferische Unruhe wahr. Die letzten

Schockerlebnisse waren der Anstoß, mich neu zu organisieren, und meine Tatenlosigkeit in Antrieb zu verwandeln. Neugestaltung meines Desktops zwecks Übersichtlichkeit. Mit abnehmender Finsternis surfte ich meinem Ziel entgegen. Jeder Buchstabe stand für Beweglichkeit und Aktivität.
Der letzte Tag im Jahr rückte mit seiner Starbesetzung seinem Wandel entgegen. Auf dem Ortseingangsschild stand eine Frist. Ich nahm das gedankliche Instrument an die Hand und überließ dem Universum, die Gleise für mich zu stellen. Denn das Leben ist eine Fahrt mit dem Zug. Wir begegnen Menschen, die die Gleise stellen und denen, die nur Bahnhof verstehen und stehen bleiben.

Im März die letzte Chemo, die Operation und die Bestrahlung danach. Es wird wieder Frühling für mich. Im Sommer sitze ich am Strand, auf Sylt vielleicht, ich war noch nicht dort. Ich werde in eine andere Stadt ziehen, neu beginnen. Manchmal braucht ein Gesicht ein neues Format, eine neue Frisur, um so richtig in Fahrt zu kommen. Ganz bestimmt brauche ich ein neues Styling, dann, wenn die Haare wieder lang sind, sich bürsten lassen wie ein Hundefell. Mein Unglück ist doch nur ein vorübergehender Zustand. Ich werde im Flug meinen Meister machen, den, der alles erfahren hat, der sich nicht ausliefert und sich nichts mehr beweisen muss. Im Sturm werde ich nach der Unendlichkeit greifen, die Welt erobern und wieder eintauchen in die verrückte Welt. Menschen sind wie Schnitzel, nicht so flach, aber von beiden Seiten bekloppt.

Die logische Schlussfolgerung aus dieser Definition ist, dass ich nach Wegen suchen muss, die mir positive Gefühle vermitteln. Im Schlafzimmer war ich falsch. Das Glück liegt nicht im Bett und nicht hinter der Tür, sondern vor der Tür, draußen, wo Menschen sind. Denen sieht man an, ob sie glücklich sind oder nicht. Glückliche Menschen richten sich anders her, machen mehr aus sich, haben eine bewegte Ausstrahlung und werden von anderen als aktiv und attraktiv wahrgenommen. Nicht einfach, mit Krebs zu strahlen, aber machbar. Vielleicht hilft's. Schade, dass ich mich für meine neuen Erkenntnisse nicht belohnen kann.

In zwei Stunden bricht der Tag herein. Ich brauche keine Uhr, ich spüre wenn es hell und dunkel wird. Ich richtete mich auf, sortierte den Tag, es blieb Zeit zum Briefe schreiben und für Telefonate mit Conny und Bettina, die an der gleichen Nadel hingen. Besaß die Frechheit auf den Busch zu klopfen, wie gut es mir ging, auch wenn es anders um mich stand. Bezweckte, ihnen ein gemeinsames Treffen anzukündigen.

Unsere plagende Ungewissheit, die Hoffnung, die immer wieder im Keim erstickt wurde und das Gefühl, von dem da oben verlassen zu sein, ließ uns näher zusammenrücken. Es war ein kräftezehrender Akt, mitten in der Kummerphase, dem Gedankenkarussell Raum für neue Impulse zu geben. Nach anfänglichen Startschwierigkeiten unserer vereinbarten Treffen, verhalfen sie uns doch, in kleinen Schritten, zu mehr Courage und Selbstkritik. Bewundernswert war die Einstellung von Bettina, es war ihre dritte komplette Runde in der Chemotherapie. Brust, Leber und noch einmal die andere Brust. Manchmal bestärken Erkenntnisse und Beziehungen um mögliche Chancen, die nötige Wende zu verpassen. Ich hatte eine gute Adresse für sie.

Spät am Abend machte ich mich über die Wäsche her, bügelte mich um meinen Verstand. Schwitzend und keuchend strich ich die Falten glatt, hangelte mich auf wackligen Beinen durch das letzte Hemd.

Die Sonne wanderte durch den Äquator. Der Erdäquator durchquert die Kontinente Afrika, Asien, Amerika und alle Ozeane.
Roger durchquerte Afrika, Hamburg und L.E. Ein Phänomen trifft auf freie Leitung 007. Die Gefühlswelt kippt, wenn die Gefühlsseligkeit am größten ist. Ich dachte schon, er sei früher gestorben als ich. Aber das Denken war sowieso nicht meine Stärke. Falsch verbunden, falsche Zahlen gedrückt?
Zu gern erinnere ich mich an die Stunden, in denen wir am Telefon Pikantes, Banalitäten und Nichtigkeiten zerpflückt hatten. Roger war eine Extraportion gute Medizin für mich, aber keine starke Form der Zuwendung. Wir hielten es gefälliger im Wechsel der gegenseitigen Anerkennung. Ich muss mir Überblick verschaffen, wie es ihm geht, was er so tut. Rief er an aus niederen Motiven oder mit der gezielten Absicht mich aufzubauen oder mich durch seine Abwesenheit zu schädigen? Das wäre Verrat, und Verrat wird bestraft.

Was wollte er dann? Evel Knievel erlitt in seinem Leben 38 Unfälle, Roger erwirtschaftete sich einen finanziellen Schaden von mehreren tausend Euro beim Überschreiten des Tempolimits und bei mehreren Knochenbrüchen beim Fußballspielen. Lag er mit Schienen im Bett oder lag er mit einer Frau im Bett, die ihn von der Bettkante gestoßen hat? Die Verneinung lag bei ihm immer kurz daneben. Ach ja, die Liebe, ein ewig schillernder Begriff. Ehe man begreift, ist ehe kaputt.
Ein Fünkchen Enthusiasmus oblag dem Auftakt, den Hörer abzunehmen.
Es folgten Endlosdebatten um meine Gesundheit, um die Liebe und wie es damit weiter geht. Die Antwort darauf behält sich das Universum ein.

Weihnachtsfest

Endlich mal reinen Tisch machen mit mir, mit den anderen, die eingefangenen Körbe wieder austeilen. Ich zähle nicht alles auf, es reicht schon eine Handbewegung oder der Daumen knickt von selber nach unten. Ein versteckter Hinweis auf die erlebten Kränkungen, die bis in die Kindheit hineinreichen. Für eine Rechtfertigung war es ohnehin zu spät. Es ist Gras drüber gewachsen. Einige Stellen waren bis heute nicht ganz dicht.

Deshalb dürfte nicht überraschen, dass mich zu dieser Zeit, die tränenreich an Weihnachten grenzt, nichts versöhnlicher stimmte, als die Aussicht auf eine sichere Landung meines Sohnes aus Hongkong. Die Macht der Feiertage entwickelte fast sämtliche Themen aus einem einzigen Motivkern, den nur wenige verstehen. Eine Herzensangelegenheit, aus der Unsicherheit, Freude und Scham entstand. Ein Luftsprung dem Ankömmling, von dem ich mich nur wenige Monate vorher gesund und munter mit der Absicht verabschiedete, zurückzukehren, dann, wenn ich wieder festen Fußes war.

Ein spannender Moment, ein Mann von Format, ein Schwiegermutteridol kam auf mich zu. Ein kleiner Mann ganz groß. Mit einem Meter siebenundachtzig überragte er mich um Längen. Blendend sah er aus und war erfolgreich noch dazu. Er hat die Erfolgsformel gefressen. Die Größe, die Geduld von seinem Vater, die Sensibilität und die Sturheit von mir.
Es folgte eine innige Umarmung trotz des Umstandes, dass wir damals anderer Meinung waren. Mit einigen Sekunden Verzögerung nahm er mich in den Arm und schüttelte und rüttelte die vornehme Blässe.
Man könnte meinen, wir wären ein Paar. Mom ist am Leben, sie ist noch da! Was wäre Weihnachten ohne sie? Die Verwandtschaft war nicht minder an ihm interessiert. Er war so selten da.
Ich stand zwischen zwei schlechten Möglichkeiten. Alleine bleiben beliebte mir nicht, wäre der Friedhof, da unten war Ladenschluss, der Einladung folgen, eine Variante, die nicht weniger und nicht mehr meinen Absichten entsprach.

Feierlich betraten wir das Gehege. Mein Bärenfell im Hals begann sich zu wehren, kratzte an meiner Zunge, mir war jämmerlich zu Mute. Als Gast unbrauchbar.
Etwas frostig wurde ich in die alte Villa hereingebeten. Mit ihren drei Stockwerken viel zu groß für zwei Menschen, die sich selbst im Wege standen. Die Zimmer waren klein gebaut, trafen den Zeitgeschmack aus den Fünfziger Jahren. Sie litten am Mangel, eine persönliche Art auszudrücken, mir fehlte das Feingefühl, nichts anmerken zu lassen. In diesem Komplex lagen gefühlte hundert Generationen zwischen uns. Ich lebte nach meiner eigenen Ausdrucksart. Nicht alles ist kostspielig und von Geld bestimmt, es würde schon reichen, sich schnellstens vom alten Heidi-Kitsch zu trennen. Konkret böten sich hier mehrere Varianten an. Aber so hat jeder seine Art zu leben und man soll die Leute lassen wie sie sind. Wenn wir alle gleich wären, würden wir uns nach jedem Waldkauz kloppen. Zweihundert Quadratmeter blieben ungenutzt. Eine Residenz für Künstler und Schöpfer, für Architekten und Grünflächendompteure. Mit Argwohn registrierte ich die Kanten, an denen ich mich stoßen würde, hier zu leben. Nicht für eine Million Euro würde ich freiwillig meinen Fuß über diese Schwelle setzen.
Noch blieb mir das winzige Appartement, das vom Amt bezahlt wurde. Nicht nur, dass die Gefühle von Niedergeschlagenheit und Depression über in Aggression hinausgingen, nein, sie waren noch stärker, weil einfach nichts mehr ging. Weder mit Arbeit Geld dazuverdienen, noch mehr von irgendwoher Zuschuss für Medikamente, Obst und

Gemüse zu bekommen. Ich hing nun schon wochenlang in der sozialen Hängematte. Therapeuten nützen nichts, wenn einfach nichts zu ändern ist. Wie soll man Notlage therapieren? Und wieder sehen wir, dass das Leben an einem seidenen Faden hängt. In das Auto steigen, für das man nicht das Benzin bezahlen kann? Die Busse, die die Polen nach Holland zu den Champignons fahren, könnten ja auf dem Rückweg die Kranken mal ein Stück durch Deutschland schaukeln. Der einmalige Zuschuss von der Krebshilfe war längst aufgebraucht. Nur durch Zufall hatte ich von dieser Möglichkeit erfahren. Was sind dreihundert Euro für zwei Jahre Chemotherapie, Bestrahlung und die Last, bald zu verhungern. Arbeiten ja, zwischen kotzen und atmen. Hier greift das System und alles wird wieder weggenommen. Wer jetzt denkt, man ist zu blöd, hat sich geirrt, ich wusste wie es in der Kasse klirrt.
Natürlich ist diese Aussage etwas gewagt, mal ganz ehrlich, keiner kommt damit gern in die Problemzone. Die Sache ist schon lange gegessen, das fliegende Huhn hat die Waage in die Höhe getrieben und die Pfunde haben sich um meinen Bauch gelegt.

Die Stunden in artiger Gesellschaft waren abgelaufen, das Essen bekömmlich und der Gastgeber langsam etwas mürrisch.
Eine Gelegenheit, den Hürdenlauf, bei dem es auf und ab geht, zu beenden. Genug geschwätzt, viel zu viel erzählt und unerschöpflich die Krankheit erwähnt. Die Krankenlektüre war zugeklappt. Wir hatten uns mit dem Rest der

Welt nicht angefreundet und nicht zerstritten, nur unsere Meinung mitgeteilt. Zurück in den Bienenstock, in dem eine von ihnen fehlte. Mein Sohn war mit dem Weihnachtsfest zufrieden, er blieb noch über Weihnachten bis zu einem Tag, als ihn eine Nachricht ermahnte, zurückzufahren. Das Weihnachtsfest war aufgeteilt wie eine Torte, für jeden von uns gab es was zu naschen. Die Feiertage waren angenehm und angestrengt. Es brauchte ein paar Tage, bis ich meine Spur wiederfand.

Eines Nachts suchte mich ein Albtraum heim. Mein Leben war in fester Hand. Ich war Mieter, saß im Dachstuhl mit kleinen Funktionsbereichen, deren Größe mit einem Vogelkäfig vergleichbar waren. Hinter dem Haus versteckten sich Polizisten, sieben kleine Zwerge, die Feldwebel und die Staatsbeamten, die Regeln aufstellen und diktatorisch über Essenszeit und Ausgehzeit bestimmten. Die Eulen schauten zum Dachfenster herein und die Fledermäuse schaukelten im Rhythmus über meinem Bett. Früh am Morgen waren meine Arme noch verschränkt und aufgekratzt. Schweißgebadet kam ich langsam zu mir, ich lag in meinem Bett. Der Traum war schrecklich, lebensbedrohlich und instinktiv.

Je irrsinniger der Gedanke mir Glauben schenkte, diese Villa umzukrempeln, desto beseelter war ich davon. Ich sammelte Hefte, Bücher, Illustrierte über alles, wie man einen solchen Besitz in Kontrast setzen konnte. Dabei rückte meine Neugier für Küche und Essen stärker in das Zen-

trum meiner Interessen. Einige dieser schönen und nützlichen Küchenutensilien hatten bereits vor Jahren in meinem Haushalt einen Eingang gefunden. Die außergewöhnliche Ästhetik in der Darbietung und Zubereitung der Speisen und der Umgang mit den geschmackvollen Dingen des täglichen Bedarfs waren mir nicht abhanden gekommen. Die enormen Angebote mit ihren stilbildenden Kräften haben mich schon immer beeindruckt und beeinflusst. Die üppigen Ausrichtungen mit mehreren Speisefolgen mussten zwangsläufig weiter in den Hintergrund treten, fanden keinen Gefallen mehr in meiner engen Behausung. Wo einer ist, hat kein zweiter Platz. Hummer und Krebs passen nun mal nicht zusammen. Für den Krebs war es an der Zeit, sich bei Luzifer umzuschauen. Ich habe ihn in der Küche geliebt, auf dem Tisch geliebt aber nun, als Krankheitsbild verteufelt.
Die Mattigkeit, die Übelkeit, es ist nur noch eine Frage der Zeit, dann erfinde ich die Leidenschaft wieder neu, eine die mich beflügelt, die mich wahnsinnig vor Freude macht, mich nach Übermut schnappen lässt. Ich fühle es, ich spüre Zuversicht, wieder etwas mehr Kraft. Das Leben geht weiter, jetzt, morgen, im nächsten Monat, im nächsten Jahr. Wellen werden am Strand meine Füße streicheln. Sie sind in den Jahren viel zu kurz gekommen. Werde mir Zehensandalen kaufen, für jedes Outfit ein neues Paar.

Manchmal möchte man am Rad der Zeit drehen, manchmal festhalten und oder aber zurückdrehen. Wir Menschen suchen immer das, was wir nicht haben, was wir haben, sehen wir nicht. Wir finden umso mehr Klarheit, je mehr wir wissen, welche „Art zu Leben“ zu uns passt. Und alles ist unabhängig von einem anderen Menschen. Entscheidungen sind nur dann wirksam, wenn unser Herz mitentschieden hat. Im Zweifelsfall heißt es warten, bis unser Herz und unser Verstand gemeinsam „Ja“ dazu sagen.

Die Untersuchung war verschoben, ungeklärt die Größe des Geschwürs. Es ist fühlbar kleiner geworden, ich habe mich nicht getäuscht. Das Gift hat Wirkung gezeigt. Gebt mir mehr davon, auch wenn es abscheulich klingt. Ich fummle an meiner Brust herum, der Spiegel sagt, ein schönes Teil. Erschrocken und ertappt reagiere ich auf den Klingelton. Es ist das Telefon. Gestatten, mein Name ist Roger, der aus dem Norden, der jetzt in den Urlaub fliegt. Stellte keine fundamentale Bedeutung für mich dar, war nur eine poetische Annäherung an das Gefühl, das sich mit der Realität abgefunden hat.

Statement zwischen Jahreswechsel

Die Anonymisierungssoftware hat die Spuren vom Weihnachtsfest verwischt, im Staffellauf liegen noch einige Informationen bis Silvester und wechselnde Szenen wie bei Franz Liszt in seiner sinfonischen Dichtung in Prometheus. Kühnheit und Leiden, Ausharren und Erlösung. Nimmt man diese Doppel und setzt es in die Gegenwart um, stellt man fest, dass sie die Grundlage für meine Geschichte sind. Ich befinde mich im Durchhalten und Konstruieren, im Kunststück, zwei Jahre aus meinem Leben auszublenden. Denke ich links, fahre ich auf der Überholspur, denke ich rechts, fahre ich in den Graben.

Das Krankengeld und der Zuschuss werden nicht mehr lange für meine Bedürfnisse reichen. Die Black Mary ist erkrankt, die Beißerchen kauen auf dem Trockenen. Zuweilen ergreife ich die Freiheit, mich im Schlamassel an einer einzigen Zuversicht festzuhalten. Dieser ausschließliche Glaube liegt in der Urnatur des Menschen. Das deutliche Bewusstsein, damit zu kapitulieren, übertönt die alleinige Realität, mich in den Respekt zu verlieren, dessen Ausdruck mich an allen Ecken und Enden immer wieder einholt.

Die Sorge um meine finanzielle Schieflage und die Stimmungsschwankungen versperren mir die Aussicht auf die Prophezeiung einer Wahrsagerin. Sie stellte mir Erfolg und Glück nach einer emotionalen Niederlage in Aussicht, einen Befreiungsschlag, ein Entkommen aus einer misslichen Lage. Je mehr ich bleiben lasse, was nicht liebevoll zu mir ist, desto mehr werde ich finden und erleben, wonach ich suche. Ich treffe eine vorvertragliche Vereinbarung mit meinem Krebs. An einem Vormittag, unter Ausschluss der Öffentlichkeit. Die Gelegenheit bietet sich nicht so oft, das nackte Überleben zu verteidigen.

Vorher war die Ehe der Traum und die Partnerschaft, aus der ich als gehörnter Elch hervorgegangen war, nur Lappalie.

Dieses Kuriosum bildete erst die Einleitung zu der folgenden Dramatik, die den Anspruch erhebt, zu den aufwühlendsten Momenten in meinem Leben zu gehören.

Mit Frist wird das Hauptgewerbe eingestellt, die Arbeitsleistungen genügen dafür nicht. Arbeitsdirektor Dr. Hartz war in mehrere Affären verwickelt, das Gericht sprach von Pflichtverletzung und teilte dafür noch Süßigkeiten aus, krank geworden ist er davon nicht. Ich fresse aus dem Napf, darf nicht viel mehr dazuverdienen.
Ich will aufbegehren und rebellieren, darüber, dass ich mit meinem Krebs noch obendrauf achtundfünfzig Quadratmeter verlassen muss.
Ich bin der sozialen Schieflage angeklagt, der finanziellen Notsituation. Wegen Verschleierung der Tatsache, zum Zeitpunkt der Gewerbeanmeldung den Krebs verschwiegen zu haben. Ich nehme die Existenz des Situationsrahmens an, sie darf nur nicht ins Unbeherrschbare eskalieren. Das Leben ist ein Jahrmarkt mit vielen Möglichkeiten. Man weiß nie, wo die Kanone steht und wer hinterrücks die Kugel abfeuert. Wir stehen im Leben oft vor Kreuzungen und Entscheidungen, die nicht immer die konvenablen sind. Und nicht immer gewinnt das Bauchgefühl, wenn der Gesetzestext eine unerklärliche Sprache referiert.
Beispielhaft der Hanseate, er denkt wirtschaftlich und nicht mit dem Bauch. Von oben nach unten geht schlecht und von unten nach oben gar nicht mehr. Karriere macht man nicht mit großen Sprüngen, sondern mit kleinen Schritten. Es ist nicht der Stoff, aus dem man die Romantik macht, es

ist meine Überlebensstrategie. Heute drehe ich noch mal am Rad und an der Fernbedienung.

Extrem spannungsgeladen sind die Filme, die ich mir anschaue. Richard Chamberlain wurde vom Winde verweht und Robert Redfort flüstert Liebevolles seinen Pferden zu. Ich spiele die Komparsin in meinem Film. Eine nichtswürdige Aufgabe, mitten in der Feuersbrunst. Das Stichwort ist der Einsatz, vom Sofa zu gleiten. Mein Schlaf fördert eine Art Trunkenheit. Langsam beginne ich zu ermessen, dass es bereits Nachmittag ist. Blue Day vorm Abendmahl. Bei Dolce Vita bin ich eingeschlafen, habe meinen Nachmittagstee und ein paar menschelnde Telefonate verpasst. Nicht tragisch, wird mit hinreißender Steigerung noch einmal wiederholt.
Der Abend bildet eine ausgeprägte Impression und offenbart die Tatsache, dass die Vorsehung einem die freie Wahl lässt und trotzdem unvermeidlich zu seinem vorbestimmten Schicksal führt. Mein menschliches Warnsystem blinkt dunkelrot.

Trotz Baulärm und anhaltender Beeinträchtigungen durch den Einkaufsmarkt, fühle ich mich in meiner Behausung verhältnismäßig wohl, ist es wenigstens mein individuelles Reich.
Noch kann ich ungehindert und unbeobachtet von einem Zimmer in das andere laufen, ohne dass ein fremder Hausbewohner umhergeistert und meine Privatsphäre vergewaltigt. Möge alles erst mal so bleiben wie es ist. Ich liebe

meinen Schreibtisch, auf dem sich Ideen türmen und ich mich frei entfalten kann. Nachts, wenn ich nicht schlafe und Hirngespinste das Reisen lernen. In meiner Küche ist alles vorhanden, viel mehr noch blieb in den Umzugskisten verstaut. Das Leben ist viel zu kurz, um dauernd den Diätwahn mitzumachen. Nach dem Kotzen ist vor dem Kotzen, meine Zunge hebt ihren Buckel, um wieder das auszuspucken, was ich gerade zu mir genommen habe. Ich versuche es mit einem Trick, ich kippe Wodka pur in mich hinein, um die Geschmacksnerven abzutöten. Ich will spachteln, ich bin nicht am Strand von Malibu, ich sitze als falscher Promi ohne Schönheitsideal in L.E. Es scheint zu funktionieren, die fraulichen Kurven sind fühlbarer als sonst. Fahr zur Hölle, du Gerippe, ich klappere mit meinem Handwerk im fünften Gang, verrichte mit Lust die Hausarbeit und bewege meinen Hintern nach Cha-Cha-Cha und Rock'n'Roll. Die junge Band zieht an, hat ordentlich was drauf. Kein Herzilein und Ruf mich an – sing sang song, sonst kriegste einen Dong. Nein der Sound geht ab. Fühl mich wie ein Go-Go-Girl auf der Andrea Doria. Schreibe mit erstaunlicher Konzentration trotz Promille meine Texte und arbeite mich schwitzend in die Nacht hinein. Ich will das Leben nicht verschlafen. Die Schicksale versammeln sich um Mitternacht, auch die Männer die gern Frauenkleider tragen. Das Night-Café hat heute Konjunktur, ich treffe den Zahn der Zeit, als Luxuslady mit den roten Haaren. Mein kleiner Karnickelstall verwandelt sich in ein Callcenter für den Seppelpeter. Alles drin, alles drum, alles dran. Ich setze meine Kopfhörer auf und lege los: „Guten Abend, herzlich Willkommen, in meinem Apartment Nr. 69. Haben wir ein bisschen Spaß, der Ernst der geht gerade mit der Lola schlafen. Läuft doch flüssig, gut besucht, die Norm war raus und aus. Trotz meiner zerklumpten Stimmung schaffte ich es, in dieser Stunde Freundlichkeit, meine Enttäuschung über den Umstand zu verbergen, dass ich nicht mal das Mittelmaß besitze, eine soziale Struktur in mein Leben zu bringen. Wirtschaftlich gesehen, sieht es mehr als tragisch aus. Habe keine Lösung anzubieten. „Hilfst du dir nicht selbst, hilft dir keiner." Aber ich kann nicht, habe viel Gift geschluckt.

Die Stimmen werden langsam leiser, die Stunde ist zu Ende, es ist Mitternacht. Eine Strähne von meiner Perücke fällt als Vorhang, hinter dem ich mich als ungeliebte Frau verstecke. Es ist paranoid, ich bin krank, habe Glatze und mache mir vor, begehrt zu sein. Es ist eine Nacht wie jede andere, nur mit einem klitzekleinen Unterschied: Ich zünde drei Kerzen an, die Konstellation beflügelt meine Phantasie. Es kommt der Augenblick der ersten Berührung mit einem bizarren Verwöhnprogramm. Unter meiner Haut spüre ich das Kribbeln, das sich in meinem Körper verzweigt und an den Zehenspitzen wieder herauskriecht. Mit jedem neuen Atemzug verliere ich die Distanz zum Zentrum des Seins. Ich habe kein Gefühl dafür, wie viel Zeit vergeht. Meine sehr sehr hohen Lackschuhe klicken sich in den hölzernen Fußboden, in denen ungezügelte Gedankenfetzen stecken. Das ungezähmte Begehren lässt keinen Platz für den Weltschmerz. Ein kleines Häppchen

Appetit liegt neben mir, für das Böse, das Menschliche, das man nicht nach draußen trägt. Gnadenlos steil führt mich die Lust zur Ekstase, sie steigert sich, wälzt Gesteinsbrokken und entfesselt ein Jahr Besinnungslosigkeit.

Silvester

Die Vorbereitungen laufen auf Hochtouren. Feierlich schreite ich die wenigen mir noch verbleibenden Quadratmeter mit meinem schwarzen Wollkleid ab. Es ist kurz, eng und der Ausschnitt lässt erahnen, dass darunter zwei muntere Genossen auf ihr Urteil warten. In wenigen Minuten springen meine Füße in hohe unbequeme High Heels, die in lachsfarbenen Fellsandalen von UGG versteckt sind. Passend zum Winter sind meine Fingernägel French manikürt, die Fußnägel im selben Look.

Das neue Jahr wird zum zwölften Glockenschlag begrüßt, eine Gelegenheit, noch schnell eine letzte stille Ansprache an meinem Krebs zu richten. Er meldet sich mit einem kräftigen Stechen in der Brust, als ob er verstanden hat, dass er zur Silvesterfeier nicht eingeladen ist, sondern aus erklärlichen Gründen eine Ratte ist, die ich töten will. Sie hat es der Chemotherapie sehr übel genommen und beleidigt ihr Köpfchen eingezogen. Noch drei Prozeduren und dann ist sie mausetot. Trauerreden und Blumenspenden unerwünscht. Feste sollte man nie vor dem Abend loben, aber ich feiere trotzdem.

Im Kühlschrank liegt die prickelnde Geschichte »Veuve Clicquot« Melancholie war gestern, heute kommt René. Die Richtlinien sind abgesteckt. Ein Freund, ein Mann, der beabsichtigt, nur für ein paar Stunden für mich da zu sein. Sollte ich müde werden, wird er gehen. Er hatte sowieso schon für eine spätere Feier disponiert. Ein Tag ohne Gewinner und Verlierer, einfach ein formvollendeter Jahreswechsel, ein Abend, an dem ich nicht sterben werde.
René ist kein Schneemann, er ist einen Meter und neunzig groß, sieht vielversprechend aus und war oft der Fluchtpunkt und der letzte Anlauf nach einer ausgiebigen Shoppingtour. Leider brachte er sein Geschäft nicht über das neue Jahr. Ein Verlust für mich und seine Freunde. Ein Argument, diese Akte zu schließen und eine neue zu öffnen. Mir bleibt erspart, meine Meinung mitzuteilen, die habe ich nicht, nur die leise Ahnung, dass es in seinem neuen Geschäft weniger Klinkenputzer und Drücker gibt.

Eine Stunde vor Mitternacht setzte die SMS-Korrespondenz ein. Remus aus Nürnberg schlich getarnt als Kater um sein Telefon. Er bot sich per SMS als Smutje an, als Fertiggericht vom Supermarkt. Er suchte einen Zwischenstopp und nicht mehr. Ohne Verbindlichkeiten und ein Verhältnis in aller Freundschaft mit Erotik als Zwischenmahlzeit nach Bedarf.
Seine Freundin hat ihn kürzlich verlassen, ausgerechnet am Jahresende. Mitleid mit dem armen Kerl. Freundin Susi ist zu einem anderen Mann gezogen, zu einem, der es ernster meint.

Weitere Simsen simsten minütlich und gemütlich ein. Ein paar Freunde und Bekannte machten auf sich aufmerksam. Ein Motiv, ein klares Indiz, eine SMS zu schreiben ist die Schwäche, die wir vor der Wahrheit zeigen. Zeitmangel mitzuteilen, bedeutet nichts anderes, als dass man gar kein wirkliches Interesse besitzt. Teilweise grenzt es an ängstliches Verhalten, die Bestürzung über die Krankheit Krebs selbst einmal zu erfahren und das luxuriöse Schiff verlassen müssen, um in einer löchrigen Nussschale alleine weiter zu paddeln. Das mächtige Instrument, das Piepsen beim Eingang einer SMS, verbreitete ein glibberiges Gefühl. „Ein gutes Nächtle und einen Kuss auf deinen Bauch." Ein kalter Schauer sorgte weiter für ausbleibende Herzlichkeit und die Anmaßung, eine weiße Blume aus Paris per SMS zu senden. Drei Zeichen aus dem chinesischen Horoskop bezogen Spitzenposition. Dem letzten Begrüßungswerk folgten Ziffern und Zahlen aus der Alchemie. Die Hauptlast trug der Klosterorden, er war in Gold gefasst. Freunde, welche Bescheidenheit tragt ihr zu Tage. Ist doch gar nicht nötig, sich mühsam durch das Alphabet zu tippen. Längst gibt es Rumtata, Rumtata als Video für alle Gelegenheiten. Per Knopfdruck und nicht mehr.

Schweigen wäre hilfreicher gewesen, hätte nie erfahren, dass ich so zum Aufsteiger im Freundschaftswettbewerbsprogramm nominiert werden soll.

Die Gesellschaft wird sich weiter isolieren, wird Spaß finden am Senden von Notenschlüsseln und Signalen und an nonverbaler Kommunikation. Doch eins hatte ich mit den anderen gemeinsam, die Chance, das Telefon auszustellen.

Konzeptionelles Denken und ein starker Wille werden mich im neuen Jahr nicht hängen lassen. Ich greife nach dem Leben, will es nicht verbessern, will nur besser sein. Auch Regentage sind schön, sie bringen den schwachen Baum in Form. Mein innerer Motor treibt mich an, ich trage Mitwirkungspflicht. Ich habe genug von unveröffentlichten Ausführungen mit steigenden Spannungen und verkorkstem Abspann. Mitnichten richte ich meine Antenne jemals wieder danach aus. Meine Burg sichere ich ab, erst kommt die Brücke, dann die Kette, mit der ich mein Tor verschließe.

Silvester, ein Tag der Gegensätze und der Vorsätze, die niemals eingehalten werden. Ein Grund mehr, heute nicht mehr darüber nachzudenken.

Die fröhlichen Knaller setzen protokollarisch das Jahresende. Glocken, Glockenspiele, Orgel, Klavier auf allen Fernsehsendern, ein Stoßgebet zum Himmel, eine zu Herzen gehende fröhliche Umarmung, ich gerate außer Balance und fange an zu heulen. Noch einmal opponieren, noch einmal tief durchatmen.

Mir reichte schon eine Hand, die mich hielt, er drückte mich noch einmal fester als je zuvor. René hatte gute Arbeit geleistet, war ein paar Stunden für mich da.

Neujahrstag

Der Neujahrstag war eine trübe Tasse und mein Befinden ebenso stark bewölkt. Eine hohe Schneedecke begrub die Autos unter sich. An Fortbewegung war nicht zu denken. Sommerreifen noch auf allen Rädern, Winterreifen waren nicht eingeplant. Das Budget war aufgebraucht, keine Reserven mehr und keine Möglichkeit, eine Bardame zu vertreten. Der Winter zeigte sich von seiner schmuddeligsten Seite.

Die vierte Chemo stand unverrückbar im Kalender. Die Untersuchung war anberaumt, ich drängte bereits darauf. Der Krebs sollte schwarz auf weiß mit einer einprägsamen und knappen Formulierung Stellung beziehen. Unbeantwortete Fragen begleiteten mich bis zu diesem verhassten und geliebten Tag. Es gab nichts Beängstigenderes zu erfahren, als dass jede Hoffnung und jede Anstrengung nicht das gewünschte Ergebnis brachten. Zu wissen, dass es nicht weiter geht auf dieser Spur und das eigene Leben auf ein paar wenige Monate begrenzt ist. Der Zustand der seelischen Ermattung und das Gefühl von Ausweglosigkeit brannten mich aus. Und das am ersten Tag im neuen Jahr. Das Fahrzeug des Lebens war mit mir geschliddert, der Rückspiegel war angelaufen, vor mir lag der Dschungel.

Und doch musste es weitergehen, irgendwie und irgendwo. Das wäre zu einfach, zu verschwinden, in die Grube zu steigen, in der es dunkel ist. Freunde zu verlassen, die

Lust am Leben zu verleugnen. Nein, so funktioniert das nicht Allmählich verschwand der Nebel und das Zwicken und Zwacken im Kopf, die Sonne entdeckte die Erde und brachte meine belasteten Saiten zum klingen. Ein Energieschub öffnete das Korsett, in dem ich mich bedrängt und eingeengt fühlte.

Raus hier, nicht nach Zeichen suchen und darauf hoffen, dass mir jemand zuwinkt. Aus finsterer Seele kann keiner freundlich sein. Stiefel an und los marschiert. Wie ein Geschoss rasselte ich aus meiner Tür. Hinein in die Stadt, die Richtung stimmte. Ich stellte mich nicht hinten an, ich war mittendrin.

Zu dieser Stunde trafen sich die Munteren, die Aufgeweckten, die sich so langsam an die Helligkeit und an die Nüchternheit gewöhnten und im neuen Jahr dem Alkohol abschworen, bei Luici. Einige von der hysterisch veranlagten Gesellschaft brachen vor Lachen und vor Übermut in Tränen aus, als eine frische Runde vom prickelnden Nass gereicht wurde. Der Tag war noch jungfräulich, die Heiterkeit besiegte die Bitternis von manchem Streit im alten Jahr und so mancher rutschte haarscharf an einer Trennung vorbei. Lasst uns leben, lasst uns heben und für immer heiter sein!

Im Luici stand mir es zu, meine eigene Problematik als mikroskopisch zu relativieren und genießerisch meine Aufmerksamkeit auf die Karte zu lenken. Die Angebote

waren lecker, die verwöhnte Zicke kam zu ihrem Recht. Ein Stück Klein-Paris, hier konnten Gedanken einen Namen finden. Es war nicht zu übersehen, dass sich in zunehmender Stunde ein Meer aus eleganter Garderobe zusammenfügte. Die Lautstärke verdoppelte sich. Man begegnete diesen Menschen in zwangloser Unbekümmertheit. Es war die Bestätigung, das Glück oder Wohlbehagen uns nicht erlösen, sondern die tiefe Befriedigung, dass sich in zwischenmenschlicher Hinsicht das Gesetz der Anziehung widerspiegelt. Das Belohnungszentrum ist freigeschaltet, wie nach einer erfolgreichen Shoppingtour.
Als stiller Beobachter auf meinem Stuhl ganz hinten in der Ecke, probte ich mittendrin den Jahresbeginn.
Der lausige Beigeschmack um das Wissen dieser Krankheit verlängerte meinen Aufenthalt in dieser Runde. Es braucht wenige Worte um zu erfahren, wie gut mir diese Gesellschaft in diesen Augenblicken tat.
Bald sollten mich Spritzen, Tabletten und besänftigende Stimmen wieder in mein Zauberreich fliegen lassen. Dann wird die Zunge gerollt, die Muskulatur wird schwach und die Schmerzen werden laut. Verfluchter Krebs, ich hasse dich.

Der Mittwoch

Noch vor dem Aufstehen, am sechsten Tag nach der vierten Chemo, stand die klärende Frage für die Einfachheit der Lebensumstände auf dem Plan, den Streicheleinheiten für

Bauch und Magen. Meine Begleitung, die Übelkeit und die Schwäche hielten es für angemessen, sich für die nächste Alibifunktion zu verabschieden. Nicht für immer, aber für die nächsten sechs Wochen. Eine großartige Gelegenheit, mit dem großen Karren nach unten loszuschieben. Dorthin, wo die Verkäuferinnen für meine Verhältnisse große Ähnlichkeit mit dem Verfallsdatum der Ware hatten. Neuer Einsatzort, kleine Verkaufsfläche mit Notausgang hinter der Wursttheke. Zu dieser Tageszeit lauern überall Gefahren, die Leute stehen noch im Sonntag, sind noch nicht ganz munter. Shoppen bedeutet Spaß im Prêt-à-porter-Paradies. Für mich jedenfalls. Eine Scheibe Wurst abzuwiegen fällt auf Missfallen, den Landfrauen große Berge übers Brett zu schieben, fällt umsatzmäßig günstiger aus. Keine Obstfliege braucht eine extra Führung bei der Suche nach gesunden Lebensmitteln, nicht die beste Idee, denn niemand war begeistert. Abwechselnd zuckte ich mit der Verkäuferin um die Wette. Die Waren entsprachen nicht meiner Nachfrage. Es gab Geschäfte, die noch besser zu mir passen würden, aber angesichts meiner momentanen geschäftlichen Situation keinesfalls auf meiner Favoritenliste standen.
Ausgestattet mit Wasser, Brot und Wurst killte ich eine Fliege, die halbtot zwischen Papier und der Wurst klebte. Ein Debüt de Luxe im knapp fünfzig Quadratmeter Luxusrefugium. In einer spektakulären Lage am Rande der pulsierenden Metropole mit Blick auf das Gebäude der Psychiatrie.
Es wäre keine Fehleinschätzung zu sagen, dass ich es manchmal für möglich hielt, dort zu landen, denn ich quäl-

te mich oft durch wüste und bedrohliche Träume, die immer wiederkehrten. Es gab einen Keller mit vielen steilen Stufen, ich kauerte auf der untersten Treppe auf kalten verschmutzten Steinen, überall Spinnennetze, hatte Hunger, ich weinte, ich rief, so lange bis ich nicht mehr schreien konnte, dann bin ich schwitzend aufgewacht. Immer wieder verfolgte mich dieser einzige ständig wiederholende Traum. Heute habe ich Angst, in verschlossenen Räumen zu schlafen, im Stau zu stehen und in einen Fahrstuhl zu steigen, in dem sich Menschen befinden. Über den Winter schlafe ich bei offenem Fenster, aus Angst, ich könnte ersticken.
Noch zweimal im Bungee-Sprung in das Tal und wieder zurück. Unterwegs sollte man nicht nachdenken, einfach springen und hoffen, du kommst irgendwie wieder an. Sollte ich hängen bleiben, muss ich den Gipfel allein erklimmen, sollte ich fallen, greift Ikarus im Flug nach mir und stürzt sich vor Kummer mit mir ins Ikarische Meer. So betrachtet, zeigt mir die Diagnose einen Weg, der mir bislang vorenthalten blieb, denn das Schicksal duldet keine Zufälligkeiten, entweder ich schaffe es oder ich schaffe es nicht. Unterwegs bleibe ich nicht.
Mein Leben ändern? Ordnen? Neu gestalten? Dazu brauchte es erst einmal eine schlüssige Vorstellung davon, wie sich das Krankheitsbild verändert hat. Also lieber drauf zu gehen, als sich davor fürchten. Das war keine Spielwiese für Anfänger, hier musste ein Profi ran. Eine Starthilfe für besondere Lebensumstände und ein prüfender Blick nach allen Seiten. Ich hauchte an die Scheibe, malte mit den Fin-

gern zwei Schriftzeichen hinein. Ein A und ein Z, dazwischen ein X. Obwohl ich schon ein bisschen weiter war, begann ich wieder mal von vorn.

Das Glück hat nichts mit Streicheleinheiten gemeinsam, es muss herausgefordert werden. Was geschehen ist, lässt sich nicht ändern, was ich jedoch ändern kann, ist meine Einstellung dazu. Aber so einfach kann ich von einem batteriebetriebenen Auto nicht auf einen Panzer umsteigen. In Sekundenschnelle wurde mir klar, dass mich mein kleiner schwarzer Lebensbegleiter daran hinderte, das Fahrzeug zu wechseln. Mich berührte vielmehr die Tatsache, dass ich damit ganz alleine stand.

Eine weitere Dimension der seelischen Ängste und Erschütterungen zeigte sich in meiner Verletzbarkeit. Meine Seelenlage war nicht anders, als dass man mir in der Hitze einen eiskalten Eimer Wasser über den Körper schüttete. Nach Außen versuchte ich Zuversicht auszustrahlen, nach innen spiegelte sich die brutale Deutlichkeit des Versagens wider.
Ein Tier leckt sich die Wunden, ein Mensch wird emotionaler und ist bedürftig nach Trost und Zuwendung und wenn das nicht erwidert wird, steigern sich das Angstempfinden und der Druck, dem man sich ausgesetzt fühlt.
Mehr feindseliger als freudig stand ich der Beamtenherrschaft und dem Verwaltungswesen gegenüber. Ich durfte Zeuge sein. Man überhäufte mich mit dämlichen Fragen nach dem Gesundheitszustand, überraschte mich mit dem

Ablehnungsbescheid zur Kostenübernahme für den Mehrbedarf an Medikamenten, schickte mir Formulare und Informationsbroschüren. Gut zu verstehen, auch Minister müssen auf Staatskosten die halbe Verwandtschaft durchfüttern. Wenn das rauskommt, zahlen die zurück, ich wandere bei Steuerbeschiss ins Gefängnis. Gute Wahl, nächste Wahl.

Wintereinbruch

Bis zum nächsten Granateneinschlag legte ich ein ordentliches Tempo vor. Mir ging es bestens. Reinhold Messner war nur eine Armlänge voraus, Überholen trotz aller Anstrengung zwecklos. Dabei lässt sich kaum behaupten, dass die Extremkletterei ein Spaziergang sei. Warum sollte ich auf meiner Strecke zwischen der knappen und einprägsamen Formulierung und der Aussicht auf vollständige Heilung stecken bleiben? Ich orientierte mich an den Sportlichen, an den Aufstrebenden und an der zu erwartenden Chance, die mich veranlasste, einen neuen Weg einzuschlagen, schließlich stand es um diese Möglichkeit besser, als den Rückwärtsgang einzuschalten. Vorausgesetzt, Plan B gelingt, und Plan C muss nicht in Betrachtung gezogen werden. Hüpfte ich da nicht etwas zu schnell im Kasten? Wusste nicht einmal, wie es wirklich um mich stand.

Durch die Fenster konnte ich das Unwetter spüren. So unbarmherzig, dass ich beim bloßen Anblick der umherwirbelnden Schneeflocken fröstelte. Der Schauer kroch bereits im Zimmer an mir hoch. Widerwillig wartete ich jetzt auf das Taxi, auf fremde Hilfe. Peter hatte Not, die Terminfolge zu halten, der Schnee verriet Verkehrschaos. Unser Ziel war nicht der mondäne Ort, dessen magnetische Ausstrahlungskraft zahlungskräftige Besucher anlockte, sondern das „Labor der Verbundenheit", in dem jeglicher Luxus von Privatsphäre verloren ging. Jede Klinik, mag sie auch noch so einladend wirken, wird steril bleiben. Eine gespannte Stille füllte den Raum, das einzige Geräusch war der letzte Flügelschlag zur Fensterscheibe. Ich schlüpfte in Mantel und Stiefel, bereit für den Ausritt in das Spital. Unter der Perücke blieb die Eifersucht auf mein schönes blondes Haar versteckt. Augenblicklich beschlich mich die Unzufriedenheit mit mir selbst. Die Bestnote im Einzeldasein erhielt ich ohne Anstrengung. Eine Zäsur, die mich zu einem entspannten Innehalten zwang, in der ich mich für eine gedankliche Pause entschied.

Bettina, Conny, Dr. Gazawi und die Schwestern begrüßten mich im gut beheizten Wintergarten. Hinter den Panoramafenstern tanzten weiße Flocken, die Sonne versuchte sich einen Weg aus der grauen Masse zu bahnen. Ihre Strahlen flackerten durch die Scheibe der breiten Tür, die auf eine endlos lange Terrasse führte. Ehrfürchtig bestaunten wir wie bei einer Priesterweihe den Fortgang des Geschehens. Alles in allem wirkte es auf uns wie ein Ensemble in einer gerade fertig gestellten Märchenlandschaft für einen Film. Ein Bild, das sich in seiner faszinierenden Bewegtheit vor unseren Blicken zeigte. Beim Aufblitzen des ersten Sonnenstrahles glitten die verschiedenen Phasen von Trauer und Faszination ineinander. Es hätte uns sehr gefallen, aus dieser Unendlichkeit mehr zu schöpfen, doch unsere Aufmerksamkeit wurde durch das Heranfahren der Ständer, an denen das Gift hing, unterbrochen. Es war nicht der Tag für romantische Stunden. Die gnadenlose Härte, dass wir nicht zum Spaß hier sind, rückte in den Mittelpunkt. Vier Stunden teilten wir unser gemeinsames Interesse, dem ehest zu entkommen. In unsere Gesichter malte sich die Erschöpfung, dahinter blieb eine gewaltige Portion Wut auf das Gift verborgen, dass sich Tropfen für Tropfen einen Weg durch die Venen bahnte. Für eine Schuldzuweisung reichten die Beweismittel nicht aus. Der Richterspruch wurde für ein paar Monate ausgesetzt. Die Klägerin und der Angeklagte durften sich bis zur Urteilsverkündung auf freiem Fuß bewegen.

Ziemlich abgeschmackt stieg ich in das Taxi. Ich war um einige Liter Flüssigkeit schwerer geworden, die Blässe verriet, dass ich mich unbehaglich fühlte. Die vierte Häutung war vorbei. Ich drehte das Fenster herunter, um etwas von der kalten Winterluft einzuatmen. Der frische Fahrtwind gab mir zögernd mit jedem weiteren Kilometer die Lust am Leben zurück. Von Zeit zu Zeit nahm mich Peter auf eine Rundreise mit, wenn ich nicht sofort nach Hause wollte. Auf diese Weise bleib mir noch etwas Zeit, mich ein wenig an der Abwechslung zu erfreuen. Aus meiner Stimme drang eine leise Qual, meine Wohnung betreten zu müssen.

Trotz aller sichtbaren Annehmlichkeiten saß ich oft stundenlang mit unbeweglicher Mine am Tisch und mein Blick suchte nach etwas Beweglichem, nach einer zärtlichen Geste. Wie eingemauert hockte ich in die trostlosen Stunden hinein, im Gefängnis, in einer makellosen Zelle. Meine Entschlossenheit, an diesem Tag doch noch eine Frucht zu ernten, verwandelte sich ungewohnt blitzartig in eine Art Unterhöhlung, die aufgefüllt werden musste. Trotz meines desaströsen Empfindungserlebens und der katastrophalen Straßenzustände, Schnee und Glatteis erschwerten ein Vorankommen, folgte ich einer Geburtstagseinladung am späten Nachmittag. Die alten Herrschaften, weit über achtzig Jahre, gesund und ziemlich munter, wohnten in einem bezaubernden Vorort vor L.E. Auch dieser Garten blieb vor den Schneemassen nicht verschont. Buschwerk und Bäume versteckten sich in kleinen Iglus. Ein Bild, das Kindheitserinnerungen wachrief. Schneemänner im Garten, das Füttern war verboten. Heute sind Schneemänner schwul, fallen leicht um und schmelzen in der Sonne. Lassen nichts anderes zurück, als Herz und Schmerz und the time to say goodbye. Aus dem Kleiderschrank meines Großvaters hatte ich Mantel, Hut und Schal gestohlen. Am nächsten Tag war alles angefroren und nicht mehr zu gebrauchen. Mein Großvater zeigte darüber unglaubliche Gleichgültigkeit, verletzte damit Großmutters Plan, mich für den Rest der Ferientage im Hause einzusperren. Ein Fehler, den er stellvertretend für sich einnahm, mit mir Französisch zu üben. Ein Programm, bei dem beide nur das Fürchten lernten. Er war in Douville geboren, erlernte das Handwerk eines Schuhmachers und arbeitete sich mit Nadel und Faden durch die feine Schuhkultur. Die handgenähten Schuhe verkauften sich bis in die hohe etablierte französische Gesellschaft. Seinen Namen in Ehren, hier greift die Schweigepflicht. Eine seiner weiteren künstlerischen Fähigkeit, der Leinwand ein buntes Leben zu geben, hat mich in kleinen Schritten vorangebracht. Diesem Naturtrieb, Sinnesempfindungen in Farbe auszudrücken, strebte ich erst viel später erfolgreich entgegen. Die augenblicklichen Erinnerungsträume waren unbeschwert, waren die Bilder, die am tiefsten haften blieben, nichtsahnend, dass das Leben noch eine andere Hälfte bereithielt. In meine Augen kehrte der belebte Ausdruck zurück, dass alles noch einmal zurückkehren möge. Leider fehlte mir die Kraft, auch nur einen Schneeball zu formen. Sicher hätte ich meine ganze Entrüstung und Erbitterung hineingestopft. So groß konnte gar kein Schneeball sein.

Während der Feier erreichte mich ein überraschendes Angebot. Mit meinem Leben verglichen war das nicht gerade das, was ich mir im Moment vorstellen konnte. Erst dann, wenn mich der Schrecken nicht mehr schlafen lässt, erst dann, wenn die Behörden mit der Trommel um sich schlugen und den Affen aus der Höhle lockten. Ich konnte meine Freiheit nicht einfach ablegen wie ein x-beliebiges Hemd. Trotz verschärfter Konstellation, wollte ich nicht über diese Klippe springen. Aus einer Flut meiner Gedanken entsprangen die mir all heiligen Bewegbarkeiten wie Telefon, Laptop und die vielen Habseligkeiten. Ohne diese

Berührungspunkte mochte ich mich nicht für eine Rundumbetreuung entscheiden. Im Kamin prasselte ein gewaltiges Feuer, es züngelte nach mir, drohte mich zu erfassen. War es ein Zeichen? Plan C begann zu rebellieren, weckte Phobien, während der flüchtige Zauber des Anwesens und des Winters, der seine Pracht über das Haus gelegt hatte, verloren ging.

Die Zwangslage stand näher als ich ahnte. Krebs und Chemotherapie waren Banalitäten, die Herausforderung, mich der Rechtslage zu beugen, traf wie ein warmes Messer in die Butter. Mein Puls raste der zweihundertsten Leitplanke entgegen. Nicht mal der Krebs konnte in Ruhe sterben. Die Sorge um meine finanzielle und persönliche Schieflage nahm ich keineswegs gelassen hin. Ohne Zwischenstopp rutschte ich in die Quadratur des Kreises, ansatzweise konnte ich erkennen, dass mir eine Lösung zugespielt wurde. Wenn es dazu käme, würden niemals wieder auf einem Quadrat so viele Pflanzen einen Nährboden zum Wachsen finden. Nicht einmal ein ganzes Leben würde genügen, um sich damit abzufinden. Schwer zu beurteilen, was einem Menschen schlimmer zusetzen kann als die Ratlosigkeit, die zu einer Alternativlösung buchstäblich drängt. Außerhalb der Gefahrenzone bestünde kein Grund, sich darüber auch nur im entferntesten Gedanken zu machen. Jede Möglichkeit, in der schon sehr kleinen Wohnung zu bleiben, wurde durch die Notwendigkeit der Rechtslage beschnitten. Godot hatte sich als Racheengel gezeigt. Je mehr Zeit darüber verging, näherte ich mich unwiderruflich zweifellos dem Unausweichlichem, der bevorstehende Operation.

So sehr ich mich danach sehnte, diesen Schnitt endlich hinter mich zu bringen, desto mehr fürchtete ich mich vor dessen Ausgang. Mehr noch war der Grundgedanke um das Überleben wichtiger, als eine Veränderung des räumlichen Faktums. Ich fühlte mich so, wie man sich eben fühlt, aus zweihundert Quadratmeter Partnerschaft, in eine Nische für Singles zu rücken. Mehr noch, waren diese fünfzig Quadratmeter für die Behörden ein Dorn im Auge, so dass mir während der Chemotherapie die Auflage erteilt wurde, in eine noch kleinere loszurumpeln.

Inmitten meiner Beschaulichkeit wurde ich mit einem Anruf von Roger so überstrahlt, dass sich meine Fassungslosigkeit über die starke Tendenz zum Umzug von Minute zu Minute auflöste.

Er war es, der mich am selben Abend erinnerte, die Verantwortung für meine Empfindungen selbst zu übernehmen. Eine heikle Angelegenheit mitten im Geäst. Ich wusste nur zu gut, dass jetzt nicht der Zeitpunkt ist, über die verstärkten Einschläge, die mich bestürzten, zu berichten.
Scherzhafte Bemerkungen über emotionale Ausschnitte handelte er mit allgemein bedachten Worten ab und zielte geradewegs daraufhin, gebührenden Abstand zwischen Realität und Phantasie zu lassen. Ihm fehlte es an nichts, nur an meiner Stimme, die zu hören für ihn wie das Ei im Spinat war. Die Telefonate wurden zur Gewohnheit, nicht aber die Spannung, die dabei entstand. Einem prachtvol-

len Augenblick nicht zu widerstehen, genügte angesichts der Krankheit, doppeltes Missbehagen herauszufordern und den kläglichen Rest meiner Persönlichkeit ins Wanken zu bringen. War es das alles wert?
Die Spuren waren im Gehirn befestigt. Abrufbar, wenn die Übelkeit mich packte, mein Kreislauf zusammenbrechen drohte und wenn ich kurz davor war, den Notdienst anzurufen, nur dass jemand bei mir war. Roger war ein Phantombild, unwirklich, dieses zu fassen. Wollte ich es überhaupt oder genoss ich nur die Kommunikation als Ersatz für die Einsamkeit im glücklosen Kranksein? Der Männer Seligkeit bestand in ihrem Machtspiel, mir zu imponieren und mir Hilfestellung zu geben, dort, wo ich sie am wenigsten begehrte. Sie trafen auf einen toten Kern. Das Ziel meiner Enthaltsamkeit war die Angst vor dem Gnadenstoß, der mein Gerüst zum Einsturz bringt. Ich konnte nicht nur am Käse kauen, ich verstand mich auch darin, zu beurteilen, ob er noch genießbar war.
Halten wir also folgendes fest: Ein Fall, der Hoffnung verspricht, wird uns ewig hoffen lassen.
In L.E. sanken die Temperaturen mittlerweile auf Minus zwanzig Grad. Berichte über starke Schneefälle auf allen Sendern. Ein Grund mehr, mich an den Rand meines Bettes zu setzen und darauf zu warten, dass ich umfalle. Die Batterie war leer.

Eingeschneit

Mit dem gekränkten Verhalten der freundlichen Männer, die ihr Verlangen nach Austausch von Nettigkeiten überboten, konnte ich leben, nicht aber, dass mein eigenwilliges Verkaufsverhalten wegen Schneedichte zur Entpersönlichung führte. Dem Kühlschrank war nicht mehr zu entnehmen als eine Flasche Wasser und ein paar sprechende Kartoffeln.

Schnee, Sturm, sibirische Temperaturen brachen den zweiundzwanzigjährigen Kälterekord. Die Stadt zeigte sich nicht nur fröstelnd, sondern ordnungslos. Autos hielten sich unter den Schneemassen begraben. Sie reihten sich lückenlos wie auf einer weißen Perlenkette auf. Kein öffentliches Verkehrsmittel erreichte auch nur irgendeinen Haltepunkt. Tagelang brach die ganze Herrlichkeit auf die Menschheit nieder. Es durfte meine Absicht nicht sein, mich in einen Glis glis zu verwandeln. Ich war nicht hier, um zu überwintern, sondern den wesentlichen Teil meiner Dynamik zu verbessern. Es gibt Dinge die Spaß machen, es gibt aber auch die Kontroverse, die absolut den Spaß verderben kann. Um die Chance, die geparkten Fahrzeuge freizuschaufeln, stand es nicht zum Besten. Auch mein Mini glich einem bedauerlichen Wesen. Jenseits aller Vernunft, versuchte ich die Fahrertür freizulegen. Kein Knurrhahn war weit und breit zu sehen, auch in Bälde würde hier kein Räumfahrzeug den Schnee beiseite schieben.

Unter meiner Kapuze kribbelte die Aussichtslosigkeit, hier noch etwas tun zu können. Oben und innen assistieren die

Geheimnisse der Wissenschaft. Die Verbindung zwischen Zündschlüssel und Batterie war unterbrochen.
Was bleibt, wenn der Himmel einstürzt, die Finger und die Zehen gefroren sind und die Kälte in den einzigen warmen Stiefeln bis zum Knöchel spürbar war. Mir blieb keine Zeit zum überlegen, ob unter der weißen Pracht das Kopfsteinpflaster rutschig oder der vorhergehende Regen die Krater zwischen den Steinen ausgewaschen hat, dass ein Autoreifen bequem Platz darin findet. Ich tat, was man tun musste, um die Disziplin aufrechtzuerhalten. Belebt von einem Funken unbegreiflicher Magie meldete mein Gehirn Alarm und schickte mir eine unumstößliche Botschaft. Widerspenstige oder gar faule Gedanken legte ich unverzüglich in den Ablageordner.
Wenige Minuten später schien ich an diesem traurigen Zeremoniell allerdings Gefallen zu finden. Ich staubte den Schnee mit meinen Füßen hoch und lief mit der unsinnigen Hoffnung in die Stadt hinein, dass mich diese ständigen Schübe, die mich zum Schwitzen brachten, ausblieben. Es war diese Kälte, vor der sich die Hunde fürchteten. Die Wirtschaft hatte durch mich keinen Aufschwung erlebt. In der Abteilung Backwaren kam es wegen mangelnder Bewegung zum Stau. Die Dame am Herd verkaufte keine Wunderstücke, sie verkaufte Torten nur im ganzen Stück und setzte das Schwätzchen mit einer guten Bekannten fort. Ich machte aus dieser Abneigung keinen Hehl, unglücklicherweise traf ich sie wohl auf ihrem ausgelatschten Spreizfuß. Sie beschimpfte mich wie einen gemeinen Feldarbeiter. Grußlos verließ ich das Geschäft und unter-

nahm einen ausgedehnten Spaziergang durch die Stadt. Trotz eisigster Kälte standen Sonne und das Blau des Himmels in Eintracht miteinander. Meine Schritte wurden schneller, unaufhaltsam blickte ich zum Abschluss meiner winterlichen Einkaufstour voller Euphorie der sprudelnden Gesellschaft entgegen, die sich im Stammcafé versammelte und den Gaumenfreuden frönte. Immer wieder gesellte sich Neues an Prunk, Punk & Gretelchen dazu. Es bestand kein Zweifel, dass es sich hier um Zuckerrohrbarone, Mehlfabrikanten und ihrem langhaarigem Beiwerk handelte, die weder für mich noch für Frau Meyer ein Auge verdrehten. Es sei denn, man wäre selbst in einer goldenen Gondel geboren. Da waren sie wieder, die beeindruckten und sich in den Verkehr drängelten. Hier ging es nicht ums Verstehen, es brach die Norm, erzählt wurde, was man nicht beweisen konnte und stürzte sich mit zunehmendem Alkoholkonsum in die endgültige Verlogenheit. Die innere Stimme sprach grotesk, die Kreativität gewann den Preis. Wer es nicht tat, wurde nicht ernst genommen. So hatte jeder von jedem ein paar Unwahrheiten mit an das Tageslicht gezerrt. Mengt man der Masse ein paar unverdauliche Zutaten bei, kann es passieren, dass man selber davon essen muss.
Augenblicke des Verweilens brachten mir die Genugtuung, dass ich seelenruhig als Betrachter meinen Frieden fand, ohne Angst, dass ich vielleicht unter meinem Ansehen leiden könnte. Mein Nischenplätzchendasein brachte mir Freude zuzuschauen, ich war dabei. Öffnete mir zumindest für wenige Augenblicke den Zugang in eine

andere, abenteuerlichere Welt, als die zu Hause beim Kotzen mit dem Kopf im Klo. Ein Funken Annehmlichkeit blieb an Bord, für mich war es Zeit zum Gehen, die Müdigkeit erschreckte sich vor dem Lärm. Gerne wieder in diesem Lokal. Auch die Ausgangstür dreht sich wie eine Uhr nur in eine bestimmte Richtung und das eigene Vergnügen endet dort, wo der Schatz noch ungehoben bleibt.

Irgendwie sonderbar, mit einem ziemlich zerknirschten Gesichtsausdruck steigerte ich mich in die Realität, dass ich weit davon entfernt war, ein Leben wie vorher führen zu können. Ich zupfte an meiner Perücke herum und hungerte nach eigenem Haar. Wer keine Angst hat, macht sich etwas vor. Manchmal braucht es einen kleinen Anstoß für mehr Selbstkontrolle.
In den Momenten großer Besorgnis kommt es nicht darauf an, mit dem Schicksalsschlag zu hadern, sondern darauf, ob man über die Kunst verfügt, dem Unsegen die Stirn zu bieten. Wie ein Wahrzeichen prangerte der Zettel mit der Aufschrift „Gift“ zur regelmäßigen Einnahme der Medikamente an der Kühlschranktür. Eine gegen die Übelkeit, zwei gegen den Brechreiz und drei weitere gegen das Ersticken beim Würfelhusten. Die Tabletten waren so gewaltig, dass sie sich schon untereinander mit Sir ansprachen und sich fröhlich im Magen bewegten. Mit Widerwillen schluckte ich die letzten Reste vor dem vierten Rundgang. Trotz Flüssigkeitszufuhr klebten sie im Hals, bis ich die Bitterstoffe spürte. Sie hatten gut zu tun. Für die Einnahme sprach der Glaube, dass sie Wunder

bewirken. Die Uhr tickte, der Abend bimmelte dem Ende entgegen. In meinen Adern tobte das blanke Entsetzen.

Nichts lässt die Haut besser erstrahlen als ein Klecks Vorgefühl zur Nahaufnahme. Ein Splitter, der mich fühlen ließ, wie hermetisch ich mit vom Epizentrum des blumigen Duftes nach Liebe und Leben abgeriegelt hatte. Meine Welt bestand aus Monotonie und eintönigem Lebenslauf. Der verbleibende Rest an Gelegenheiten, aus einer momentanen Situation und Gefühlslage heraus den Wünschen und Begierden stattzugeben, fiel der Vorstellung zu scheitern, zum Opfer. Die Erkenntnis und das Vermächtnis meiner Gedanken tobten im Kopf herum, den eigenen Stolz zu überlisten. Ein wenig Spaß zu haben bedeutete doch nur, dass der Wunsch seinen Platz in der kleinkarierten Existenz, in den eigenen Bedürfnissen einnimmt.

So wild wie es die Hasen treiben, so wild war Roger darauf mir zu erklären, dass auf verschneiter Autobahn kein Vorankommen möglich sei. Der Moment zählte bis sechzig Sekunden, bestimmte den theoretischen Spaß, den ich vorgab aber gefühlsmäßig kränkte. Ich rutschte bereits am letzten Ende des Strohhalmes herunter, der bereits in der Mitte gekippt war, ich hatte es nur noch nicht bemerkt. Ich war wohl gerade aufgewacht aus meinem süßen Traum? Frau mit Krebs, Glatze und der ganzen Herrlichkeit. Wen interessiert das schon? Nicht mal die Erzeuger, die den ganzen Stress erst machten. Vorwürfe, Selbstprophezeiung und der ganze Quatsch halfen auch nicht mehr. Hier spaltete

sich der Anspruch zwischen Normalität und Wirklichkeit. Im Normalfall wäre er im Schlafanzug losgefahren, hätte mich gefüttert und sich als Bettvorleger nützlich gemacht. Allerdings war das meine eigene Interpretation. Wer wusste es besser als er selbst?
Es gibt Momente im Leben, da möchte man in die Anonymität verschwinden, so wie die Dame, die mich anrief, um mir mitzuteilen, dass sie schrecklich einsam war. Ihre Worte versanken ganz allmählich hinter einer Nebelwand. Ich war auf Sendung, es war vierundzwanzig Uhr, die Leitung noch geschaltet. Ein verzweifelter Mann teilte sich mit, seine Frau sei vor wenigen Augenblicken gestorben.

Eigentlich kann der Tod doch gar nicht so schlimm sein, ich habe bislang keinen getroffen der wiedergekommen ist.

Das schaffst du

Einige sind über den Berg gerutscht, andere sind hinein gerutscht. Ich will da nicht mitmachen, ziehe keine Wanderschuhe an, versuche es, mit selbstgestrickten Socken. Der Fußboden ist kalt, Sturm und Regen sind zwei Widersacher, die mich mit Dankbarkeit erfüllen, sich dem Ausgang zu widersetzen. Ich bleibe in meiner Blase und brüte die Zukunft aus. Es scheint ein ganz gemütliches Wochenende zu werden. Meine Betrachtungen im Spiegel liefern mir eine blasse Kugel auf den Schultern, die mir reichlich Platz für Spekulationen bietet. Etwas Rouge würde nicht

schaden. Blitzartig greife ich zu noch mehr Schminke. Die grellen Neonröhren machen die Sache noch schlimmer. Geschminktes Karnevalsgesicht auf weißer Kalkwand. Tiergesichter besitzen mehr Ausdruckskraft. Mit Scham und Entzücken frage ich mich, ob diese ganze Prozedur nicht die Ausschweifung eines gestörten Geistes ist.
Wofür und wozu beliebt es mich zu verwandeln? Keine Turbulenzen lassen mich flattern, kein Hobbyornithologe, der mir das Liebesleben des Struthio camelus erklärt und kein komischer Kauz wird mit seiner Körperfülle meinen Raum füllen. Dieses Begehren nach Ratgebern hat seinen Reiz verloren. Mehr als fünf Monate hatte ich Gelegenheit, über mein unvollkommenes Lebenswerk nachzudenken. Ungebetene Gedankengäste machten mir diesen Ausflug nicht leicht, sie erzeugten eine Verschiebung des Weltbildes, von dem ich überzeugt bin, dass es nicht um den Meister selbst geht, sondern darum, seinen Meister zu finden.

Mein berufliches Alibi erlaubt es mir, mich hinter meinen Schreibtisch zu verstecken, sodass ich mit Rücksichtnahme auf mein sowieso angeknackstes Selbstbewusstsein nicht im Rampenlicht stehen muss.
„Dahoam is Dahoam." Von hier aus ich stellvertretend für alle Selbstständigen nicht als Projektionsfläche herhalten muss. Meine Schaltzentrale ist das Wohnzimmer in bester geografischer Lage. „Im Osten geht die Sonne auf, im Westen geht sie unter, anders herum beobachtet, machen die im Westen das Licht an und im Osten das Licht wieder aus.
„Das Prinzip des Kapitalismus soll der Befriedigung aller

Bedürfnisse dienen.“ Hallo, Hallo, nach der Steuer kann ich mich nur noch namenlos zum Maultier- und Eseltreffen nach Südamerika absetzen.
Heut ist ein guter Tag, es wird aufgeräumt, wie schon seit langem nicht mehr. Meine Brüder und Schwestern warten unter der Brücke auf mich. Dann wird vor Freude gelacht und auf die Schenkel geklopft, denn wir haben bald alle nichts mehr. Die Aufregung um manches Drama wird meinem Krebs erspart bleiben.

Und ihr, beste Freundinnen, alles, was ich in den Sand gesetzt habe, waren die Vorbereitungen und der Aufwand für eure Besuche, die angekündigt waren und dahingeschmolzen sind wie die Erdnussbutter in der heißen Pfanne.
Nicht mal die Neugier hat euch hier her gebracht, mit fahrigen Worten habt ihr mir das Wort am Telefon geschnitten. Ihr habt keine Tränen und keine Traurigkeit gespürt. Euch ist nichts aufgefallen, nur eure eigene kleine heikle Welt, gekittet und gestrichen. Hatte mir die Besuche vorgemerkt, bin auf dem Rotstift wie ein Torero geritten und die Termine umzingelt. War auf der Suche nach den besten exklusiven Bissen und hatte den größten Aufwand betrieben. Wollte meine genusssüchtigen Freunde rund um den Braten betten. Keine Verspätung, keine Absage und kein Lebenszeichen von all denen, die mich bis dahin in der Warteschleife wussten. Durch diesen Tunnel schickte mich das Einsehen, dass der Krebs ehrliche Umgangsformen weitestgehend verhindert und Kontakte kappen kann. Die Anstreckungsgefahr lauert im Telefon.

Viel zu lange hockte ich in der Schleife, die in der Mitte festgezogen war. Meine Wutanfälle sind gezähmt, ich rege mich darüber nicht mehr auf. Die Abspaltung von der Realität hat etwas Befreiendes, etwas, das im Unfassbaren geboren wird. Diese Erlebnisse waren der Anstoß, mich neu zu organisieren, eine Basis zu finden, die weder Hass noch Befangenheit auslöst. Der Zeitpunkt, an dem ich realisiere, wer und was wichtig für mich ist, war gut gewählt.

Die Nachmittagszeit gewinnt an Präsenz, die gegenüberliegenden Besucherlücken füllen sich mit Leben. Wie an jedem Wochenende, wenn die Verwandtschaft, die Experten und Expartner eingeladen sind, treten sie in Rudeln mit Blumen und anderen Verlegenheitsgeschenken auf. Sie treffen sich, der Mitteilung wegen, stellen vieles in Frage und weichen den Antworten aus. Zwischendrin sitzt der Hiob, der die Botschaften an die Außerirdischen sendet. Es gibt aber auch diejenigen in der fragilen Struktur, die in der Grauzone hängen, bei denen man nicht weiß, was sie wissen.
Es gibt hier keine Regeln, auch keine Codes, schlimmstenfalls gibt es den Fauxpas. Wenn der im Halse stecken bleibt, dann wird er krumm genommen. Er wird nicht vergütet, er wird geächtet. Er wird zerhackt, zerkleinert und der Rest hinauskomplimentiert.
Die Abschiedszeremonie ist fadenscheinig und abgenutzt, Ein nächstes Mal findet ohne uns statt. Das Datum bleibt uns verborgen, so wie der Ruf der uns nacheilt und die Gäste, die verladen werden. Denn auch die werden sich uns

nicht mehr mitteilen, sondern die Informationen mit anderen teilen, die geladen sind, die sich als nützlich erweisen und die, die bessere Kontakte haben. Soziale Beziehungen treffen auf einen Bereich, der sich tiefgreifend umgeformt hat. Wir sind nicht mehr fixiert auf eine artspezifische Gesellschaftsform. Unsere Beziehungen werden optionenreicher und rasen in eine gebremste Form der Vertrauensinvestition. Der schnelle Wechsel von Bezugspersonen wird zu einer Normalerfahrung.

Auch der weitgereiste Herr Wiesnhuber erleichterte seine Gemeindemeisterschaft zum Stockschießen mit einem Umzug an einen neuen Austragungsort. Ein massiger Leib mit bayrischen Wurzeln hielt sich formvollendet im Vordergrund seines Begehrens, sich als Nachbar vorzustellen. Seine Jugend, aus der er schon lange herausgewachsen war, bescheinigte ihm ohne Vorbehalt eine ungebrochene Begeisterungsfähigkeit für die Musik, die schallend an der Wand wummerte. Mein Flugplatz richtete sich gegen die Sorge, das dauerhaft aushalten zu müssen. Ich ging kein übermäßiges Risiko ein, ihm die winzigen Brüche in seinem Charakter mit einem angestrengten Lächeln zu bescheinigen. Ich schrieb dem fünfzigjährigen Wiesenzauber sein Verständnis für meine Situation seinem Punktekonto gut. Gleichwohl er zu verstehen gab, dass er etwas schwerhörig sei.
Für das jährlich stattfindende Event bunkerte ich zwei Karten. Ein Bekenntnis, dass noch Leben in mir steckt. Zum Zeichen meiner deutlich formulierten Ziele, schob ich ihm

eine dieser Karten mit einem handgeschriebenen Hinweis auf einen netten Abend unter die Tür. Die Nacht der Nächte verbrachte er natürlich aushäusig, ohne sich jemals dafür zu bedanken.
Diese Durchschnittsfraktion reizte mich zum Racheakt, zum Blankputzen seiner Türschwelle und für andere kleine Gemeinheiten, die mir Linderung verschafften. Nach vier Wochen war es mit Herrn Wiesnhuber vorbei, das benachteiligte Quartier räumte ihm keine Sicherheit ein. Nichts für ungut, war ein Versuch, so wie meiner, dem trostlosen Einerlei zu entfliehen.
Er war ein Pate für meinen Glauben, dass ein Mann nicht zwei sein kann. Schicksal oder göttliche Fügung, im Nachhinein traf ich auf die Vermieterin. Herr Wiesnhuber war ein Mietnomade.

4. Chemo

Mein Kaninchenfell bürstete im Hals die Medikamente zurück. Sie lagen quer, sie wollten nicht runter, sie wollten raus, nach oben, hoch hinaus, so wie ich vor meiner Diagnose. Auf dem Weg bin ich abermals ausgerutscht und zurückgekullert, aufgestanden und weitergelaufen. An jeder Straßenbiegung blieb ein Stück von meinem Selbstbewusstsein liegen. Bei jeder Panne zahlte ich dazu, es war nicht gut, die letzte Pufferelle über meine schwach gewordene Struktur in Kenntnis zu setzen. Eine bessere Idee wäre gewesen, eine Totenwache in einem ungesegneten

Raum abzuhalten und sich in Richtung Selbsterkenntnis würdevoll zu verabschieden. Ich war steif vor Wut, dass sich immer wieder Barrieren vor mir auftaten. Übermächtig standen sie mir im Weg. Selbst auf geradem Weg spürte ich die Beklommenheit, die sich bemerkbar macht, als ob man nackt auf der Bühne steht. Ich mochte darum nicht zu beneiden sein.

Seufzend war ich mit einem verkrümmten Lächeln für nur einen Bruchteil einer Sekunde versucht, der vierten Chemo etwas Gutes abzugewinnen. Sollte dies der entscheidende Tag sein, an dem sich die Eigenschaften des Giftes mit Zahlen ausdrücken lassen. Die Gewichte lagen zweifellos auf beiden Seiten der Waage. Es kam darauf an, in welcher Geschwindigkeit sich der Krebs verändert hat, insofern er überhaupt auf das Rauschgift reagierte. Ganz hinten, in einer versteckten kleinen Ecke, lag die Besonderheit dieser Art, dass sich alles zum Guten wenden könnte. Ein kleines Etwas treibt uns immer an, etwas Kleines aus dem Nichts heraus. So lange wir leben, werden wir von Erinnerungen und Eindrücken genährt, die uns in eine neue Dimension hineinspülen, in der wir dann Zeit und Gelegenheit finden zu überlegen, ob es besser ist, vernünftig und logisch zu handeln oder grundlos und spontan den Tag so und nicht anders zu gestalten, einfach nur, weil er uns Freude bereitet. Auf dem Weg zur Vernunft bieten wir weniger Angriffsfläche. Wir werden uns nicht mehr dagegen auflehnen, womit andere Menschen versucht sind, uns zu verletzen, das ist nicht unser Kampf. Wir werden weniger beurteilen und verurteilen, weil wir spüren, dass wir daran nichts ändern können. Wir werden hören, was gesagt wird und verstehen, warum sich Menschen ablehnend und bejahend verhalten. Wir werden handeln, in der Liebe zu uns selbst, in Erkenntnis, dass das Leben nicht unendlich ist. So lange, bis der Narr uns zur Ruhe bittet.

Die Untersuchung vor der vierten Chemo lag der Ungewissheit auf dem Fuß. Ein Anfang, ein Ende oder ein Zwischenstopp? Die Selbstverständlichkeit, mich ein vorletztes Mal an den Tropf legen zu müssen, rückte als fester Bestandteil in die Mitte meines unstrittigen Lebensgefühls. Auf der einen Seite türmten sich bedrohlich die Berge auf, während auf der anderen Seite mich das Wasser in seinen Fluss riss. Von dort aus es keinen Gegenvorschlag gab. Starr und unnachgiebig verlangte diese nervenaufreibende Prozedur die edle Demut, die wir dartun, wenn unsere physische Kraft und die Kraft des Verstandes keine Dankbarkeit mehr empfinden. In der schmalen Gasse legten sich ausgedörrte Finger fest um meinen Hals, sodass mir der Tod durch Erstickung drohte. Im Mund war es so trocken wie die Salzwüste in Arizona. Die Zunge klebte am Gaumen fest, umso mehr sich die Trockenheit wie Puder anfühlte. Einmal tief Luft holen, einatmen und ausatmen, der Körper bleibt, die Seele fliegt flach wie ein unbeschriebenes Blatt Papier dem hungrigen Universum entgegen.
Meine Handflächen waren glitschig und zitterten wie vor einem Flug in das All. Mein Händedruck war ein Handtuch, das zum Trocknen über der Leine hing, lapprig und

ausgewaschen. Der rechte Fuß wollte vor dem linken laufen, ein Sturz zu Boden, auf den rechten Arm. Unversehens rappelte ich mich hoch, fiel wieder zu Boden blieb erst einmal liegen und trommelte mit der Faust auf den Boden. Es wurde allmählich schwerer, mich an den Worten „das schaffst du!" anzulehnen. Dieses Ansinnen kam genauso einfältig rüber wie der Versuch, einen unter Androhung zu einem empfindlichen Übel gekauften Kosmetikartikel wieder umtauschen zu wollen. „Haben Sie den schon benutzt?"
„Ja, klar, sonst wüsste ich doch nicht, dass dieses Make-up so dick ist wie die Bandagenmumifizierung im Alten Reich. Oder haben Sie gedacht, dass ich dieses Produkt durch das Glas gelutscht habe." Helle Köpfe, auch unter dem Pony. Die Werbung und die Verkäufer versprechen viel.
Schauspieler fletschen die weißen Zähne für die ultrafeine Schmirgelcreme, Köche halten für eine zähe Tunke die Kelle in die Linse, Sportler grinsen hinter der Kasse und setzen dem aktiven Verbraucher noch größere Hörner auf. Der Fettleibige da, der in der Jury sitzt, wird als Überflieger durch alle Sendungen geschleust und ist sich nicht zu schade, für eine Stunde schmatzend das Salz in der Suppe zu suchen. Die breite Masse dehnt sich weiter aus, die Werbung ruft die Bogenführung für zukünftiges Kaufverhalten hervor. Die Brandgrenze setzt die Pharmaindustrie. Hier werden zweifelhafte Medikamente durch die Filter geschoben und Profit dem Patientenwohl vorangesetzt. Das Leben mit dem „aut idem" Kreuz auf Deutschlands Rezepten im deutschen Gesundheitswesen! Hier sind Tür und Tor

für Krankenkasse und Pharmaindustrie gesetzt. Für viele Patienten kein Problem, sie merken es nicht einmal. Nur eingeweihte Spezialisten erkennen dieses Regelwerk. Das Kreuz auf dem Rezept belastet das Medikamenten-Budget der Ärzte, das Fehlen des Kreuzes belastet unseren Körper aufgrund unterschiedlicher Herstellungsqualitäten und unterschiedlicher Verträglichkeit wegen teilweise lebensgefährlichen Zusatzstoffen in den Medikamenten.

Der Umstand, alles hinzunehmen, was nicht zu ändern ist, traf auf Boden aus Beton. Mir war es nicht gelungen, die ganze Unzufriedenheit zu stoppen. Hass auf alle und jeden, die mich anzapften wie beim Spektakel zu „O'zapft is!", die mir das Gift durch die Adern jagten und auf alle Begleitumstände und die daran verdienten.
Die Amygdala, in der Angst, Wut und Gefühle ihren Ursprung haben und das Belohnungszentrum Nucleus accumbens von der Datenautobahn abdrängte, setzte versteckte Emotionen frei, knetete mich wie eine Rolle Blätterteig, in der die Würze fehlt. Die Hoffnung als ganze Droge, war abgesetzt, es reichte eine halbe Dosis mit Unterschrift. Die Patientin rutschte zwischen niedergeschlagener Stimmung und behandlungsbedürftiger Erkrankung langsam am seidenen Faden hinunter.

Während der Suche nach einer effektiven Gesundheitsgeheimwaffe, klingelte Peter an der Tür und bat mich zum mittelalterlichen Aderlass. „Tür zu, anschnallen und weg von der Bordsteinkante." Seine Stimme war so selbstverständlich, so unzweifelhaft, dass es nur diesen einen Weg für mich gab. Ich wollte weiterfahren, nicht aussteigen, konzentrierte mich auf die Ampeln und auf vorbeifahrende Autos. Wäre gern in die Normalität eingestiegen. Ich wagte es kaum einzugestehen, ich hatte den Bezug zum normalen Leben verloren. Ich hörte mich sprechen, Tränen stiegen auf. Tief in meinem Herzen war die Sehnsucht nach einem Zuhause, nach Anlehnung und Trost. Das war drei Jahre her. Ich fühlte mich doppelt verbannt. Boxenstopp, Klinikalltag. Das Taxi führte mich langsam den Kiesweg zum Parkplatz entlang.

Für Dr. Gazawi war es Alltag, für mich war es ein Moment, der alles entschied. In meinem Kopf war Leere, ein Loch, nur der Monitor hatte sich in meinem Blickfeld Platz verschafft. Eine helle Fläche ohne Namen und ohne Bedeutung. Das Zimmer war eingefärbt mit einem blassblauen Licht, darin lag eine Stille, in der nur das Kritzeln eines Stiftes zu hören war. Ich hielt den Atem an. Katharina schrieb ein paar Worte mit, wenig, präzise auf den Punkt gebracht. Ich blieb liegen, bewegte mich nicht. Meine Arme und meine Beine waren wie durch eine Wand von mir getrennt. Der Monitor summte vor sich hin. Ein kurzer Ruck, ein Aufschrei durch das Zimmer, ich vergrub mein Gesicht in meine Hände und weinte. Dr. Gazawi war die Freude anzusehen. Ein souveräner Sieg für ihn. Musik mit Trommelwirbel und Paukenschlag. Das Leben gesteht jedem von uns wenige Momente reinen Glücks zu. Zum ersten Mal in meinem Leben entdeckte ich für mich, tief in meinem Inneren eine unendliche Tiefe der Dankbarkeit an das Universum. Die Therapie hatte angeschlagen, das Karzinom war um die Hälfte reduziert, es hat sich klein gemacht, vor mir verbeugt und hat das große Haus verlassen. Es war ein tiefgreifender Moment, als ich fühlte, der Krebs hat sich an seine Diät gehalten. Nur ein kleiner stecknadelgroßer Punkt erinnerte mich an die bevorstehende Chemotherapie, an die Operation und die Bestrahlung danach. Dann wird es Sommer sein. Eine Reise an das Meer, ein Aufenthalt in New York und ein neues Zuhause waren angedacht, fachkundig beäugt und für realistisch erklärt. Die Hälfte des Jahres lag mit ihrem Verlangen vor mir. Das unendliche Glücksgefühl breitete sich in der gesamten Klinik aus. Ein Tag, ein Glück und ein Schritt in die Unendlichkeit. Körper und Seele befanden sich im Gleichgewicht. Diese kleine Beschaulichkeit hatte mich den Kummer, die Trauer und die Not vergessen lassen. Der Bahnwärter hatte das Signal auf grün gestellt. Nun konnte alles nur noch besser werden, doch da sollte ich mal wieder einem großem Irrtum unterliegen, das Schicksal hat sich noch die elfte Karte geholt, die neben der Hauptperson für Zwist in der Familie, häusliche Ungelegenheiten und Unfrieden sorgt. Im Ansatz der Nacht spürte ich eine Kältewelle und mir wurde deutlich, dass ich es hier mit einem Verbündeten zu tun hatte, der entschied, wann es Zeit zu gehen und zu bleiben war. Mir wurde klar, dass mein Unterbewusstsein mehr erkannte als ich selbst wahrnahm. Mein Körper brannte danach, auf diesem Wege weiterzugehen und zu ergründen, wieviel Energie unsere Gedanken erzeugen, um etwas abzuwenden oder um ein Wunder zu erfahren.

Frisch, fröhlich ausgeruht machte ich mich noch am Abend über meinen Schreibtisch her. Man kommt manchmal an den Platz zurück, an dem man sich zum ersten Mal getroffen hat. Mit Brille sah alles viel deutlicher aus. Mein kleines Telefonbuch gab mir den Anpfiff, mich mitzuteilen, die Freude nach draußen zu plärren, dass ich im Tunnel einer Katastrophe entkommen war. Lu und Estelle waren voller Begeisterung, sie schütteten ihre Komplimente wie Regen über mir aus. Ich sollte gleich kommen, ich hätte doch jetzt viel Zeit. Leider stand bei ihnen schon die Vorbereitung für den nächsten Urlaub an.

Um nicht in der Enttäuschung stecken zu bleiben, hatte ich noch etwas mehr getan, als im Telefonbuch zu blättern. Ich maß meinen Verrücktheiten keine Bedeutung zu, die Belastungen, Erschöpfungen und Übelkeiten erklärten alles. Glückselig räumte ich den ganzen Krempel, den ich in all den Jahren umhergeschleppt hatte, in einen Umzugskarton und stellte ihn in das Dunkel des Kellers. Mit diesem Angriff auf die Vergangenheit huldigte ich dem Nachfolger zum Besitz seiner Rechte. Es begannen Stunden des Lohnes und des Schimmers in denen alles möglich schien und sich keine Schatten am Horizont abzeichneten.
Ohne wertvolle Zeit zu verlieren, klingelte ich Roger an. Wie eine traurige Porzellanpuppe mit großen Augen leg-

te ich den Hörer wieder auf. Roger war nicht da. Meine Worte fielen in das Gespräch zurück, welches ich in jener Nacht mit ihm führen wollte.

„Hallo Roger, hier bin ich. Schieb deinen Hintern jetzt und gleich hierher. Schau dir an, wie es um das wahre Leben steht. Bring anständigen Kuchen mit und nicht vom Billigmarkt. Packe ein paar Sachen ein, zum Putzen und zum Kochen und mache das, was ich nicht besser kann. Sei auch bereit, die Spitzen anzunehmen, die ich austeile, wenn du Fehler machst. Bereite ein leckeres Mahl für den Abend vor, warte nicht auf den Morgen, denn der kann wieder grausam sein. Mache mir keine Komplimente, wenn es um mein Aussehen geht, es ist geschmeichelt und nicht wahr. Ich hänge manchmal über dem Zaun und das nicht erst seit jetzt. Es ist anstrengend, mit dieser Fassade, wenn das Klobecken meinen Namen ruft. Ich bin oft fertig mit der Welt, habe viele Fragen, die du mir beantworten kannst. Sei jetzt still und komm, so schnell du fahren kannst. Erspare mir die Freundlichkeiten, Nettigkeiten und Sympathien, die ich für meine Mitmenschen habe, ich bin geladen, mit Frust und Verlust um meine Zeit, die ich verloren habe. Ich bin glücklich vor Freude um einen kleinen Erfolg. Spüle die Gläser und das Geschirr und entkalke meinen Kaffeeautomaten. Rüttle und schüttle nicht an meinen Zweifeln, lass sie so wie sie sind, sie gehören zu meinem Leben, wie meine Lust und mein Begehren, wieder einen Mann zu lieben. Frage nicht nach Ruhm und Ehre, und nicht nach Ziel und Zahl.

Dezidiere meine Worte nicht, sie sind nicht erfunden, sie sind ein Teil von mir. Klein, winzig und nicht mehr zu hören, wenn du wieder in Richtung Norden fährst. Mir bleibt dann nur die Erinnerung. Erzähle mir von Hoffnung und von Vertrauen, damit ich wieder daran glauben kann. Berichte mir über Frauen und Männer die noch vertrauen können, schweige über Verdächtigungen und Anschuldigungen, damit ich wieder annehmen kann. Bringe deine schlauen Bücher mit, um mir vorzulesen über das, was ich wissen muss. Schau mich an und sage mir, dass du es wirklich bist. Schau auch hin, auf meine Brüste, die noch leidend sind. Der Kampf hat sich gelohnt, danke für deine Zeit, danke für deine Stunden und die Minuten am Telefon. Ich bin glücklich und werde es immer sein. Noch ein kleines Stück, das schaffe ich allein, wie sollte es auch anders sein.

Mein kahler Kopf sprach gegen die Wand. Ein Gefühlsausbruch in meiner eigenen kleinen Welt. In meinem Kopf tanzten die Elfen, ich war wie in einer Zauberwelt. Mystisch bizarre Bilder tauchten auf. Mir wurde heiß, ich drehte mich im Tanz. Das Fieber hatte mich gepackt und sich gegen meine Stimme aufgelehnt. Es war der Dautermutus, ein Zuviel des Ganzen, ein wahnwitziger Gedanke, eine Erfolgsgeschichte und die Angst, die mir noch immer blieb. Ein paar Sandkörnchen waren in meine Augen gelangt. Sie hatten sich über die Netzhaut gelegt und die natürliche Spülung in Gang gesetzt. Es reichte für einen ganzen Vorrat in der Dürrezeit.

Wie ein wildes Tier, das aus dem Gestrüpp springt, rannte ich beim ersten Klingelton an das Telefon. Mein gebrannter Ausdruck erhielt ein Siegerlächeln. Roger redete über Gott und die Welt, über das Verhalten der männlichen und weiblichen Pinguine und über erbgutschädigende Pestizide. Er war imstande, mich eine lange Stunde über Termine und Fälligkeiten zu unterhalten. Für ihn war alles in bester Ordnung, meine Stimme drang nicht bis zu ihm vor. Wo waren die sanften Zwischentöne, die leisen, die nicht gesagten, die man einfach nur spüren muss. Langzeitsingles leben in Dissonanz und Konsonanz zur eigenen Realität.
Singles treffen sich auf halber Strecke, und rechnen jeden Fauxpas mit dem Gegenspieler ab. Sie verlieren das Gleichgewicht zur Partnerschaft und nehmen nicht jeden Millimeter auf, sie rasen ihre Kilometer ab. Sitzen im geschlossenen Kasten, im Regal, in dem kein Platz für andere ist. Ziehen sich zurück, wenn es brenzlig wird. Dort liegen die Manuskripte für die Ausreden bereit. Umständlich füllen sie Zwischenräume mit ausgebeulten und veralterten Winkelzügen und bringen nichts auf den Punkt. Sie leben die guten Tage, die schlechten werden ausgegrenzt. Sie gelüsten nach Spiel und Spaß und belasten sich nicht mit Firlefanz. Verlässlichkeit war früher, die ist Historie.
Ich machte ihn dafür nicht verantwortlich, dazu hatte ich kein Recht. Ich nahm seine Worte nur noch von weitem wahr. Der ordentliche letzte Schluck aus dem Champagnerglas tat meiner Seele gut, ich schipperte mit dem Traumschiff auf eine weite Reise.

Nachschlagwerk

Die vierte Chemo, der Zehntagewahnsinn, bislang die Summe aller vorhergehenden Gifttransporte, brachte gleichzeitig die frohe Botschaft aus den Beamtenetagen, die auf mich einen zusätzlichen Druck ausübte. Mit meiner gewohnten Idylle, die ich fast ohne Ausnahme mit Übelkeit, Schlafmangel, Isolation und Chemotherapie verbrachte, war es endgültig vorbei. Das beharrliche Ticken des Zeigers, formte die Betrachtung von Einsteins Relativitätsprinzip, dass es keinen absoluten Raum und keine absolute Zeit gibt. Halte ich die Uhr an, habe ich noch endlos lange Zeit, bewege ich den Zeiger schneller, bin ich genau in der Zeit, in der ich mich gerade befinde. Somit befand ich mich auf der sicheren Seite, im Abstand von differentieller Ortskoordination und nicht festgelegtem Zeitpunkt. Kopfmäßig entleerte ich den ganzen Müll, der darin spukte und versetzte mich aus Trotz in eine Alltagstrance, auch wenn die Zeit schon überschritten war, hinsichtlich meiner Wohnsituation vor den Behörden mein Nickerchen zu machen. Unten ist nicht oben, von oben sieht die Welt lustiger aus, nicht so verquer wie sie ist. Auch Überraschungen machen das Leben bunter, verklärter und manchmal hilft ein Doppelklick auf den Hinterkopf. Dieser kündigte sich mit bemerkenswertem Trommelwirbel an und setzte meine eingefrorene Maschinerie in Kraft. Gegen das Gesetz war bislang kein Kraut gewachsen. Das Feld des Unumgänglichen verdichtete sich zunehmend.

Dass zwischen der Wunschvorstellung und der Realität eine Lücke klafft, ist klar, aber dass die Behörden über den Lebensmittelpunkt bei Krankheit entscheiden, war mir bislang unklar. Die Sesselpupser waren sich einig, dass zwei Quadratmeter Mehrfläche dem Anspruch zum Erhalt des Wohngeldes entgegenstanden und die endgültige Fassung mir in Kürze zugestellt wird. Dem Entwurf des Bescheides, der zum Auszug aus der Wohnung drängte, fehlte es noch an gewissen Textbausteinen, die sich noch unbefestigt in den hinteren Reihen befanden. Dem Spiel des Mächtigen waren keine Grenzen gesetzt. Gemischte Verwendungen sprachen der allgemeinen Befindlichkeit entgegen. Ich teilte meine Auffassung zwischen dem aufwühlenden Gefühl von Entsetzen, wenn man nach einem Schlaganfall nicht mehr in der Lage ist, sich zu artikulieren und der Einflusslosigkeit, die entsteht, wenn man entmündigt ist. Obwohl ich der Krankheit hilflos ausgeliefert war, gab ich nicht auf und machte, was ich am besten kann: kämpfen. Dazu brauchte es ordentliche Munition. Für nichts blieb Zeit, außer für das Vorrücken im schnellen Tempo im Rhythmus mit der davoneilenden Zeit, die in meinem Magen wühlte. Ich musste mein Möglichstes versuchen, dem Super-Gau zu entgehen. Denn der hieß: Patient wird in den „Streichelzoo" verlegt. Offenbar war die Kartenlegerin mit ihren Aussagen selbst nicht ganz zufrieden. Die schwarze, einäugige Katze miaute schon, als ich zur Tür reinkam. Die gute Fee, ein beängstigender Anblick, war eine ungesunde Mischung aus Fell und Fleisch. Das war kein gutes Zeichen. Ihr Versuch, Gottes

Arbeit zu verrichten, erweiterte meinen Erfahrungshorizont. Der Hotspot für die Zukunft blieb in der Pipeline hängen.
Am herunterhängendem Ast baumelte ich als „Global Player“ und träumte mich in problemferne Aktivitäten ein. Suchte die afrikanische Steppe mit Nashörnern, vor der Terrasse ein Hausknecht, den maßgeschneiderten Service für mich und ihn.

Frühlingsboten

Der zehnte Tag nach der vierten Chemo brachte mir die Gewissheit, dass auch die Natur sich den grauen Schleier von der Seele warf. Tage, die in einer Sinfonie nicht farbiger zum Ausdruck kämen. Der Nordwind wich der Milde, die sich niederlegte, wie ein Seidentuch auf die Haut. Die Welt erlebte eine Wiedergeburt. Spazieren gehen, etwas Arbeit, nicht zuviel, Ausschau nach dem Liebsten halten und dabei keinen Schaden nehmen. Das war nicht der schlechteste Motor, der mich wiederbelebte. Ich erlag den warmen Temperaturen mit einer Ausgeglichenheit, die sich in meinem Aussehen widerspiegelte.
Das Wunder hatte Gestalt gefunden, ich war geneigt, mich mit dem Besten zu versorgen, was es auf der Welt gibt. Und dies sofort und in allen Bereichen. Spielerisch, provozierend und mit einer grenzenlosen Spannung kreierte ich eine Pointe im Reich der übertriebenen Haute Couture. Aus Nichts an Haben wurde ein Genie geboren. Prüfend

fiel mein Blick auf das Letzte, was mich am Ausgang zur Umkehr zwang. Eilig setzte ich die Perücke auf und mischte mich unter die Hupkonzerte in L.E. Es muss ein schwankendes Zeitmaß gewesen sein, mein Rundgang durch Patisserien, Bücherläden und Galerien. Denn mittlerweile war es draußen dunkel. Alles in allem ein wunderbarer, schöner Abend, eingebettet im Glanz der Abendsonne, der den wolkenlosen Himmel erfüllte. Die blassblaue Farbe vermischte sich mit dem Nebel, der sich allmählich auf den Straßen niederlegte. Der Besuch zum Konferieren in einem windverblichenen, um die Jahrhundertwende entstandenen Bau, in dem die verschiedensten Sorten von feinem Kaffee angeboten wurden, bildete den Abschluss des Tages.

Er blieb nicht ohne den Effekt, dass der Abend den Tag zur Idealgestalt belegte. Der Tag war zum Weinen angelegt, ohne Tränen und ohne die erwachende Bitterkeit gegen den Krebs. Ein Punkt hätte keinen Platz mehr in diesem beispiellosen Tag gehabt. Die unerfüllte Sehnsucht in einer Kombination aus Schöpfung und Natur lagen wie ein gehütetes Geheimnis über diesem Winter.

Strahlend blauen Himmel, Sonnenschein und wohlige Frühlingstemperaturen wusste auch derjenige zu schätzen, der sich lohnend mit dem Keiler Sährimnier, der laut Sage am nächsten Morgen aufersteht, um erneut gejagt zu werden, auf Tuchfühlung begab und beim heldenhaften Kampf mit dem Keiler sich eine Beinnarbe zuzog. Mit meinem ausgeprägtem Instinkt wusste ich sofort, dass er seine menschlichen Gelüste in die eine Richtung und die fleischlichen Gelüste in die andere Richtung drängte. Kevin glaubte an meine Freude um das Tier, das in Teilen tot, geteilt und zufrieden mit Folie umhüllt in seinem Kofferraum lag und mein Mitgefühl für seine klaffende Wunde am Bein. Die aber meiner Kenntnis nach auf eine länger zurückliegende Krampfaderoperation zurückzuführen war. Ach Kevin, auch Frauen sind Menschen, die ihren Geist manchmal mit Genugtuung und wachem Vergnügen benutzen.

Zwischen Hunger und Gastfreundschaft beurteilte ich mit Abstand die ausgewogene Mitte. Er war beileibe nicht der Retter in der Not, aber im besonderen Fall, eine Ausnahmeerscheinung in meinem Fall. Sein überdimensionaler Hummer parkte auf zwei Flächen. Er war schon immer eher einnehmend als anziehend und nahm mit großer Hand die kleinen Seelen.

Wollte er, dass ich eine Lobeshymne anstimme auf das geeiste Vieh, das noch im Kofferraum nach seiner Vergangenheit stank? Oder auf ihn, auf den Weidmann, der mir mit Stolz erklärte, dass es möglich ist, seinen schwarzen Hummer mit der Fernbedienung vorzuglühen? Ich haderte in meiner Euphorie, diesen spontanen Auftritt unter „kalte Dusche“ zu verbuchen. Der Geruch von kannibalischem Fleisch haftete an seiner Kleidung, auf seiner Haut, oszillierte im gesamten Raum. Mein Sicherheitsabstand vergrößerte sich bei jedem seiner gesprochenen Worte. Ich fühlte mich als Bache in seinem Jagdrevier, legte instinktiv beide

Ohren an, bereit, ihn vor die Flinte zu springen, die Kugel abzufangen, auf ihn einzuschlagen, wenn er versucht, mir unters Fell zu greifen. Meine Augen sprühten Feuer, einen Schritt näher, er wäre darin verbrannt. Die Tür zum Badezimmer hielt ich unter Verschluss, drehte das kalte Wasser auf und hielt den Atem an. Für den Rest der Stunde war es besser, mich für eine inszenierte Ohnmacht zu entscheiden. Die Ankündigung seines Rückzuges flößte mir Sicherheit ein. Das Tier im Manne war einem großen Irrtum unterlegen, so auch seine Frau, die ihn auf Raubzug witterte und nach ihm zwitterte. Wenn sie um seine Gelüste, seine Erfahrung mit weiteren Viehtrieben hätte, bräuchte er für die richtige Vorfühltemperatur im Wagen zukünftig nicht mehr zu sorgen. Der Rest würde sich dank seiner immer geladenen Schrotflinte ganz von selbst erledigen. Frau Keiler würde ihn samt Kugellager beim Abflug in die Tiefe mit dem kalten Kasten um Verzeihung bitten.

Man könnte meinen, ich gönne meinen Feinden ihre kleinen Freuden nicht. Weit gefehlt, dieser laienhafte Auftritt rief einen kombinierten Zwischenton hervor. Es war die Ode an die Freude und die erklärte Bereitschaft, sich des weiblichen Machtinstrumentes zu bedienen. Seit diesem gewichtigen Tag liegt Kevin Keiler mit einem Flunschgesicht und Fußangeln allein zu Hause.

Dafür durfte ich den Aufbruch wagen, in meine vertraute Norm. Zwei Tage noch an der Oberfläche plätschern, dann Tauchgang mit unabsehbarem Ausgang. Ein Absturz, der weniger als nichts bedeutet. Meine chemischen Feinde erzwangen ihre Zäsur. Niemand konnte mich davor bewahren, den Schritt in die völlige Unfreiheit zu gehen, seelische Schmerzen zu erleiden und die Depressionen zu verkraften. Der Hilfeschrei war flüsternd, so, als wäre es der letzte Ton.

Ich dachte an Roger, freute mich auf den Abend, auf das Klingelzeichen am Telefon. Wollte nichts konkret abbilden, nur sich das entwickeln lassen, was sich im dem einzigen Augenblick entwickelt. Diese blanke Offenheit von beiden Seiten gab mir ein Gefühl von Weite, die einen überfällt, wenn man auf nichts wartet. Keine kontrollierten Aussagen, keine schlechte Stimmung, die ich hinterher bewerten muss. Keine Versprechungen und Verkrampfungen, die man hinterher bereuen muss. Die entspannte Gelöstheit erzeugte eine beglückende Gelassenheit, die man nicht in einem Schnellkochkurs erlernen kann. Sie erlaubte mir, das Gastrecht ohne Angst vor der Rache und ohne Feigheit vor dem Widerstand mit viel Mühe zu ersteigern. Ich öffnete meine Sinne für die Lebensfreude wie das Einlasstor eines Fußballfeldes, damit jede Lebendigkeit ohne Kontrolle hindurchziehen konnte.

Roger schüttelte sich am Telefon seine Reisestrapazen aus den Knochen. Viel Arbeit und wenig Vergnügen. Dem gegenüber standen die einsamen Reisen, die er buchte und der Boxenstopp mit Julia. Er kannte viele Garagen, die neuen und die alten, dort zog es ihn hin, wenn sein Auto einen

Kratzer bekam, die Wischblätter von Regen, Sturm und Wind verzogen waren und Geschäftstermine eine weibliche Gestalt annahmen. Er hat alles erreicht, was man erreichen kann, Geld, Macht, äußere Unabhängigkeit und geordnete Verhältnisse, aber es enthüllte auch das Ungleichgewicht seines seelisches Wohlbefindens, zwei wichtige Instrumente, wie Kopf und Seele. Um eines beneidete ich ihn. Er ist ein Mann, der kann.

Der Frühling brachte mir nebst reichen Männersegen noch eine andere kleine Schweinerei. Die Nummer mit dem MINI sah nicht erfreulich aus. Ein männliches Eisen, das beim Schmieden erkaltet war. Es gibt ein paar Dinge, die eine Frau besitzen sollte. Eine Idee, einen, der davon begeistert ist und einen, der diese Idee bezahlt.
Mein MINI war männlich und ein älteres Modell. Das mechanische Werk hat sich aufgehängt, das Gehäuse und die Einzelteile funktionierten nicht mehr. Das Handy war weiblich, funktionierte auf Knopfdruck, wie die Frauen im Multitasking Programm. Unter der Giebelnummer erreichte ich ihn, Horst, einen Mann für alle Fälle. Zu seiner Sache gehört sein Wissen, etwas zu wissen und eine völlig andere, danach zu leben. Er ist eine Ikone zum Anfassen, wie ein roter Schuh, den man sieht, hineinschlüpfen und wegtragen möchte. Könnte ich davon bitteschön noch ein bisschen mehr haben?

„Hallo, hallo, hier im Hause wohnt fast keiner mehr, die letzten Mieter sind durch den Baustellenlärm verschreckt, mein Ladekabel vergnügt sich gerade mit einem anderen oder beide wurden geklaut, ich finde es nicht mehr. Meine Reifen warten auf den Sommer und der Tank ringt gerade mit dem letzten Tropfen."

Ich vergleiche Technik gern mit Männern, die regelmäßig zum TÜV müssen, dann hat man auch in den nächsten Jahren noch große Freude daran. Das hat Vorteile, kostet zwar etwas Zeit, Geduld und Geld, dafür laufen sie dann wieder wie am Schnürchen.

Während Horst am Auto werkelte, räkelte ich mich trocken, locker und sicher auf der warmen Sofaecke. Leidenschaftlich war sein Bemühen, mein Auto und mich wieder in die Spur zu lenken. Nicht nur mein Auto bekam eine Frischekur, auch ich war erholt vom Minutenschlaf mit Bommelmütze. Ich brachte ihn noch runter, er nahm mich fest in den Arm, es war kalt und dann stiefelte jeder seinem Ursprung zurück. Alles hat seinen Preis. Von ihm hatte ich bis heute leider nichts mehr gehört.

Gegen den Strich

Mit meiner Grundausstattung, Perücke, Schönwetterfreunden und dem ganzen Seelenschutt machte ich mich abermals auf, nach einem festen Platz, oder nach einem harten Kern, dem Fabelwesen, zu suchen. Auch diese haben in unserer Gesellschaft ihre Daseinsberechtigung. Sie sind getarnt als treue Ehemänner, als Berater oder auch als Rechtsverdreher, alles in allem haben sie eins gemeinsam, sie sind auf der Suche nach dem Plural, nach einer unauffälligen Zweitbeziehung, die lautlos funktioniert. Im Wettlauf mit der Zeit sind sie geübt und hebeln alles aus, was sich nicht gerade deppert anstellt und was diesseits ihres Weges liegt. Irgendwo hält sich immer ein blindes Huhn versteck. In ihrer Phantasiewelt tragen sie in ihrer Krokoaktentasche ein ausschweifendes Verlangen nach Variantenreichtum mit sich herum und leben andererseits ihre Karriere im Rampenlicht. Fast jede Frau kennt so eine vernagelte Figur. Sie probieren den Wein an der Theke, blicken distanziert in die Runde, der Hemdkragen ist aufgestellt und mit einem elegant schimmernden Schal drapiert, daneben liegt die Zeitung aufgeschlagen, der Wirtschaftsteil wird gern gelesen. Die Brille ist auf die Nase geschoben, um besser riechen zu können. Sie sind alterslos und von sich mehr als überzeugt, liefern die Vielfalt ihrer Hemmungslosigkeit nur in wenigen Minuten und steuern verschlagen die Kontraste zwischen Haben und Wollen, Besitz und Macht. Ihre Methode ist sehr formell. Bereits nach wenigen Sätzen wird klar, dass er der „richtige Spaßvogel" sei. Von diesem bunten Federvieh sind die wenigsten frei, aber offen und für jede Lustigkeit zu haben, sei es für einen Tag, für ein Wochenende, aber bestimmt nicht für ein Leben lang. Sie wandeln und handeln auf einer schmalen Fährte und bekommen immer, was sie wollen. Auch die Nummer mit der Nummer. Nicht alles ist gratis und nicht alles ist loyal. Denn auch diese Damen verlangen ihren Lohn. Das Duett de luxe findet hinter der Fassade statt, zweifelsohne unter Ausschluss der Öffentlichkeit. Die wird ausgelebt und ausgeblendet,

wo es am verruchtesten ist. Dort leben sie den perfekten Gegenentwurf zu ihrem Joballtag aus.
Das Phantastische daran ist, dass wir es wissen und dennoch glauben, dass es anders ist. Ihre Ausstrahlung und das, was sie besitzen, wirken auf uns wie ein Aphrodisiakum, es verjüngt, entgiftet und stärkt unsere Zentrale. Nur ein winziges Detail mahnt hinter der Tür der fremden Frau. Es ist der Besitz an das Haben, denn das liegt manchmal im Soll. Wenn wir sie auf frischer Tat erwischen, schießen sie mit leeren Patronen, flüchten in die Unverbindlichkeit und streifen wie bei einem aufkommendem Wetterwechsel den Staub ihrer Fehltritte ab. Sie handeln im Erbe von Dschingis Khan und bewahren ihr Savoir-faire.
Die Männer reagieren sensibel, wenn man daran kratzt und werden störrisch wie die alten Esel, wenn es um eine plausible Antwort geht. Die Damen, mit denen sie charmieren, fliegen und das Weite suchen, finden sich meist schwer mit einer einseitigen Entscheidung ab.
Sie zahlen jeden Preis, den begehrten Geldjungen an Land zu ziehen, um sich damit ihre Existenz zu sichern, oder die Witwenrente aufzubessern. Rougegesichtig mit Aufschrift „Schlauchboot-Lebensgefahr“ plustern sie sich nachmittags mit ihren kurzen Federröckchen an der Theke auf und warten auf die Schmarotzkis, die ihnen später die Quittung überreichen.
Selten findet sich so ein Meisterstück auf freier Fläche wieder. Knackst sich doch mal der Eine oder der Andere ein Bein, wird er gelegentlich für gut befunden. Dann schmiegt und schnarcht und ratzt sich das Schmächtchen Kunigunde

einen ab, nur damit sie nicht alleine bleiben muss. Sollte der Mann plötzlich nicht mehr auf ihrer Rechnung sein, könnte für dessen Tod das wechselseitige Machtspiel um die Besitzansprüche verpflichtend gewesen sein.

Der Spitzfindigkeiten überdrüssig, bereitete ich mich auf eine schlaflose Nacht vor. Gleichermaßen spürte ich diesen Hauch von Unruhe auf meiner Haut. Mit leichten Bürstenstrichen versuchte ich, dieses Kribbeln von Kopf bis Fuß zu lindern. Es war die Stunde, in der es mir zum Heulen war. Die Obergrenze von Unannehmlichkeiten war wieder einmal erreicht. Ich war so endlos müde, so entsetzlich erschöpft, dass ich das Gefühl hatte, gar nicht mehr am Leben bleiben zu wollen.

In der Verteilerliste für Wohlergehen hat man mich bereits geschwärzt, in die Tiefe geschmissen, und einen Haufen draufgeworfen. Mir ging es ganz einfach richtig schlecht. Zahlen, Fakten und Zerwürfnisse, alles Splitter, die mich mit Sorge füllten. Ängste, die ich am allerwenigsten gebrauchen konnte. Hinzu kamen noch düstere Gedanken, die an der Vorstellung zu meinem Tod zu nagten. Eine nicht zu unterschätzende Komponente war die Verwundbarkeit in meiner Ausgeschlossenheit. In dieser Kerbe breiteten sich Freunde und Roger aus. Der Kreis derer, die schon schief guckten, wenn ich den Wunsch äußerte, mich zu besuchen, schloss sich schnell vor meiner Nase, unausgenommen fühlten sie sich in die Ecke der eigenen Vergänglichkeit gedrängt.

Ein Klingeln floss durch mich wie tausend Volt. Einmal Null, einmal vier und wieder die Null. Ich musste die nächste Tragödie mit Hilfe meines Humors verarbeiten, auch wenn es den Mann traf, der viel Humor bewies. In dieser kritischen Phase, waren wir am Anfang unseres Telefonates sehr beschränkt auf das Wesentliche und wussten, dass es schwierig war, den richtigen Ton zu finden. Für Roger war ich die Unzerbrechliche, die während der Operation noch mit den Ärzten spricht. Leider fand ich diesen Zeitpunkt für ausgedehnte Sprachschnörkel ungeeignet. Das Gespräch plätscherte wie das Wasser in meine Badewanne, ohne dass sich etwas Wahrnehmbares abzeichnete. Sätze zogen sich wie das Bleigießen zu Weihnachten. Trotz meiner eindeutigen Signale, die ihn zum Auflegen bewegen sollten, hielt er sich weiter heldenhaft an seine Tagesordnungspunkte und betrat damit unwissentlich die Kampfbahn ohne Eintrittskarte. Mit immer gleichbleibendem Enthusiasmus schritt er beim Smalltalk im Stechschritt durch die Szenerie. Ich sagte: „Lieber würde ich heute mit dem lieben Gott sprechen, aber wenn du es ganz genau wissen musst, wie es mir geht, dann sage ich dir, dass ich ziemlich ausgerupft bin und nicht interessiert bin, an Dideldudeldei.“ Von meiner Seite aus betrachtet war es wie der Dienst am Kunden, telefonieren auf einer Line, bei der die Frauen nebenbei die Hemden bügelten und heiße Gespräche zur Hauswirtschaft ermunterten.

Mit einem entsetzlichen Knall wurden wir zerrissen, wie ein Orkan, bei dem man hofft, dass er, ohne Schäden zu hinterlassen, bald wieder vorüberzieht. Punktgenau um Mitternacht übernahmen scheppernde und rollende Schwerlasttransporte die weitere tragende Rolle in dieser Stunde. Polizeifahrzeuge und Helferposten sperrten mit lautem Signal die Straße ab. Einige neue Mieter lehnten bewusstlos an der Balkonbalustrade und klopften sich gegen die Stirn. Einige fluchten und gestikulierten mit den Händen. Der Schwerlasttransport rangierte durch enges Bauland, markierte mit den Ketten die Bordsteinkanten und demolierte einige Seitenspiegel von parkenden Autos. Vor Begeisterung hätte ich mich fast in den Boden gerammt. Wie ein Wackeldackel patschte ich barfuss in das Waschmaschinenzimmer, um dem Lärm zu entfliehen. Es war der einzige Raum, in dem ich meine Worte von seinen unterscheiden konnte. Ich sprang mit meinem Telefon in das warme Wasser und hoffte, dass Roger nicht mit mir ertrank und drückte auf die Null. Kauernd wimmerte ich mir den Tag von der Seele. Nicht jeder Tag endet mit der Leichtigkeit der Gegenwart.

Der letzte Ton an diesem verkorksten Abend kam aus der Spülmaschine. Der Tab mit der grünen Kraft, für mehr Verantwortung und Respekt für die Umwelt, beliebte mit seiner wasserlöslichen Folie aus dem Kasten zu hüpfen, bevor ihn die Flut in das Dreckwasser riss.

Leiser Zwischenton

Nach zehn Tagen war der vierte dunkle Tunnel durchlaufen. Mit etwas Glück können mich insgesamt zwanzig Tage nicht mehr aus den Angeln heben. Genug Minuten, mich ohne besondere Anleitung vor den letzten barbarischen Wochen zu retten. Zwanzig Mal noch das Kaninchenfell schlucken, auf allen Vieren rückwärts durch die Wohnung rutschen und mit dem Huhn im Süppchen flirten. Eine bessere Aussicht hat man auf dem Eifelturm. Ich sollte einfach an das Gute glauben und von der ergiebigen Quelle träumen, die in uns verborgen liegt, die wir nicht mit Worten erreichen, die aber für die auslösenden Mechanismen wie Freude und Lust verantwortlich ist. Nun können wir philosophieren über Sinn und Schmarren, oder wir einigen uns darauf, dass jeder an seinen Schutzengel glaubt. Dieses unsichtbare Wesen ist es, das uns vor dem Absturz bewahrt, es sei denn, wir springen freiwillig ohne Schirm vom Dach. Meine Zwischentöne sind leiser geworden, vorsichtiger, ich glaube nicht mehr alles, was man mir sagt und ich sage nicht mehr alles, was ich weiß. Die Zwischenbilanz enthüllt einen kleinen Sieg, einen Befund, der mehr als erfreulich ist und mich das Gesamtergebnis misstrauisch werden lässt. Er erinnert mich an eine Gleichung mit der Unbekannten. Ist das eine Provokation, dem Leben die Faust zu bieten? Mitnichten! Kämpfen kann man gegen Drachen und nicht gegen das Schicksal. Ich habe mich verändert, ich habe die kleine Öse am Anfang einer Kette erwischt. Kein Morgen, kein Mittag, keine Nacht. Alles ist

fließend, nicht stockend, nur die Termine stehen fest. Vor mir liegt weniger als ein Drittel Feindschaft, die ich akzeptieren muss. Ich befinde mich auf der Geraden, mit einem Rucksack voller Spannungen.
In drei Wochen wird der Vorhang aufgehen, mein Text sitzt sicher, die Vorstellung meines Ein-Personen-Stückes wird die Zuschauer von den Stühlen reißen. Mein Vertrag läuft bis zum Ende, eine Vertretung ist nicht angedacht. Als Hauptdarsteller zeige ich heldenhaft mein wahres Gesicht. Warum sollte gerade die zweite Halbzeit über die Zukunft meiner rechten Brust entscheiden?
Wenn, dann wurde der Deal schon von vornherein ausgehandelt, ab dem Zeitpunkt X, mir jeglichen Funken Leben zu entziehen. Langsam und methodisch verderbe ich dem Krebs den Spaß, und dabei schockiere ich ihn nur gerade soviel, dass er an der Art so zu sein, wie er ist, vielleicht keinen Gefallen mehr findet.
Die Operation wird gut verlaufen! Ich bin mir sicher, die Ärzte werden keinen Knopf an die Wunde nähen.

Mein Haar war einer mündlichen Einladung gefolgt und ist nur geschwind mal ausgegangen. Ich sehe es mit Humor. Es wird wiederkommen, kunstvoll frisiert, von einer blonden Friseurin, die ihre Handarbeit bestenfalls auch versteht. Die nicht schon die Kosten vor die Frage stellt. „Hundert Euro, schneiden, waschen, föhnen?“ Derjenige, der mit seinem Friseur immer zufrieden ist, darf sich bitte bei mir melden! Bislang standen die Höflichkeit und das Ergebnis nicht gerade unter hervorstehender Qualität. Edward mit

den Scherenhänden greift bei lockerer Unterhaltung kurz und bündig in die Längen. Kurzum, das Kürzen der Spitzen hatte der Fuchs mit der Elle gemessen. Ist der Kunde mit genug Selbstbewusstsein ausgestattet, dürfte es ihm nicht schwer fallen, seinen Wunsch noch einmal in aller Deutlichkeit wiederholen zu lassen. Nur keinen Neid, dort geht man am besten gar nicht mehr hin, denn dann schmeckt man die Rache der Haarspalterei schon auf der Zungenspitze. Heben Sie mal lieber ihre Augen unter die Männer, denen es beliebt, mit der anderen Art zu lieben. Die sich mit ihrem ganzen Körpereinsatz in die Welle heben und in die weiche Masse greifen. Ist es das, was wir vermuten oder ist es die heiße Glut, aus der sie die Inspiration für den Abend schöpfen, die sein Weibchen oder Männchen von ihm erwartet?
Grundsätzlich sind sie das, was Frauen brauchen, ein bester Freund in allen Lebenslagen. Sie sind optisch, charakterlich und empathisch interessant, wie es eben die anderen Spezies nie und selten sind. Sie besitzen die verblüffende Fähigkeit, in der Kommunikation vielseitig und sensibel für Stimmungsschwankungen zu sein. Wenn ich so ein goldiges Exemplar für mich finde, bin ich das, was ich immer schon werden wollte, eine glückliche Frau.

Ich gönne mir ein Bad mit blauem Duft, schwimme mich im Ozean frei, ich kann noch nicht sterben, es ist zuwenig, was ich vom Leben erfahren habe. Es muss noch etwas kommen, etwas Großartiges, worauf ich stolz sein kann. Habe ich mich verschrieben, oder ist das erst gemeint? Ich

beginne zu schwitzen, obwohl die Temperatur im Raum stark gesunken ist. Ein schwacher Moment, der mich zur Talfahrt ruft. Innerhalb weniger Minuten ein Schweben nach oben und der Sturz nach unten.
Das unsichtbare und schleichende Wesen zeigt mir seinen Mittelfinger. Die Rückkoppelung löst übergangslos die widersprüchlichsten Gefühle aus. Der Nebel ist wieder da. In diesem Augenblick kommt die Finsternis, die mich erdrückt. Aufgrund meiner vermutlich etwas irrealen Beziehung zu allem und zu jedem gelingt es mir nicht sofort, in meinem wirklichen Leben das Glücksgefühl und die Hochstimmung zu empfinden, die mein geträumtes Leben betreffen. Es ist manchmal schwer, kleine Erfolge zu verstehen, schwerer noch, an die großen zu glauben. Hinsichtlich der von der Sonne rosa eingefärbten Wolken, wäre es ein Verbrechen, jetzt an den Untergang zu denken. Ich freue mich auf die letzten zwanzig Tage Frohnatur. Oft spart man sich das Beste seiner selbst auf, für später einmal, für das nächste Leben, obwohl man es nicht wahrhaben will. Der Augenblick ist es, in dem wir leben, nicht gestern, nicht morgen, sondern jetzt.

Alles offen, alles möglich

Für wenige Tage entzog ich mich dem Würgegriff der Chemotherapie und entfaltete konzentriert mein Farb- und Pinselgefühl auf der Leinwand. Diese Geschäftigkeit eröffnete mir die Chance, den Sinn für die Kunst wieder zu

entdecken. Mein Laufgitter ähnelte einem Atelier, in dem unkontrolliert Pasten, Leim und Modelliermasse klebten und den Parkettboden verschmierten. Man brauchte kein Genie zu sein, um zu wissen, dass diese heilende Kreativität nur eine Aufwärmphase für mich war. Diese unerwarteten Glücksmomente waren dünn gesät, meist waren sie mit einem ganzen Bündel von viel zu hohen Erwartungen geprägt, die letztendlich an der Realität zerbrachen. Wie ein Kraftwerk rüttelte ich mich aus der Puppengestalt, die für heftigste Gefühle herhalten musste. Aus der Krise von gestern entstand eine Neuordnung aus einer anderen Sicht. In meinen weiblich und männlich wirkenden Elementen unterbricht der Kreislauf „Mann dann Frau" die Alpha-Dominanz in der Absicht, die Hierarchie der Teufel zu unterbinden und die Frau unentblößt als Teufelsweib darzustellen.
Der Ausstellungsraum, den ein Wiener Bauherr für eine Vernissage zur Verfügung stellte, gab nur wenige Millimeter freien Boden auf dem dunklen Edelholzparkett frei. Die Ausstellungsfläche von ungefähr zweihundert Quadratmetern verteilte sich auf zwei Geschossen in einem raffinierten Wohnwürfel mit direktem Zugang zum angrenzenden Bootshaus im modernen Stil. Unangefochten teilten meine Bilder eine moderne Aussage mit, die sich im Gesamtspektrum unter den Profilen ausgewählter Künstler hervorragend positionierten.

Kein Gast, der auf dieser Vernissage der Etikettenprüfung nicht standgehalten hätte. Die Künstler jedoch eher einschüchternd als eingeschüchtert auf sie wirkten. Durchlebten die Künstler eine Herzensruhe, entwickelte sich rege Beflissenheit unter den kaufwilligen Liebhabern der modernen Kunst. Das außergewöhnliche, private Refugium mit starker Ausprägung an seine Besucher und auch das spät gereichte Amuse Gueule, vermischte sich nicht mit meinem sozialen Basisraum. Wie durch ein spaltendes Beil klafften zwei Welten auseinander, dazwischen ein Gartenzaun, der mich entmutigte, mich auf die andere Seite, in der es nur so von aufstrebenden Menschen wimmelte, zu stellen. Mit fiel es nicht gerade leicht, den Angeboten der Gaumenfreuden abzuschwören, aus Besorgnis, mit vollem Munde sprechen zu müssen.

War es meine Grundstimmung oder war es die Entfernung der anderen Lebensart, die mir in solchen Momenten, in denen ich um Fassung rang, auf subtile Weise den Abend vergiftete? Während ich der Strömung entgegenruderte, erwies sich der Herr des Hauses als ziemlich kommunikativ und stellte mich ein paar anderen einflussreichen Gästen vor. Ich machte wohl einen guten Job. Etwas verlegen und unsicher zupfte ich mit meiner linken Hand wie ein falscher Hanseat an meiner Perücke und strich mit meinem rechten, ringgeschmückten Finger die Sitzfältchen aus meinem schwarzen Kleid heraus.

Unter diesen ungünstigen Voraussetzungen projizierte ich meinen Blick wie selbstverständlich auf einen gut geschnittenen Anzug, in dem ein noch interessanterer, grauer Sei-

tenschläfer verpackt war. Fast blieb mir der Atem stehen, mehrere Millionen Glückshormone spülten mir das Blut in den Kopf. In seiner Haltung fehlte jede Spur von Arroganz und snobistischem Verhalten, es dominierte die lässige Eleganz. Er war das, was man eine verbotene Frucht nennt. Er war aus reinstem Zuckerguss, mit Sahne gefüllt und auch außen fast zu perfekt. Federnden Schrittes, jede seiner Bewegung war die Fortsetzung eines Musikstückes, verringerte er den Abstand zwischen uns. Das Signalzeichen in seiner Hosentasche alarmierte ihn, mit einer erhobenen Handbewegung, sich zu entschuldigen. Das Telefonat beraubte mich seines Blickes.
Seit Monaten schon fühlte ich eine Flamme Leben und eine seltene Betriebsamkeit in mir. Hatte das wirkliche Leben wieder einen Aufschwung im Plan? Allein schon der Gedanke, dass die Kunst seine Natur ansprach und er hinreißend die Klaviatur der Sinnlichkeit verstand, löste bei mir eine verwandte Geisteshaltung aus. Mein Ausdruck, der so wortlos war wie ein Geheimnis, befähigte mich weder zu einer Geste, noch zu einem vollständigen Satz. Nie hätte ich es gewagt, ihm das Konzept meiner Inspiration für die Entstehung der Kunstwerke freiwillig zu offerieren. Weder als Gast, noch als autodidaktische Künstlerin.

Während er sprach, deutete er mit einem unergründlichen Lächeln auf eines meiner Bilder und streckte als Zeichen seiner Wertschätzung seinen Daumen nach oben. Noch nie war ich in einem Augenblick so steif, so wortlos und so perplex. Seine Mimik blieb mir dabei nicht verborgen. Für gewöhnlich lag ich auf kaltem Grund, der sich während der Chemotherapie nur selten erwärmte. An jenem Abend aber, schwankte der Boden unter mir, er schien sich zu teilen, meine Füße traten auf brennendes Holz. Mit seinem leichten Akzent und seiner geraden Art reichten mir seine gepflegten Hände eine Visitenkarte, auf der er, in mit Stahlstrich geprägten Buchstaben, sein Profil zu erkennen gab. Zwei Buchstaben, kein Blitz, kein Licht und keine Erleuchtung.

Nicht die verschwommenen Momente, die ich an diesem Abend auffing, sondern sein auffallendes Äußeres, sein sicherer Geschmack und ein Raffinement, das für sein Alter verblüffend war, zeigten Spuren meiner Verlegenheit. Er muss es nicht bemerkt haben, dass ich eine Perücke trug. Seine unkonventionelle Art, mich zum anschließenden Essen einzuladen, erfasste nicht nur jede meiner unangesprochenen Seiten, auch mein knurrender Magen erfreute sich seines Signals. Meine Absätze tackerten in eine eiskalt verregnete Nacht.

Sein Profil, das sich in der Fensterscheibe des Taxis widerspiegelte, sein Haaransatz, der nach oben einer ebenmäßigen kleinen Wölbung auswich und etwas mehr Haut freigab, zeigte einen mir noch immer unbekannten Mann, der trotz aller Bemühungen um das Geheimnis des Jungbrunnens in die Jahre gekommen war. Seine Nase war ebenso markant wie seine Lippen, die fortwährend zu lächeln schienen. Vornehmlich war er damit beschäftigt, sich

mit dem Fahrer zu unterhalten, den er offensichtlich näher kannte.
Ich machte mir weniger Gedanken darüber, als über die Auffälligkeit meiner Perücke nachzudenken und den angebotenen Betrag für den Verkauf des Bildes zu pensionieren.

Das italienische Restaurant, in dem sich überwiegend gut betuchte Stammgäste befanden, bot alle Annehmlichkeiten und eine vortreffliche Auswahl ausgesuchter Delikatessen. Bei unserem Eintreffen waren Inhaber und Kellner noch mit dem Wichtigsten beschäftigt, der Einsicht der Gästeliste und der Vergabe der Tischreservierungen. Die überfeinerte Begrüßung an diesem Abend galt dem wohl prominentesten Gast, der mein Begleiter war. Leider war ich diejenige, die davon nichts ahnte. Mein Platz gab den Blick in alle Richtungen frei. Ich musterte unauffällig die Anwesenden um mich herum, die Männer, die an ihrer Krawatte nestelten und die Hemdkragen richteten. Mit wachsender Begeisterung nahmen sie ihre gewohnte Sitzhaltung ein, das Kreuz durchgestreckt, die glänzend polierten Schuhspitzen um eine halbe Fußlänge auslaufend nach rechts gedreht. Die Beine der Damen waren zusammengepresst, als würden sie ein Löschblatt nach oben schieben. Kein leichter Abend für ihn, unter meiner Flexion retuschierten Gesichtern, Silikonbrüsten, dicken Schmolllippen und langen Haarextensionen zu widerstehen. Früher hielt man sich an die Ideologie oder an die Nachbarin, an gesellschaftlichen Größen mit Hirn, heute ist das Nostalgie. Das Idealbild wird aus der gefälschten Medienwelt kopiert, einer Erfüllungsplattform, aus der der Stoff ein neues Leben macht. Ein Defekt in unserem Hirn oder ein Defekt in unserer Gesellschaft?

Er stellte unser Gespräch nicht als streng gehütetes Geheimnis dar. In aller Öffentlichkeit zählte er die Scheine langsam und in ordentlicher Reihenfolge auf den Tisch. Fürwahr ein Träumchen, in dem das Wunschbild mit der Wirklichkeit verschmolz.
Niemanden interessierte es, dass wir mit den Scheinen spielten und der Champagner Nebensache war. Mittendrin, in einer Gesellschaft, die sich wenig in ihrer funktionsspezifischen Sprechweise unterschied, jeder dasselbe sagte und nicht das Gleiche meinte. Für einige war es an der Zeit, die Nacht mit einem letzten Glas zu besiegeln und die Lokalität mit einem abgrundtiefen, zerstörerischen Witz zu verlassen. Auch ich war des Abends müde und stellte mich allmählich wieder auf ein Stück meines gewohnten Lebens ein.
Dass meine Mundwinkel keinen Faltenschlag bekamen, lag daran, dass ich seit langem wieder auf einen aufschlussreichen Abend zurückblicken durfte und nicht in die finsteren und düsteren Mienen blicken musste, die diesen perfektiven Aspekt überlagerten und in ihrer Unzufriedenheit neues Dilemma züchteten.

Mitleidlos war das Scheinwerferlicht des Fahrzeuges, dessen Innenscheiben ein müdes Gesicht freigaben. Das andere Profil war in der Spur der Selbstlosen zurückgeblieben,

die sich mit Unverdrossenheit an Selbstmaß überschätzten. Sie interessierten sich nicht mehr für die Menschen, mit denen sie gerade in beschwingter Runde an der allgemeingültigen Aussage festhielten, damit sie außerhalb die Farbe wechseln konnten.
Zweifelsfrei werden hinter solchen Türen die Kerne zertrümmert und zerkleinert, so lange, bis sie nicht mehr wurzeln. Beim Tanz mit den Vampiren pocht man auf Bestimmung und Konsequenz. Sie wollen sich nicht mehr infizieren mit dem Lagos-Feldermaus-Virus, als Folge einer zyklischen Allgemeininfektion namens „Unpässlichkeit". Man blendet mit Effekten, weil bei vielen die intakte Welt schon lange nicht mehr existiert. So lebt jeder für sich und kehrt alles unter den Teppich, was nicht obendrauf gehört. Hat doch jeder seine kleine Leiche im Keller gut versteckt. Wozu der ganze Aufwand und Aufputz für die Akkolade?

Für mich war es Arbeit, ein kleines Wunderwerk und eine Meisterleistung in bar. Eine Reise und ein Hauptgewinn, für ihn ein neues Souvenir in seinem Haus am Meer. Meine Bilder entstanden aus einer glücklichen Laune heraus, trafen auf einen Liebhaber und auf einen Umstand, der nicht nur finanziell lohnenswert war, sondern auch, dass ich mir selbst gezeigt hatte, mit Willen zwischen scharfen Klingen hindurchzukommen.

Etwas linkisch lutschte ich im Fahrstuhl an meinem Daumen, belebend war nur die Aussicht, bald wieder nüchtern zu sein. Ich dachte nur noch an einen erholsamen, langen

Schlaf. Vorsichtig stellte ich beim Aussteigen einen Fuß nach links und einen behutsam weiter nach rechts. Mein Schlüssel versagte in seiner Funktion, das Schloss zu öffnen. Die Null bekam nur noch den Rahmen zu fassen, rutschte ab und stürzte etwas ungewohnt in die parallele Lage mit dem Fußabtreter. Auch Dickhäuter haben eine dünne Haut, abgeschürft hangelte ich mich zum zweiten Anlauf an der Türklinke hoch. Ich war wohl etwas angeschlagen? Mein Bereitschaftsbetrieb war temporär deaktiviert und strafte mich der kaum verhüllenden Realität mit ihren Defiziten und ihren Liebenswürdigkeiten. Es werde Nacht!

Das Aufstehen verzögerte sich um Lichtjahre, ringsherum Dunkelheit wie in der Abstellkammer, ich schluckte den ersten wachen Moment hinunter, wie ein Wutz, der sich quer auf meine Zunge legte. Die Augen klappten wieder zu, ich gehorchte meiner inneren Stimme, die mir sagte, dass ich heute nicht mehr aufstehen muss. Aus mir war nichts herauszuholen, kein Wort, kein Gedanke, ich war platt wie ein ausgerollter Nudelteig, der zum Trocken über einer durchhängenden Leine hing.

Ein Telefon, kein Telefon, eine SMS. Eine frühe Lerche sang es mir in das Ohr. Ihr Flügelschlag war kräftig und mir wurde klar, es war eine Stippvisite in der Liga, in der sich die Türen nicht von allein öffneten, schon gar nicht für eine Frau, die sich mit einem abendlichen Essen als Single begnügen muss. Der Mann in Blau, ein Denker, ein Dichter und eine Muse vor dem Herrn. Ein Fanatiker, ein Kritiker und ein offener Geist. Eine Fuge, die alles zusammenhält. Ich fiel zurück in meinen zweiten Schönheitsschlaf.

Die erste menschliche Regung war am Nachmittag, zum Fencheltee und Zwiebackbrösel. So wie sich das eben für Zwerge im Zwergenstadl gehört. In stabiler, seitlicher Lage erwischte ich mit einem Auge ein kleines, weißes Blatt, das andere Auge war auf das unbekannte Flugobjekt gerichtet. Aufstehen, aufheben oder liegen lassen? Ich veränderte meine Liegeposition, griff mit der rechten Hand in Richtung Landeplatz, strauchelte aus dem Bett und prallte gegen das Sideboard. Behutsam schob ich meinen Hintern hoch und wagte mich an die Bergung des eingeflogenen leblosen Feindes, der noch immer auf dem Boden lag.

Beide Augen fixierten den Punkt, auf dem die Welt pompös erschien. Mühsam entzifferte ich schwarze Bruchstücke auf weißem Grund. Die Zusammenfügung der Buchstaben war der Weckruf aus der Gemütlichkeit, in der ich es seit Monaten ganz gemütlich fand.
Und plötzlich war alles anders, meinte, eine Basis und eine Ausrichtung zu haben, die Antwort für die Unendlichkeit. Der Mann in Dunkelblau, ein Sterngefunkel auf meiner verbrannten Seele, ich musste ihn sprechen, mit ihm telefonieren. Der kleine Brief war aus meiner Manteltasche gerutscht und weich vor meinem Bett gelandet, so wie eine Feder, die man sich wünscht, wenn man mit dem Glück davon fliegen möchte. Eine Erklärung für die Unachtsamkeit

und dass es doch so etwas wie ein Schicksal oder einen Zufall gibt.

Die Eile war es, die mich unter die Dusche zwang und mir den Krebs von der Seele scheuerte. Allmählich wurde es Zeit, meinen glanzvollen Auftritt nach der Krankheit schon mal zu proben. Alles ist offen, alles ist möglich. Mit der Sechsschwänzigen, vermöble ich jeden, der neue Wunden und Risse in mein Leben bringen will. La vie est belle, das Leben ist schön, zünden wir eine Wunderkerze an und warten darauf, dass alles anders wird.

Zwischendrin, mitten in dieser gelebten Szene, in der Kreativität, in der ich mit den Widrigkeiten lebte, um andere Dinge genießen zu können, die mir viel bedeuteten, setzten Chemotherapie und widersinnige Debatten mit Behörden Akzente, dass ich mit dieser Diagnose bestimmt nicht mehr lange leben werde. Als Krebspatient ist man empfindlicher geworden, teilnahmsloser und nicht mehr Willens, sich diesen Anfeindungen entgegenzulehnen. Man nimmt es hin, wie das Wechselgeld, ohne zu zählen, ob es wirklich stimmt. Allein schon meine plakativen Ideen, begleitet mit Übelkeitsattacken, geräuschlos in Bilder umzuwandeln, waren schon für sich ein Akt und ein schonungsloser Wettlauf mit der Zeit. Die Intensität der Farben wich phasenweise dem Willenskampf zwischen Heiterkeit und Niedergeschlagenheit, die zuletzt Ausdruck meines Befindens waren.
Ungewöhnlich dieser Krebs, wir spielten wie zwei Kinder

am Rand eines reißenden Flusses, hatten manchmal unsere Aufmerksamkeit an uns verloren und nicht darauf geachtet, dass die Böschung ins Rutschen geraten kann. Ich hielt es mit meiner eigenen Therapie, ich vertiefte mich in meine Arbeit und gönnte mir die Ruhe vor dem Sturm, hörte Jazz und der Lesung meines besten Freundes zu. „Gestatten, Nathan Fox! Geheimagent zu Shakespeares Zeiten." Ich hörte Klaviermusik, trank Sekt und den Kaffee „Irisch", schmiss die Liebe mit vollen Händen aus dem Haus, ich passte mich nicht an, ich hörte auf meinen Bauch, auf meinen Verstand und machte kein Geheimnis daraus.

Ich schaute das Kochduell mit Lafer und Lichter und deren witzigen Schlagabtausch. Kochte nach, vergaß die Hälfte, denn die Chemo hatte nicht nur Löcher in meine Kasse gerissen, sondern auch im Gehirn, wo es am wenigsten empfehlenswert war. In manchen Zeiten ging es mir besonders gut, dann, wenn das „Krustentierchen" Ruhe versprach und eingeschnappt war.
Ein ungeschickter Versuch, mich einer Selbsthilfegruppe anzuschließen, scheiterte am absichtlich vergessenen Termin. Gut so, ich war nicht angepasst und trug die Perücke mit lässiger Eleganz. Warum im Rhythmus springen und sich tanzend im Kreis bewegen? Weshalb mit Hölzchen und Stäbchen auf die Trommel schlagen. Warum mit kahlem Kopf in die Öffentlichkeit jagen?
Machen mich diese Verrenkungen stolzer? Verstehe diese Logik nicht. Passanten würden sich mit schreckgeweiteten Augen schamhaft in die nächste Ecke drehen und sich mei-

nes Anblickes entziehen. Noch gehören wir nicht zu den Außerirdischen und in keine andere Welt, sondern in die, die sich noch immer über den Nächsten pikiert.
Kein Zweifel an dieser eigenwilligen Therapie. Sie mag positiv sein für die, die daran glauben. Psychologen müssen es wissen, ich denke später noch einmal darüber nach.

Spät am Abend, wieder dieser Schall von der Quelle Baustelle bis zu meinem Ohr. Unaufhörlich dieses Geräusch, dieses durchdringende, das mich fast zum Wahnsinn trieb. Leidensweg mit Krebs, eine beschlossene Sache von jemandem, den ich nicht kannte, der mich irgendwann mal zu sich holt. Vorher gab es noch einen anderen Traum, einen Termin, eine Visitenkarte mit den Buchstaben P.B.

Angst und Zweifel

Hatte ich Angst, hatte ich jemals Zweifel, dass diese Krankheit mich wie ein heißhungriger Hai verspeist? Bedächtig schlich sich der Mann mit dem schwarzen Mantel aus meinem Kellerraum über die Hintertür nach draußen. Am Horizont legte er noch einmal einen ordentlichen Vorsprung vor und drohte mir noch einmal mit seinem Stock, zum Zeichen seiner Verärgerung, nicht mehr im Wettbewerb stehen zu dürfen. Ich zählte nicht mehr die Probleme, ich zählte gar nichts mehr. Was zählte, waren die Stunden, in denen ich mich wohl fühlte, ohne ein schlechtes Gewissen haben zu müssen, dass ich im Augenblick nicht mehr tue, als den innovativen Umgang mit der Kunst zu pflegen, überdies sich mein eigenes Bild nach innen und nach außen veränderte. Ich brach den Schatten, der mich verhüllte, der mir mit großen, bösartigen Augen die Sicht versperrte, mich leichten Fußes von den scharfen Kanten zu entfernen. Die tiefe Sonne stand im ungeteilten Licht zu mir selbst, welches unverkennbar freundliche Blicke und liebenswürdige Gesten auf mich warf. Es waren diese kleinen Herrlichkeiten, diese winzigen Gesten, die ich von fremden Menschen erfuhr. Ich vergaß für eine Weile mein eigenes Unglück, dass dieser Krebs so heimtückisch ist, wie der Feind im Feld. Je mehr ich die Verantwortung über meine formulierten Gedanken übernahm, desto häufiger verbesserte sich die Lebensqualität außerhalb der Mausefalle. Epiktet, ein großer Philosoph, brachte es zu Wort und forderte uns auf, lieber falsche Gedanken aus unserem Geist zu entfernen, als Tumore und Geschwüre aus unserem Körper. Ich hatte gelernt, ohne Flügel zu fliegen, also musste ich auch lernen, ohne Fallschirm zu springen. Landen wir im Wasser, gibt es ein Rettungsboot, landen wir auf dem Eis, dann müssen wir lernen, ein Iglu zu bauen. Unsere Ängste können wir nicht ganz verdrängen, aber wir können versuchen, ängstliche Gedanken zeitweise zu verkürzen. Finden sie selbst heraus, was ihnen Freude bereitet und wann etwas wichtig erscheint, suchen sie nicht nach einer Zauberformel, die gibt es nicht. Mein gewonnener innerer Frieden half mir darüber hinweg, nicht auf irgendetwas warten zu müssen wie ein tapferes Schneiderlein, auch kam ich nicht gerade vor Schmerz und Sehnsucht um.

Als Reaktion auf diese Theorie war ich nicht mehr gewillt, einen Anruf von Roger einzuklagen. Dieses heiße Gefüge war von der Theorie belastet, dass ein Glücksstern auf ihm ruhte. Diesen kalten Hauch kannte ich nur zu gut, Fiktionen wiederholen sich und zum X-ten Male, überquert man diese knirschende Brücke. Männer folgen ihrer Natur und verbrauchen ihre Ressourcen, verlieren auf Zeit gesehen den Bezug zur Realität und halten sich meist für ein Gottesgeschenk für alle Frauen. Ihr Unterhaltungswert gleicht oft einer laschen Party, auf der sich die Toten vor den Lebenden fürchten. Eine Tasse Kaffee ist oft anregender, als ihre selbstdarstellenden Gespräche, die kalt angerührt und wieder aufgeschüttelt werden. Soll das jetzt so weitergehen?
Mehr als einmal legte ich die Betonung auf Selbstbestimmung, nicht auf Emanzipation, denn was wären wir ohne die richtigen vernünftigen Männer, die Gene müssen weiterleben.

Ausnahmen wie P.B. waren nicht ganz selbstverständlich. Ergänzend bleibt festzustellen, dass die Einladung nicht ganz einem selbstlosen Motiv entsprang und einen Winkel für die Hypothese öffnete, seiner Visitenkarte im Sommer nach Rom zu folgen. Eine Einladung anzunehmen hatte mir schon immer besser gefallen, als eine Offerte abzulehnen. Sollte mich der Weg als stille Begleitperson auch nicht mehr über den roten Teppich führen, so war es mein Verdienst, selbst im Fokus des Publikums zu stehen. Meine Bilder waren vorsorglich mit wasserdichtem Material verpackt. Bis zu diesem Termin war nur noch eine Kleinigkeit zu regeln. Der Tod und das Leben. Und wieder springt das Ungleichgewicht hart in das Gesicht. Der Tod, das männliche Geschlecht, mit Ausrufungszeichen und das Leben, das weibliche, als angreifbare Figur. Stand by.

Dilemma

Im Antlitz der ersten Sommersonnenwende kam es zu einem folgeschweren dramatischem Ereignis, mit dem ich am allerwenigsten gerechnet hatte.

Beklagenswerterweise war mein Anliegen, eine einmalige finanzielle Unterstützung im Sekretariat des Universums zu beantragen, auf dem Exportweg an die NSA umgeleitet worden, dessen Inhalt in die intelligente Kontrolle zu stellen. Vorstehend, eine plausible Erklärung für die gestreckte Bearbeitung des Dokumentes.

Die Außerirdischen kneteten einen winzigen Betrag aus dem Gesundheitsfonds heraus, um die Belastungsgrenze nicht über Gebühr zu beanspruchen. Sehr einleuchtend, denn unsere Steuergelder fielen Wichtigerem zum Opfer, vermutlich einer zweifelhaften Studie, die der Bundestag unter strengster Geheimhaltung in Auftrag gegeben hat, unidentifizierte Flugobjekte und extraterrestrische Lebensformen auszuspähen. Die, wie es heißt, Bundestagsabgeordnete im Bundestag beim Stricken, Nase bohren und Männecken malen unter Beobachtung stellten. Eine internationale Staranwaltskanzlei und Rechtsgutachter seien hinzugezogen wurden, brisante Erkenntnisse zu verschleiern, damit die fliegenden Untertassen im Parlament nicht enttarnt und das UFO-Dossier geschlossen bleibt. In Anlehnung an diesen Skandal, zog nun auch noch der brasilianische Bürgermeister von Bocaiuva do Sul mit seinem neuem Vorhaben, ein Flughafen für UFOs zu bauen, blank. Fakt ist, dass jedes Jahr Milliarden an Steuergeldern verschleudert werden, die wohl niemals ihren Zweck erfüllen. „Ich wette meinen Kopf darauf, dass wir, so lange wir noch einen halben Euro in der Tasche haben, uns stillschweigend über den Honigmann brüskieren und erst dann aufwachen, wenn die Untoten am Stammtisch ihre Memoiren selbst bespaßen. „Schlafende Hunde solle man nicht wecken und wenn sie dennoch munter werden, schmeißt man ihnen ein paar Knochen zum Fraße vor."

Entwickeln wir doch lieber unsere eigene irdische Disposition, die sich vielleicht als hilfreicher bewährt. Der Konstanten mit den Gleichgestellten oder waren es die Gleichgesinnten? Legen wir uns mal lieber auf einen kleineren Radius fest, dem engsten Kreis der „Uniformierten".

Im Laufe der Zeit entwickeln wir Menschen ein Instinkt, das ohne reflektierte Kontrolle abläuft. Eine Wahrnehmung, die sich in unterschiedliche Strukturen prägt. Eine Gruppe Probanten, die vornehmlich daran interessiert ist, den Beweis zu erbringen, dass positive Gedanken die Form gefrorenen Wassers regelmäßig verändern können und negative Gedanken diese Kristalle ungleichmäßig erscheinen lassen, wird kaum fremdes Terrain betreten und sich mit der Irreführungen der Taschenspielertricks beschäftigen. Anders, bei Patienten, denen die Schulmedizin keine Hoffnung verspricht, die sich dennoch verzweifelt der alternativen Medizin verschreiben. Hier sind die Aussagen sehr schmalspurig. Dennoch gibt es manchmal einen Schimmer Hoffnung, den man aus dem Abgrund sieht.

Conni und Bettina, meine Leidensgefährtinnen von der ersten Stunde an und ich, wir befanden uns in so einem verbundenem Kreis, in dem das Leben von vorher in die Gestaltlosigkeit rückte, die Dominanz des Schweigens über das Warum in das Leihhaus getragen wurde.
Bettina, eine attraktive intelligente Frau, um die Fünfzig, alleinstehend mit Kind, verwirklichte ihre Illusion, mehr alternativ zu handeln, als alternativ zu denken. Die Anschriften der Alternativmediziner erreichten bei ihr die höchste Dichte, sie brach die Chemotherapie ab. In den letzten Wochen trafen wir uns häufiger, ihrer Aussage zufolge ging es ihr besser. Später dann die Nachricht, ihr Sohn teilte es uns mit, sei es still geworden, Empfänger und Sender von E-Mails und Telefon existierten nicht mehr …

Wie eine Schlange bewegte sich das Gift durch meinen ganzen Körper und schien nimmer müde zu werden. Meine Arme und Beine waren wie aus Mehl gemacht, wie ungebacken kamen sie aus dem Ofen, ich war nicht schöner geworden, gemeine Fältchen gruben sich in meine Mundwinkel ein und zogen eine scharfe Linie bis zum Kinn. Die Augenbrauen waren stark ausgedünnt, fast unsichtbar. Aus dem sonst so dichten Wimpernkranz lugten unter geschwollenen Augenliedern nur ein paar feine kurze Härchen hervor.

Dazu diese Kahlköpfigkeit, die keine Millionen einspielte, die mich fast verrückt machte, sobald ich ein Hochglanzmagazin in die Hand bekam. Ich war nicht mehr jung genug, diese Einschnitte mit einer wegwerfenden Handbewegung wegzustecken. Schwerer noch, als sich am kippenden Strohhalm hoch zu hangeln.

Eine Sinneskrise stand mit geöffneten Armen in mein Haus. Ich musste mich der Wahrheit beugen, dass die Chemiebombe sichtbar zugeschlagen hatte. Ein schwarzer Fleck am Fenster, mit einer gemeinhin nicht gerade inspirierenden Aussicht auf das Betriebsgelände mit Beton und Graffiti. Die sonst so vorgetragene Weiblichkeit wich unter dem Zaubermantel wie ein Zuckerhut, unter dem sich nur noch eine Pfütze bildete. Ich wollte doch nicht mehr weinen!

Das blasse Tageslicht ruhte auf meinem Schreibtisch, auf dem die Überreste von zerknittertem Geschenkpapier zu sehen waren. Ich wollte es zusammenlegen, das Geschenk von Roger noch einmal betrachten, aber meine Freude war geteilt. Leicht verschwommen nahm ich nur die Umrisse

wahr. Mit gemessenen Bewegungen, den Kopf aufgestützt, fühlte ich wieder diese unbändige Wut darüber, diesen Krebs und das Sichtbarwerden von stillen Gemeinheiten ertragen zu müssen. Fliehende Hitze stieg in mir hoch, ich brauchte Luft und mein Port etwas Ruhe. Er saß fest und nagte an meiner Haut, etwas schmerzlich und unangenehm, manchmal spürte ich heftige Stiche in meinem Herzen.
Mit der Einsamkeit hatte ich keine Probleme mehr, sah ich mich fortan in dem Umstand, monatelang auf einer Insel zu überleben ohne ein Wort zu sprechen. Ich verkroch mich in meinen Sitzsack, der in der hintersten Ecke meiner Wohnung stand und probte den Aufstand gegen alles und gegen jeden, der mir zu nahe kam.

Auch Rogers Begehren, stand in unharmonischem Einklang mit meinem Eigenwillen. Sein Plan bestand im Inhalt aus ganz wesentlichen Faktoren. Erstens, sich in seiner unverwechselbaren Positionierung zu behaupten, zweitens seine gespielte Fürsorge gut zu verpacken und drittens, meine emotionale Seite zu berühren. Es gibt Tage, da würde man sich lieber an der Telefonschnur aufhängen, als wieder den Bezug zu sich selbst zu finden. Neben der Kenntnis von bereits vorangegangenen Erlebnissen ist es letztendlich doch immer ein Bauchgefühl, das entscheidet. Ich traf eine Entscheidung, die meine sportlichen Assoziationen freisetzte. „Und es ward wieder Licht!"
Der entscheidende Punkt, der es mir erlaubte, eine Absage zu erteilen, bestand aus der Priorität, die ich mir selbst setzte, mit meiner Zeit sehr wählerisch umzugehen. Männer

stehlen Zeit, verbrauchen kostbare Energie und sind nur schwer zu verstehen.
Es sollte ein ganz besonders schöner Tag für mich werden, der Anfang war gut, wie immer sollte man den Tag nicht vor dem Abend loben.
Ein komisches Gefühl, wenn man die besten Jahre hinter sich hat, der Krebs die Lebenslinien zeichnet und finanzielles Unheil droht. Das Bilderbuch von gestern ist zugeklappt, es war die kleine nette Geschichte am Abend, die der Großvater vorlas, an die er selbst nicht glaubte. Beste Aussichten verspricht heute die virtuelle Welt, in der wir posten, chatten, zocken und uns verlinken. Schöne schmerzfreie Therapie ohne Risiko. Wahrscheinlich bin ich nicht von dieser Welt, ich brauche mehr als einen Spielkameraden in der Mattscheibe der mich peelt.

Ansichten

Das klassisch unverkennbare Einsamkeitsgefühl vermischte sich mit dem absichtlichen Annehmen von Rückzugsgedanken aus dem sozialen Umfeld. Ich war sowieso kein Freund von Netzwerken, in denen man ungefilterte Nachrichten wie den fliegenden Samen einer Pusteblume nach außen bläst. Im Verharren verdrängte ich auch alle Gedanken, die mich mit der Zweisamkeit konfrontierten. Ohnehin war meine Abgestumpftheit ein Ausdruck der vorangegangenen Ereignisse. Gleichwohl hier die Grenze nah an der Depression gezogen war.

Ich investierte ungewöhnlich viel Zeit in mein Schattendasein, das unverfälscht den Verlust von Bezugsgruppen zur Folge hatte, wiederum aber einen hervorragenden Nährboden für die Vorbereitung meiner beruflichen Aktivitäten bot. Spielte ich mir da etwas vor oder hatten Isolation und Resignation wirklich einen Eisberg aus mir gemacht?
Meines Erachtens verordnete ich mir als stiller Beobachter die besseren Möglichkeiten, mit Abstand auf fremde Teller zu schauen, als in benachbarten Töpfen zu rühren.
An stimmungsaufhellenden Tagen, an denen der Wetterbericht mich mit Licht beschenkte, ritt ich auf allen Kamelen der reißenden Strömung hinterher, wo sich Menschen zusammenfanden und in sanften Endlosdiskussionen den Alltagsproblemen davoneilten. An diesem seltenen, sonnenüberfluteten Tag klebten die flauschigen Großstadtgesichter an jeder Schaufensterscheibe, auf jeder Rolltreppe und auf jeder noch so winzigen Ablagefläche. Zum Leidwesen der Beheimateten, versperrten die Touristen sämtliche Zugänge zu den einst edlen Lokalitäten, die sich in der Innenstadt im Zuge des Touristenbooms zu einer industriellen Massenversorgungslandschaft heruntergekocht hatten. Nur wenige ausgebuffte Gastronomen verstanden es, durch das Nadelöhr zu schlüpfen. Selten trifft Werbung so den Punkt, es war die Botschaft der Superlative, die den sagenhaften Anstieg der Gäste an diesem vorfrühlingshaften Tag erklärte. Die historische Kulisse der Kirche schaffte den Rahmen für das vis-à-vis gelegene, geschichtsträchtige Traditionscafé, in dem einst berühmte Denker ihre Zerstreuung suchten und schluckte alle einsamen IT-Experten,

verklärte Frauenblicke und bekennende graue Eminenzen. Der Geruch der Geschichte rund um die Freisitze ließe sich nicht ohne weiteres mit ein paar Zeilen beschreiben.

Mittendrin und doch weit genug entfernt, erlebte ich mit Genugtuung eine Kontroverse zwischen den Gästen, die sich die Kante gaben. Im Spielfeld war jeder mit jedem gut bekannt. Der Vorhang ging auf, der Müll in den Köpfen erschöpfte sich in seiner greifbaren Widersprüchlichkeit. Als Repräsentanten einer aufmerksamkeitsbedürftigen Altherrenrunde wurden sie so zu einer bloßen Figur eines übergeordneten Gesamtkontextes reduziert, die in unserer Gesellschaft nicht mal für eine Randerscheinung nominiert wird.

Um meinen Appetit auf anregende Gesellschaft zu reizen, bestellte ich mir die Leidenschaft, die Leiden um die Hüften schafft. Erdbeeromelette mit Tahiti-Vanilleeis auf dunkler Schokolade.

Den Auftakt, dieser unverfälschten Runde förmlich auf den Schoss zu springen, bildete die Unverfrorenheit eines Gastes, der mich in meiner Beschaulichkeit bedrängte, ihm den einzigen leeren Stuhl an meinem Tisch zu überlassen. Sprach‘s und zog mit dem vierbeinigen Sitz von dannen. Die Aufforderung der Stammtischler, diese Lücke zu schließen und mich dieser feindseligen Situation nicht weiter auszusetzen, stellte eine willkommene Einladung dar. Dicht an dicht gedrängt schickten die Stammeshüter, in den besten Reifejahren mit anschaulichen Gesten ihre

Heilmittel für gute Besserung und mehr Manneskraft durch den Raum. Ups, war ich hier richtig?
Eines wusste ich mit Sicherheit, dass diese Runde mein Lehrgeld forderte. Innerlich freilich, ich darauf besessen war, dem rituellem Rhythmus als Zeitzeuge eine gewisse Verbundenheit abzugewinnen. Jeder von ihnen besaß ein Merkmal, an dem mein Blick hängen blieb. Die heißen Feger hatten schon lange ihre Borsten verloren. Als Salz-und-Pfeffer-Vater schwärmten sie von ihrer dritten Ehe und von einem neuen Kind. Gaben deshalb noch einmal Gas, ihren Tag mit Quarkmasken zu beginnen und mit Powerradeln zu beenden.

Wortfetzen schwappten zu mir herüber, die im Ganzen gesehen, den Stoff für ein Drehbuch ergaben, süffig, amüsant und leuchtend kriminell.
Manch einer schrammte an der Karriere vorbei, ein anderer stritt über verlorene Rechtsfälle und wenige schwiegen sich ganz einfach nur an.
In Finanzfragen waren sich alle einig, heizten sich auf und regten sich wieder ab.
Zwei nicht mehr ganz so frische Damen am Zopf der langen Reihe, die unbestritten den Ablauf beobachteten, aber keinen Gefallen an ihren platten Monologen fanden, surften dominierend auf einer Welle der Empörung über ein gefälliges, tierisches, grunzendes Exemplar. Doktor Engelbert, der hochbegabte Siebziger, verließ nach zwanzig Jahren seine Annemarie, wegen seiner hohen Schulden. Teilte schon seit längerem seine Verbindlichkeiten mit einer

anderen Dame, die zu ihm gereist, ein ganz vernünftiges Häufchen Vermögen auf sein Konto transferierte. Auch bei ihm kratzte der Zahn der Zeit an seinen Beinen. Mit seinem Rollstuhl sucht er in seiner reduzierten Räumlichkeit die Bilder aus der ach so schönen Jugendzeit. Titel hat Macht, und Macht macht sexy, auch wenn Zuckerbaby in die Windeln macht.

En passant klinkte sich die Susi ein, von der keiner etwas wusste. Nur dass sie alleine wohnt, ohne Mieze, Maus und Hund. Sie ist kein Eremit, sie sucht nicht das Alltägliche, sie ist für das Besondere. Sie kommt ganz gut zurecht, nur manchmal wenn es draußen dunkel wird, fürchtet sie sich vor dem schwarzen Mann. Dann macht sie dicht und lässt keinen mehr an sich heran. Ihrer Meinung beißen die alten Säcke junge Mädels von der Straße weg, um noch einmal zu einem guten Absch(l)uss zu kommen. Auch Susi hatte die Krankheit gezeichnet, Chemo, Bestrahlung und der ganze Scheiß. Sie geht gerade in einen offenen Dissens zwischen Lebensanspruch und Realität. Folglich arbeitet sie wie blöde, für die Steuer, für die Rente und damit sie sich auch noch eine hübsche Wohnung leisten kann. Mehrheitlich kamen sie zu dem Entschluss, Susi mit ihrem Lebensbegleiter, dem Schreibtisch, zu begraben. Sie spricht mit den Leuten aus einer anderen, fernen Welt, deren Zugang uns bislang verwehrt geblieben ist.

Der Udo, der alte Schamane, hielt die ganze Mischpoke zusammen. In den Charts der tief gelegten Witze lag er an der Spitze und fegte uneinholbar weit über das Ziel hinaus. Nicht jeder war von seiner schlichten Tonart überzeugt. Zusammengesunken nippte Udo an seinem letzten Bier, hielt den langen Abend nicht mehr durch. Bei seinem Aufbruch zeigte er sich des Verdachtes erhaben, dass seine jüngste Frau, die er klammheimlich geheiratet hat, zu Hause bereits das heiße Eisen schmiedet. Frauen brauchen starke Männerhände, die fest zupacken können und zarte weiche Klavierfinger, die die ganze Klaviatur der Liebe beherrschen.

Bob, der Baumeister, der Kritiker mit der scharfen Zunge und dem wachen Verstand ging mit Karlchen in Disput. Karlchen, einst ein stattlicher Bursche, verlor indessen Frau und den Kontakt zu seinen Kindern. Die Schwermut brachte ihn dazu, vorzugsweise seinen Wohnsitz in Richtung Altenheim zu lenken.
Seine Einsamkeit spiegelte sich in seiner Sprache und in seinem Verhalten wider. Die einzigen Berührungen zu den Menschen waren der Stammtisch und die Schwestern, die ihn liebevoll umsorgten. Man sah ihm seine Resignation an. Die Achtung vor dem Leben war leicht verschwommen, seine Lebensflamme war unkontrolliert, er sprach resigniert und davon, dass sowieso nichts mehr kommt. Weder aus ihm, noch mit ihm und auch nicht ohne ihn.

Karlchen fragte den Bob nach Helle Berger, der Wirtin, die damals das weit hübscheste Mädchen mit ihren roten Haaren war. Die Erinnerung löste bei ihm etwas Wehmut aus und den Drang, sich in die Vergangenheit zurück zu wünschen.

Am anderen Ende des Tisches wurde es ruhiger, irgendwo dort wollten sie alle hin. Helle sei schon lange tot, Bob wusste auch, auf welchem Friedhof sie ihren Blick in die Ewigkeit warf. Er würde sie gern einmal besuchen und sich mit Blumen bedanken für das eine Kunststück, das bei ihm noch haften blieb. Bob konnte sich nicht länger halten und sprach: „Hättest du damals deine Zeche bezahlt, brauchtest du heute nicht auf den Friedhof geh'n." Mit meiner Beherrschung war es vorbei, mein Lachen aus heller Kehle trug zur ausgedehnteren Erheiterung im ganzen Café bei.

Achmed, der kleinste, aber durchtriebenste unter den Wikingern, kannte alle, kannte jeden, seine ganze Ahnentafel und die Fahrgestellnummern der russischen Fuhrparkflotte. Emsig donnerte er früher mit Russlands Rache über den Asphalt, angebrannte Ware an die Macht zu verschieben. Er kam gerade aus Istanbul, sichtlich erleichtert, dass ihm die Leichen, die er heimlich außer Landes zu Versuchszwecken brachte, nicht im offenen Verdeck die Kehle zerschnitten hatten. Denn sie waren noch nicht zerteilt, nur gefrostet und im Ganzen. Sein spätes Erscheinen mit blutigen Fingern setzte Fragen frei. Ofensetzer Franz bot ihm seine Hilfe an. In seinem Keller stand noch ein alter Kachelofen, vielleicht hielt sich noch eine Leiche drin versteckt, die Bob vergaß, in jungen Jahren wegzukacheln.

John, der Swiffer mit dem feinen Zwirn, war das Gardemaß der ganzen Klicke und wusste sich zu betragen. Er nahm sich die Zeit, dem Stammtisch seine Ehre zu erweisen. In der Tat schien sein Interesse für sein Familienleben und das, was damit verbunden war, größer zu sein, als sich der breiten Masse anzuschließen.

Gewiss besteht die Schwierigkeit darin, eine Formulierung zu finden, die diese Begegnungen ausmachten. Im Wesentlichen aber, sich einer amüsierten Distanziertheit und zur Nahaufnahme des eigenen Ich bediente und für eine ausgelassene, heitere Stimmung sorgte.

Es ist unausweichlich, früher oder später an einen gewissen Punkt zu kommen, der die Angst vor der Einsamkeit, Altersarmut oder Tod hervorruft. Das Ende vom Anfang wird unausweichlich vor jedem noch so optimistischen Menschen stehen. Es tut nicht weh, es ist nur etwas, was das Herz ein wenig schwer werden lässt. Es ist nicht die Frage nach dem Wann, es ist die Frage nach Wie. Das kostbarste Geschenk, das Leben, auf das wir aufpassen müssen, damit wir es selbst nicht zerbrechen. Aus zweiter Reihe betrachtet, die diese Annehmlichkeiten lieferten, war es ein Anfang, ein Beginn für meine Pflicht, meinem Dasein einen anderen Stellenwert zu geben.

Absage

Am Abend allein auf dem Sofa mit einem Glas Champagner und einem Herz-Schmerz-Gefühl war das allerletzte, wovon ich träumte. Ich strich über meinen kahlen Kopf und

empfand wieder mal diese bedrückende Schwermut, eine Kraft, die mich auf das Kissen drückte. Zu hören waren nur die fernen Geräusche aus dem Treppenhaus und ein leises brummeln des Kühlaggregates. Die Nacht war noch jung, schlafen konnte ich nicht. Zu sehr hatte ich mich mit der Ankündigung des Besuches beschäftigt, der für das kommende Wochenende Zerstreuung versprach. Eine plötzlich auftretende Unruhe zwang mich an den Schreibtisch, auf dem sich der restliche Unrat an Büromaterialien ungeordnet fand.
Das zweite Glas brachte etwas Schwung in mein Verlangen, meine Mails abzurufen und mich vielleicht noch auf die Suche nach dem einen oder anderen zu begeben. Schweren Kopfes klopfte ich mein Passwort in die Tastatur und folgte der Navigation in meinem PC. Der Rest der Flasche floss wie von selbst in das leere Glas und zog meine bildhafte Sprache in den „Ruhemodus", für diesen sich der Alkoholspiegel verantwortlich zeigte. Meine Gehirnzellen verweigerten ihren Gehorsam und gaben ihre Dominanz auf. Also sparte ich mit meiner Energie, den Hans im Glück zu finden und las mich in einem veränderten Bewusstseinszustand an meinem E-Mail-Eingang satt. Statt der erhofften Ankündigung bekam ich mit einer liebevoll gepflegten Feindlichkeit ein Absurdum zu lesen, das Blitzeis und andere Katastrophen versprach. Dieser Satz war doch kalt gerührt und wieder aufgeschüttelt. Vorsichtig war ich versucht, diese Mitteilung noch einmal zu entzerren. Blitzeis bei zwölf Grad und Regen? Wie handgeschöpft und mundgeblasen lagen diese Zeilen vor mir, es waren

nicht mehr als wenige Worte ohne Anrede und Gruß. Er pflegte doch sonst eine recht feinfühlige Korrespondenz. Ist ihm eine Laus über die Leber gelaufen? Eine niedliche, die ihm am Wochenende den Staub aus seinem Pelz leckte und ihn inspirierte, noch männlicher zu werden? Vielleicht lag aber auch ein draller, schnarchender Mops zu seinen Füßen, schweinchenrosa mit einer roten Brille auf der Nase und einem süßen, lila Hahnenkamm? Diese Hypothese unterstützten einige Sachverhalte, die aus vorangegangenen Formulierungen als Abfallprodukt hervorgingen. Die „Schlechtwetterlage" stellte sich als Ein- mit Zweisiedlerdasein in einer phantastischen Walpurgisnacht dar. Leider fehlte mir der Kautz, mit dem ich ihn gefüttert hätte. Da lag der Hase im Pfeffer und ballerte sich einen über. War Roger nun ein Hase, ein Helikopter oder ein Komiker, der mit kecken Sprüchen seine Zuschauer unterhält, aufwirbelt und davon hoppelt?

Statt mich über die Wahrhaftigkeit in Bedenken zu verfangen, stellte ich im gewohnten Müßiggang die Gläser beiseite und mutmaßte über seinen Ideenreichtum. Ich verstand und verabschiedete diese Sachlage mit rechtem Maß und Perspektive im vernünftigen Gleichgewicht, soll doch keiner mutmaßen, dass mir theatralische Aufführungen liegen. Im unerweckten Zustand erfreute ich mich der natürlichen Glückseligkeit, jener Angestrengtheit, die sich einmischt, wenn sich jemand ankündigt, der nicht unser Herz berührt, zu entkommen. Das Problem der emotionalen Energieform ist, dass sie eigenmächtig wird.

Wir, als Halbkreis, werden angezogen von Menschen des anderen Halbkreises, die sich aufgrund ihres Aussehens und Profils ausdehnen.
Dabei bilden wir aufgrund dieser Anziehungskraft unter trügerischem Wohlbefinden eine Kugel, in der wir uns um die eigene Achse drehen.
In dieser Kugel entstehen unter Einbeziehung der männlichen und der weiblichen Energie zwei Egos zu einem neu geschaffenen Wesen, das sie nun aufgrund ihres neu gewonnenen Machtinstrumentes versuchen, zu dominieren, zu beherrschen. Scheint der andere Mensch nicht willens zu sein, sich unterzuordnen, bricht diese Illusion, ein Ganzes zu sein, zusammen. Das vermeintliche hoffnungsvolle Zusammensein wird so zu einer Tortur, von der man sich wünscht, der kräftezehrende Abend möge schnell seinen Ausklang finden. Der Restaurantbesuch endet spätestens mit einer unkulinarischen Fummelei am Smartphone und hinterlässt einen fahlen Nachgeschmack, so wie die zubereiteten Fleischklopse in der grünen Soße. Man fühlt sich geschwächt und sich seiner Zeit beraubt. Ein prickelndes Feuerwerk zum Start, zwischendrin ein paar thermische Turbulenzen, die am Ende eine Fortführung unmöglich machen. Kennen wir doch alles, haben wir schon erprobt und was haben wir daraus gelernt?
Bei meiner Auswahl neigte ich stets dazu, mit sicherem Gespür jene auszusuchen, die entweder jünger, verheiratet oder wirrer sind im Kopf waren als ich, ein schmaler Weg reichte nun mal nicht für drei.
Dieser Umstand traf genau den richtigen Moment, eine einseitige Entscheidung für mich zu treffen. Diesmal ließ

ich mir nicht die Federn rupfen und mich in die Backröhre schieben. Auf diesem Rost war es mir zu heiß. Dachte schon mehrmals wieder darüber nach, mich nur etwas bräunen zu lassen, leider hatte ich mich jedes Mal dabei richtig verbrannt. So schnell streckte ich meine Finger nicht mehr nach einem heißen Eisen aus.
Ich fühlte mich, wie man sich fühlt, wenn sich der Tag wie eine ausgewachsene Schildkröte langsam in die Nacht verkriecht. Ich war zu munter, um zu schlafen, zu müde, um zu schreiben. Also dachte ich darüber nach, wie sich mein Leben wohl gestalten würde, ohne Krebs und andere unschöne Zwischenrufe. Was wäre anders als jetzt? Zwar könnte ich mir die lichten Haare raufen, mein Auto schneller fortbewegen und anderes Futter zu mir nehmen, mehr Chips und Schokolade essen und bald würde meine Truhe endlos vor dem Leben verborgen bleiben. Diese Aussicht stand im Zwiespalt und war so ungereimt, als würde man Heino mit den Beatles vergleichen. Also nichts wie weg aus diesem Spannungsfeld und hinein in die Arbeit, mit der ich mein Geld verdiene, nicht vor dem Fenster, sondern hinter dem Fenster, genau da, wo die Lampe zu oft brennt. Nicht auf dem Kietz, nicht auf dem Strich, nein, bei mir zu Hause, an meinem Schreibtisch mit dem Telefon im Arm.

Fünfte Chemo

Am Tag vor der fünften Chemo redete ich meinem Verdauungstrakt gut zu, ein letztes Mal vor dem großen Finale alle

Medikamente sicher zu entsorgen. Mein Argwohn richtete sich beim Weiterlesen der Beipackzettel gegen das Profitstreben der Pharmaindustrie, denn auch ein ausgewachsener Elefant hätte bei dieser Lektüre seine Hufe schon vor der Einnahme der Kapseln nach oben gestreckt. „Sprechen Sie bitte mit Ihrem Arzt oder Apotheker."

„Bitte nicht nach seiner Meinung." Der führende Medikamentenhersteller hatte mich gleich zweimal inszeniert. Erst für die Bauchschmerzen und dann für die Suppe danach. Ist halt nicht alles Tablette, was rund läuft. Vor der Wahl ist auch nicht nach der Wahl. Auf der Mauer, auf der Lauer, sitzt ne kleine Wanze …

Meine Muskelmasse zielte auf meine Konturen an Ohren, Nase und Füßen. Bei meinem elbischen Aussehen war anfangs noch nicht klar, ob die Ohren so spitz wie beim Vulkanier Spock aus „Star Trek" werden dürfen oder ob sie nur angespitzt bleiben sollen. Meine lovely veränderte ihr Aussehen, breite Schultern, dicker Hintern und der Bauch erlebte eine Bandbreite. Auf der tragenden Fläche standen meine Füße, platt und breit wie Flundern aus der Biskaya. Die Schuhgröße verirrte sich in der Hausnummer und sprang zwei Häuser weiter. Als Halbling hungerte ich nach einer Wende, nach der besten Zeit meines Lebens. Gibt es die überhaupt? Ein ganz schön krasser Unterschied zwischen vorher und nachher schmiss den Lappen in den Spiegel und schrie sich die Seele aus dem Leib. Ich mochte die Vorstellung, dass meine Widersacher, die mich in die Ecke drängten, einen starken Seitenhieb bekamen. Je mehr ich mich dafür entschied, desto wacher entwickelte sich mein

Geist. Ich lernte, sofort zurückzuschlagen, wenn mich jemand beleidigte. Der Draht zur Außenwelt wurde zunehmend dünner. Häufige Randbemerkungen wie „Leben im Luxusstall – setz die Perücke auf, damit siehste auch nicht besser aus – Auto ist Profilgehabe“ und kurzfristige Entschuldigungen für das hohe Fieber, das plötzlich eine halbe Stunde vor Verabredungen den fremden Körper durchschüttelte, setzten bei mir ein schwergewichtiges Denkmal. Die freiwerdende Energie stellte die Vibration eines Motors dar, der mich anschob, alle Leinen loszubinden. Diese Abnabelung überstrahlte im Kampf zwischen den täglichen Verzweiflungsschüben meinen Verstand, meinen Körper und meinen Geist, der bis zu dem Tag funktionierte, als die Erde wackelte.

Es lag jetzt alles in meiner Hand, mit diesem Makel „Selbstschutz“ weiter zu leben, ich musste und wollte auch keinem mehr etwas beweisen. Wenn man neue Impulse ersehnt, sollte man bei sich selbst beginnen zu suchen. Ein neues Lebensgefühl kommt nicht mit dem Postboten, es wird aus der inneren Einstellung geboren. Dazu braucht es nicht mehr, als in sich hineinzuhorchen. Jeder Mensch hat etwas, was ihn vorantreibt, was ihm Spaß macht und Wünsche, die er sich mit dem Wollen, diese umzusetzen, auch erfüllen kann. In der Philosophie lässt die Frage nach dem Sinn des Lebens nur wenige eindeutige Antworten zu. Aber der Ansatz, die eigene geistige Einstellung über unser Wirklichkeitserleben voranzustellen und das eigene Verhaltensmuster zu analysieren, lässt möglicherweise den

Schluss zu, dass der Sinn darin besteht, neue Herausforderungen wieder anzunehmen. Denn Lebenslust entsteht dann, wenn unser Respekt gespiegelt, unsere Bemühungen Dankbarkeit erfahren und wir sie in der heutigen Gesellschaft nicht mehr versinken lassen. Auch Kritiker sollten sich anständig verhalten und nicht noch auf tote Spatzen schießen. Ein Leben mit dem Seidenlaken vor dem Tod fühlt sich doch besser an als das Leichentuch nach dem Tod. Oder?

Die Mechanismen der gesamten Abfolge kratzten tiefe Wunden an meinem Selbstwertgefühl, an die ich vor der ersten Chemo noch nicht einmal zu denken wagte. Im weiteren Verlauf lähmten Einsamkeit und mangelnde Anregung meine geistige Wachheit. Mehr als uncool kündigten Gedächtnislücken an. Eine mentale und physische Erschöpfung beeinflusste meine gegenwärtige geistige Leistungsfähigkeit. Namen, Orte, Passwörter, Früchte und Filmtitel fanden sich in Bestform außerhalb des jüngsten Gehirns wieder. Alle Unzulänglichkeiten, vom gebückten Rückwärtsgang mit abgewürgtem Motor bis hin zu monströsen Vorwärtsbewegungen, schleppte ich mit einer Weste des Vertrauens zu Dr. Gazawi. Der Bericht, Krebs nicht mehr fühlbar, gehörte sicher nicht zu seiner täglichen Erfolgsstory. Mit einem Stapel Fragen betrat ich das Behandlungszimmer und hoffte auf kurze wohlkalkulierte Antworten, die ein Arzt gern von sich gibt. Stattdessen blieb ich eine gefühlte Stunde, gefangen von seiner Art und der behaglichen Intimität der Unterhaltung und vergaß völlig, dass ich ein offiziöses Gespräch führte, wenngleich ich andererseits auch ein Bedürfnis verspürte, mich ohne Vorbehalte und synthetische Verrenkungen mitzuteilen, zumal mir Auffälligkeiten rund um den Port gewahr wurden. Ein heftiges Stechen löste seit Tagen etwas Unbehagen aus. Eine weitere Überweisung zur Zensur lieferte die Gewissheit, dass die extreme Bandbreite an Vermutungen sich als unspektakulär darstellte und die Wetterfühligkeit eine mögliche Ursache sein dürfte.

Im Schaum der Unvollkommenheiten erlebte ich die nachtschwarze Skizze, die laienhafte Schatten über das Bild der Angreifbarkeit warf.
Jede Aufklärung über Chemotherapie und das Gefasel über lebensverlängernde Maßnahmen verlor an Glaubwürdigkeit. Noch während dieser Sitzung zeigten sich die ersten Signale. Die Übelkeit lief mir aus den Augen. Verdammt waren diejenigen, die diese Prozedur beschönigten. Wie Treibsand rutschte ich auf einer endlos langen Strecke ohne Kontrolle über meine Würde. Keine Gedanken konnten diese Momente umschreiben, mit denen ich mich fast ungelebt konfrontiert sah. Weder Licht noch Schatten änderten etwas daran. Glatzköpfig und ausgebrannt zu sein, waren Teil eines Rahmens, unter dem sich meine Authentizität in Frage stellte.

Diese Unbequemlichkeit nahm ich als Rückkoppelung für unverzeihbare Dinge, für die ich jetzt bezahlen musste. Nach sieben Jahren werden wir immer wieder von unserer Vergangenheit überholt, wenngleich nicht in derselben Form, gleichwohl mit einem anderen Schliff.

Das Wochenende verbrachte ich mit meinen warmen Federn, die längst einmal aufgehübscht und gereinigt werden sollten. Doch dafür konnte ich niemanden aus den Angeln heben, nicht einmal für ein paar Gefälligkeiten. Wenngleich ich nicht gerade an eine bulimische Bambussprosse erinnerte, strich die Leere im Magen über meine Haut. Der Milchkaffee bescheinigte mir das schmerzliche Empfinden, dass das nicht die beste Idee war. Laut Horoskop stand es eigentlich zum Besten: „Die Zeit scheint manchmal nur so wegzulaufen, der Tag kann gar nicht genug Stunden haben. Hier wäre es hilfreich, wenn Sie den Tag besser einteilen und organisieren. Lassen Sie sich ruhig dabei helfen." Und die Hilfe war so ein zweiseitiges Schwert, auf dem ich mit meinen Ballettschuhen hin und her tanzte. Wer Hilfe braucht, konkurriert automatisch mit den Pflegebedürftigen und Pflegedienste stellen keine Mitarbeiter für einfache Tätigkeiten frei. Somit war das Thema beim Versicherungsträger vom Tisch und ich sah mich fast eines Rauswurfes bedrängt. In meinem Gesicht zuckte es, dafür, dass ich einen hohen Beitrag an Krankenversicherung zahlte. Eine versicherungsfremde Leistung in Anspruch zu nehmen, dafür klebte das Geld nicht unter dem Tisch.
Am dritten Tag erlebte ich die Auferstehung. Mit kleinen Löffeln schluckte ich den Honig aus dem Topf. Frau Vogt, „die kleine Hilfe", reagierte mit Witz und Engagement, Anstöße in konfliktreichen Situationen zu vermitteln. Der

aufgebaute Druck, der wie in einem Dampfkessel ein Ventil suchte und unkontrolliert die Steuerung für das plötzliche Entladen von Emotionen übernahm, fand in aller Regel in der Öffentlichkeit statt. Mit weit nach oben aufgerissenen Augen nippte ich riskanterweise an der Vorstellung, damit den emotionalsten Tränenfluss zu unterbinden.

Frau Vogt, die die vielseitig beschriebene Theorie vertrat, dass ein Mensch nie Mensch sein kann, wenn er alleine ist und das spritzig mit ihrer enormen Lebenslust und Lebensfreude transportierte, belebte mich mit expressiver Tiefe im Ausgleich zu meinem täglichen Alltagstrott. Die lebensbejahenden Aspekte eröffneten mir eine neue Sichtweise für unausweichliche soziale Veränderungen.

Bald hatten wir Valentinstag.

Sinneskrise

Ein kleiner Schwächling lag in den Kissen und starrte Löcher in die Luft, verworrene Fiktionen ersetzten die Nahrungsaufnahme und sperrten sich dagegen, irgendeinen Handlungsanstoß anzunehmen. Die rot umrandeten Augenlider neigten dazu, sich parallel mit den Wurf-, Kratz- und Quietschgeräuschen im Minutentakt zu verständigen. CARUSO, der fette Koloss baggerte seit den frühen Morgenstunden um sein Leben. Seine unbarmherzigen schrillen Fördergeräusche verfolgten mich ähnlich gefährlich wie auf einer Bohrinsel. Die Verwaltung schraubte sein Temperament auf zarte vierzehn Tage herunter. Das Elfmeterschießen beim Fußball verlängerte sich auf dieser Mondlandschaft vielmehr um ein ganzes Jahr. Verwunderlich, dass diese kombinierte physiologische und psychische Belastung noch keine Auffälligkeiten bei den übrigen Mietbewohnern anzeigte und die Regulationsmechanismen das Risiko minimierten, bekloppt mit bunten Windeln im Stechschritt durch das Treppenhaus zu marschieren. Die Linie zwischen Freundschaft und Feindschaft bewegte sich nach diesem Break Even stark nach unten, Baustelle im Vordergrund, Hausverwaltung im Hintergrund und Wohnung im Mittelpunkt. In gut unterrichteten Kreisen sprach man von einer billigen Quickiimmobilie mit direktem Zugang zu den Waren des begehrlichen Bedarfs. War es nicht schon genug, am unteren Minimum zu nagen, war das noch zu wenig? Jetzt klebte auch noch der Ruf an mir, über diesem Lumpenladen zu wohnen.

Liegenbleiben oder Aufstehen? Meine Schlafstätte bot mir zwar die Freiheit für einen Rundgang von der Toilette zur Küche und zurück zum Bett, half mir aber nicht über die Schwerkraft hinweg. Dieser Tiefschlag passte nicht in das Konzept. Was war geschehen, warum war ich so kontraproduktiv und erbost über die Obliegenheiten und mentalen Übergriffe. Über mir kreiste eine unförmige göttliche Energie, so etwas wie Schicksal, das es nicht so gut mit mir meinte. Was wollte es damit sagen? Dass in meinen Träumen der Schluss fehlte, dass es doch noch weiter geht?

Auf der Suche nach einer geschützten Lebensform stakste ich immer wieder an derselben Stelle auf den Ortseingang einer Familienidylle zu. Beim Aufwachen hielt ich mein Kopfkissen fest umklammert. Um mich einer zufriedenstellenden Antwort anzunähern, unternahm ich einen kleinen Abstecher in die Evolution des menschlichen Geistes. Noch bevor wir begriffen haben, dass unsere „Wellen“ bestimmte Dinge steuern können, sind wir von diesen schon erfasst. Zufälligkeit oder Verknüpfung?
Stehen Ereignisse in einem kausalen Zusammenhang, wenn Gedanken Gestalt annehmen, hervortreten, wenn wir sie fürchten oder herbeisehnen? Wenn sich Fiktionen im Traum immer wieder an der gleichen Stelle wiederholen, wie in einem gut funktionierendem Uhrwerk? Ich fühlte mich in meiner Analyse unterstützt, dass es sich in dieser Form nicht um Zufälle handelt, sondern um optisch begründete Wahrnehmungen, die durch das unbewusste Heranziehen zurückliegender traumatischer Erlebnisse und durch neue optisch begründete Wahrnehmungen hervortreten und zielgerade diese Ereignisse hervorrufen. Das Unterbewusstsein setzt diesen Kontrast als Wahrnehmung dar. Je nachdem, wie lästig der Wunsch nach Beglückung oder eine Konfrontation auch sein mag, stellt sich dieser Aspekt immer wieder nach, so lange er ungelöst bleibt.

Der schmale Steg vom Zweifel zum Sympathieträger Hoffnung machte mir zumindest symbolisch deutlich, dass das Ausharren tatsächlich auf einen Gedanken und einen Richtungspunkt hin angelegt ist.

Die Ursache für das ungute Gefühl, das mit der Existenz eines unbewussten Teils meiner Psyche verbunden war, lag im Widerspruch zur Willensfreiheit, deren Mangel darin bestand, die ausgeliehene Individualität, meine Schokoladenseite mit ganzen Nüssen, bewusster hervorzuheben.

Das Rauschen des Blutes in meinem Kopf bereicherte die Kostbarkeit, noch am Leben zu sein. In diesem konzentrierten Missvergnügen strapazierte ich meinen Wortschatz in einem ungebührlichen Ausmaß und stemmte mich so gegen das Absehbare, dem Warten im Wandel. Sich in dieser Eintönigkeit lebendig zu fühlen, stellte eine toughe Herausforderung dar. Dunkle Wolken schoben sich inkognito zusammen, wie ein Schlund, vor dem ich meine Schuld begleichen sollte. Regungslos, wartete ich auf ein Zeichen, auf ein Klingeln oder auf das Summen des Telefons. Nichts dergleichen schob sich zwischen meinen Reigen um Leben und Dahinvegetieren. Wie Ameisen wanderten Bilder und Lesestoff durch meinen Kopf: „Frau Macpherson, kaufen Sie lieber Bitterschokolade oder lieben Sie es, schlank zu bleiben?“ Oder „Was sammeln Sie Herr Mcconaughey – ... bunte Kerzen.“
„Frau Lawrence, war es für Sie schwer, in diese Rolle zu schlüpfen? – ... nein, ich träumte schon als Säugling davon, diese Frau einmal zu spielen.“
„Würden Sie sich als guten Menschen bezeichnen Herr Elschenbroich – ... ich handle nach dem Motto, einmal gut immer gut!“ Och nein, müssen wir das haben, müssen wir das erleben? Gibt es nichts Wichtigeres, als in der Com-

munity immer und immer wieder diesen untergewichtigen Drall zu lesen. Der Gipfel des Luxus waren magersüchtige Models im Winter mit knappen Spitzenhöschen und High Heels oder Brüsten, die so umwerfend waren, dass sie einem das Licht vor der Sonne verdecken. Nur keinen Neid vor dem alten guten Herrn, aber sollten wir meinen und den im Lifestyle Magazin gut platzierten Ratgebern Glauben schenken, dass Haferflocken und Sonnenblumenkerne das Krebsrisiko mindern und die ungestüme Art zu Leben, die Krankheit auslöse, dann schmeißen wir doch lieber die Dollar für die Zeitung aus dem Fenster hinaus. Die Wirklichkeit sieht anders aus, als funktionierende Steuerzahler werden wir gebeten, fleißig, unbeugsam und schneller als der Düsenantrieb zu sein, Regeln zu akzeptieren und die Mehrfachbelastung als schuftende alleinerziehende Mutter als Beschenkung anzusehen. Und es wird alles daran gesetzt, das wir Großes leisten, noch mehr leisten und dass wir in den Augen der Anderen „perfekt" sind, so lange bis der Körper streikt. Dann spricht der Doktor: „Freund, warum bist du gekommen", legt dabei schulterklopfend seine Hand ins Feuer und die herbeieilenden Schwestern begleiten den Freund ins Reich der Irren, wo ihn ein euphorisches Empfangskomitee erwartet.

Jede Menge Poesie und viele ausgelassene Momente besiegelten die Zeit, in der noch die Lebendigkeit vor dieser gnädigen Schwelle gastierte. Wie hoch im Kurs standen meine Erwartungen, wieder so einen aufgeräumten Raum in der Rückblende betreten zu dürfen? Als Single erfährt man Statusverlust und wird als Risiko verstanden.

Es ist ein Aufbruch in die Vereinsamung mit emotionalem Abstieg und einer sozialen Entkoppelung. Freunde verschwinden in die Mitte der festen Partnerschaften und ziehen dann wieder ihre ganz individuellen Kreise, bei denen der Single ausgeschlossen bleibt, umständehalber noch als Chauffeur für den Shuttleservice eingesetzt wird. Ich war eine beschädigte Leuchtreklame, die in ihrer unkonventionellen Lebensform ausgedient hat und bekam die Folgen der persönlichen Entwertung zu spüren. Die Zweifel an eine feste Partnerschaft begannen sich zu mehren. Freunde im Krankheitsbild zu finden, fast aussichtslos. Die Millionenstadt mit ihrer eigenen Mentalität, verzerrte das Bild, das sich einst im Neonlicht erstellte. Nur der gewinnt, der das stählerne Selbstbild beweist.
Mir fehlte es an Begabung, als singender Schauspieler philisterhafte Texte „oh, oh, oh, ruf mich an … oh, oh, oh, sonst rufe ich dich an und tanze mit dir Tango und buche bei Zalando, oh, oh, oh, jehhh“ mit musikalischer Untermalung hinaus zu trompeten, um die Popularität zu untermalen, bis sich die Flamme des Gedenkens überschlägt. Ich gehörte nicht zu den Krachern, nicht zu den VIPs, die von ihren Günstlingen für ihr ghostgewritetes Erstlingswerk zu Boden geknutscht wurden, bis sie der Erfolg aus dem Weg schleuderte. Ich war kein Genie, kein Staatsmann und kein Anhängsel, aber ich war davon überzeugt, dass Menschen, wenn sie aus eigener Hand erfolgreich geworden sind, oder Krisen in ihrem Leben gemeistert und überwunden haben, das überzeugende Beispiel an Glaubwürdigkeit vermitteln. Menschen, die es schaffen, die Schwierigkeiten ihres

Lebens zu überwinden und ihr Potenzial ausschöpfen, in der Lage sind, mit ihrer gelebten Klarheit und gefestigtem Weltbild ihre Existenz zu sichern. Auf dem Umweg dorthin, war es noch eine lange, lange Zeit.

Ein Glas rote Beete, zwei Grapefruit und ein Eisbrett mit Heidelbeeren lieferten die Dynamik für die Motivation, das unbefriedigende Gefühl zu schreddern. Alles geschah in Übereinstimmung mit der Natur, ohne Eile, ohne Hast mit einem festen Griff zum nächsten Tag. Als rätselnde Wollmaus schwebte ich im lauen Lüftchen auf unserem kleinen, blauen Planeten dem schwarzen Loch entgegen. Der Supergau sollte das Kartenhaus zum Einstürzen bringen und mich darin begraben.

Zwischenlösung

Am zweiten Wochenende nach der Chemo spielte ich im Orchester wieder die erste Geige. Ich hatte lange geübt und traf den richtigen Ton, spürte wieder mehr Eigenwillen und die Courage, das Herannahende mit meinen Wurstfingern, die unterdessen an meinem Handrücken wucherten, zu ertasten. Das üppige Frühstück lag auf gleicher Frequenz mit dem Wunsch, diesen Alleingang nicht mehr ändern zu wollen, denn allmählich wurde mir klar, dass sich dieser Müßiggang als Prävention für einen zukünftigen Wandel abzeichnete. Eine unperfekte Kombination mit umflirrten dunklen Wolken und mitreißender Euphorie, geradezu angetan, in dieser stillen Zeit die Schlacht um einen heißbegehrten Strohwitwer gründlichst zu überdenken, denn mittlerweile beanspruchte mich mein eigenes Chaos und der Samt eines Familienparks existierte nicht mehr auf meiner Wunschliste. Erst einmal waren Wochenende und Sonnenschein, eine Okkasion, diesem durchaus bejahenden Austritt aus der muffigen Schublade zu entkommen und der berüchtigten riskanten Lebensform seine durchaus auch angenehmen Seiten zu entlocken.

Ich pendelte nicht mehr mit der langen Stange zwischen widersprüchlichen Werten, jetzt hieß es erst einmal Selbstverwirklichung, die ich in der Partnerschaft nie ausleben konnte. Zu sehr wurde die Pflicht vor der Kür eingefordert, Anpassung, Unterordnung und Leisetreten als Beisteuer verlangt. Meine Tätigkeit, die zielgerichtet meiner Existenzsicherung diente, brauchte sowieso ein beträchtliches freies unbestelltes Feld und ließ wenig Raum für Beziehungsarbeit. Unter der mehrseitigen Adressliste verschanzten sich Umzüge, Partnerwechsel und andere Veränderungen, die nicht mehr sagen wollten, als „lass mich in Ruhe". Fakes aus dem Internet, die angaben, jung, attraktiv und Architekt zu sein, sich in Wirklichkeit auf den Rollstuhl stützen und alternde Hofnarren kokettierten mit ihrem Witz und ihrer Salonnudel, die ausgefahren gerade mal so groß war, wie ihr kleiner Finger an der beringten Hand. Dieser nachhaltige Freundschaftspreis ermutigte mich endgültig, diese Schluchtenwanderung zu beenden und für mich einen stabilen Mittelweg zu finden, um einerseits nicht als

widerborstiger und egoistischer Überflieger zu gelten oder im Hamsterrad eines Netzwerkes unter Halbfremden zu verenden.
Praktische Bedürfnisse setzten seitdem ihren Meilenstein. Außerdem wäre eine Wiederbelebung durch professionelle Hilfe rezeptpflichtig und terminabhängig. Mein straffes Trainingsprogramm lief auf Hochtouren, die Last der losen Bekanntschaften rutschte wie Kieselsteine die Böschung hinab. Es war Eile geboten, meine Zeit nicht mit gedankenlosen Kommentaren und mit bedrückenden Diskussionen zu verschwenden, zu verschwenden. Denn davon gab es mehr als reichlich und sie wurden immer wieder neu geboren. J. W. v. Goethe schrieb: „Willst du dich am Ganzen erquicken, so musst du das Ganze im Kleinen erblicken."
Wenige Stunden später kletterte ich in einem mondänen Städtchen aus dem Auto und erlebte ein phantastisches Stadtbild mit seiner unverwundbaren Geschäftigkeit. Der meisten Passanten schönster Zeitvertreib war das Latschen auf bequemen Turnschuhen und das plötzliche Innehalten mitten im Weg. Wie immer sah man sie in Überzahl mit Jutetaschen ökologisch und politisch korrekt, mit dem Glamour der Werbeträger von Apotheke bis Zahnersatz. Wenn man Pech hatte, verwickelte man sich mit dem Strick ihres Rucksackes, in dem eine ganze Zeltausrüstung Platz hatte, riss sich obendrein den Knopf aus dem Mantel mit einem Autsch heraus. Diese Hochtouristen zeichneten sich durch ihre grauen Sportjacken mit der Fabrikmarke aus und hielten sich etwas linkisch, wie durch eine unsichtbare Wand von den Einheimischen getrennt. Sie jagten stoisch ihrem

Leithammel hinterher, versperrten die Sicht auf bewegende luxuriöse Streifenhörnchen mit Hammer-Body und Funkel-Faktor und fegten obendrein das teure Porzellan mit ihrem Buckelkanister zu Boden. Viele von den Gipfelstürmern waren bereits mit geschlossenen Augen an ihrer Endhaltestelle angekommen, ohne im entscheidenden Augenblick das Haltesignal zu aktivieren. Allmählich wurde ich nervös, eiligen Schrittes entfernte ich mich dem Getrampel und hechtete einem mehrstöckigen Shoppingcenter entgegen, in dem es nach Luxus roch. Es war, als hätte mein Leben gerade neu angefangen, junge Frauen, kaum der Zwanzig entsprungen, steinreich und sehr exzentrisch, erfüllten ihre Mission, die Szene des Luxuslebens aufzumischen. Allen voran die russischen Mädchen, Frontfrauen der It-Girls. Die Astralkörper wirbelten von einem Regal zum anderen, in der Armbeuge hielten sie den Wert eines Kleinkraftwagens fest. Nicht weniger aufregend benahmen sich die Töchter der Dollarmilliardäre im hippen Café. Ihre Ausdrucksmittel standen aufgestapelt bis zur Decke. Ein bisschen Neid konnte ich nicht verbergen, ich wäre keine Frau, die davon nicht mal ein bisschen naschen würde. Der Russian Fashion Clan feierte seinen Sieg, ich stand daneben und stellte mich der Niederlage, nicht dieser Verwandtschaft zuzugehören. Selbst wenn ich als Einzelfirma fünftausend Euro erwirtschafte, müssten mir nach Abzug der Einkommenssteuer, Vorsteuer, Gewerbesteuer, Versicherungsteuer, Krankenversicherung, Kraftfahrzeugsteuer, Werbungskosten, Strom, Rundfunk- und Fernsehgebühr, weniger als sechshundert Euro verbleiben. Das würde nicht

einmal für die Miete reichen, da lachen mich ja selbst die Hühner aus. Mein Steuerberater empfahl mir, Harz IV zu beantragen, der ganze Stress würde sich nicht mehr lohnen. Von Politik verstehe ich recht wenig, aber von Vermögensanlagen eine ganze Menge. Da stand sie, blendend schön und jungfräulich, ja es gab sie wirklich, diese Tasche, die sich ihren Charme noch für die nächsten einhundert Jahre bewahrt, die man besitzen muss und daneben, diese High-End-Stiefeletten, die mir Zutritt zur First-Class der Fashionistas verschaffen könnten. Die volle Dröhnung lag unter dem Glas, Swarovskis Kristallwelten, die so cool waren, wie Schlittschuhlaufen auf dem Ice Rink vor dem Somerset House. Dieser Luxus trieb meinen Puls beängstigend schnell in geradezu irrsinnige Höhe. Gib alles, gib dem Geld die Sporen! Die Paradepferdchen drehten ihre Pirouetten um den Luxus. Mein Ausdruck spiegelte die Fassungslosigkeit wider, die ich innerhalb weniger Minuten erfahren durfte, als ihre schwarzen Karten mit Bling Bling über den Tisch rutschten und Glanz in die Hütte brachten. Boah, wie aufregend das war.
Die Uhr in meinem angestaubten Handy beteuerte Verspätung für ein Essen. Der Hunger versprach nichts Gutes. Ich stülpte mir alles über, was mir in die Hände fiel und mischte mich hinter eine Herz-Dame, die ganz aus Extensions bestand. Ich liebte die Gelegenheiten, bei denen ich mich mal wieder so richtig aufbrezeln konnte und ich mich wieder als Frau zu fühlen wusste und wenn es nur ein paar erlebte Momente waren. Es fühlte sich gut an und überraschte deshalb nicht, feststellen zu müssen, dass sich die

Drachen der Unlust inkompetent und übellaunig prozentual weiter nach unten bewegen, je mickriger die Auslagen und die Angebote sind. In diesem Hause schwebten die Drachen als hilfreiche Elfen über den Kunden und planten ein Comeback. Meine Kreditkarte blieb bis auf weiteres unverletzt, ich wollte sie nicht für eine Eigentumswohnung aufklappen. Dafür setzte sich mein Port nach einem fünfundvierzigminütigen Aufenthalt im Tempel der Sucht zur Wehr. Mein Magen rebellierte und ich schwitzte um meine Wechseljahre herum. Ich musste innehalten, einfach ganz still sitzen bleiben, in mich hineinhorchen, mit meinem Krebs sprechen, ob er bereit ist, noch ein paar Stunden durchzuhalten. Das Wetter schlug um, einige Schneeflocken wagten sich herunter, gemischt mit Regen und Kälte. Ich fuhr das nächstgelegene Krankenhaus an, mein Blutdruck stieg auf Zweihundertzehn. Erst am nächsten Morgen reiste ein leichtes Aufatmen durch die Station und ich nach Hause.
Der Erlebnisfaktor war mit den Begleitumständen nicht aufzuwiegen. Ich hatte Spaß und nur das war mir auf dieser Reise wichtig.
Ständig plagte mich das Fernweh, innerlich hatte ich mit L.E. keinen Pakt geschlossen. Mein Ziel war noch immer unausgewogen. Ich war dabei, meinen Körper zu reparieren und meinen Gefühlen die Chance zu geben, sich neu zu erklären. Mein Horchgerät nach Innen blinkte mir Genesung zu, auch deshalb packte ich das Rundum-Fröhlich-Paket vorsorglich schon mal für die anstehende Operation mit ein. Oft waren meine Gedanken wie ein verzweigter

Ast, nicht steuerbar aber immer auf der Hut, keine unüberlegten und voreiligen Schritte mehr zu tun.

Aus der Wohnung musste ich raus, ein vorerst unüberwindliches Hindernis stand mir im Weg. Ich befand mich im Krieg mit meinen Gegnern, man wollte mir den Zuschuss während des letzten Chemoblockes streichen, gleichzeitig die Hilfe für den Umzug vorenthalten. Ich stellte mich wieder einmal hinten an, am Schwanz der langen Reihe. Umzug, Operationstermin und eine schwache Stelle.
Ich könnte Kuchen backen und warten bis der Hefeteig gedeiht, meinen Fußabtreter streicheln oder den Spiegel küssen. Alles unsinnig, wenn keiner kommt und mich über diese Schwelle heben will.
Das war zuviel, wenn ein Schwan schreit, dann weinen die Tiere im Wald, wenn die Tiere weinen, dann weint der Mensch und wenn ein Mensch weint, fühlt er sich tot. Dieser Laut, der sogar die kältesten Herzen erweichen konnte, verhallte im Anblick des dunklen Frühlingshimmels. Eine Rettungsweste war nicht in meinem Gepäck, wenn man überhaupt von dieser sprechen mag. Westen sind für die Rettung da, meine Weste war schwer, mein Herz tiefgefroren, ich befand mich in einer äußerst feindseligen Situation, aus der mich eine gute Fee „Frau Vogt – Die kleine Hilfe“ im letzten Moment befreite.
Eine Psychologin sprach und handelte, kramte nicht in der Vergangenheit herum, warum und weshalb mich meine Mutter überhaupt entbunden hatte. Mit ihr fand ich einen Kompromiss, dem Umzug in das Haus der „Ahnen“ zuzu-

stimmen und mich den amtlichen Forderungen zu beugen. Sie verkörperte die lebendige Performance mit einer neuen Auflage und beschenkte mich nicht nur mit den kleinen Wunderwaffen gegen Depression, sie schenkte mir ihre Zeit. Mit innigen Umarmungen verfingen wir uns in kleinen Rührseeligkeiten, für die wir unendlich viel Platz fanden.

CARUSO hatte zwischenzeitlich Zuwachs bekommen. Waren es diesmal die Schwestern und Brüder, die sich an Lautstärke übertrafen.
Mein Reg-Dich-Nicht-Auf-Barometer stieg gefährlich an die berstende Obergrenze der Vernunft. In den letzten Nächten war an ausreichend Schlaf nicht zu denken, die Bauarbeiten waren in vollem Gange und weitere Ketten-Fahrzeuge, die aussahen wie Dinosaurier aus der Steinzeit, wurden per Schwerlasttransport unter Beaufsichtigung der örtlichen Polizeibehörde angeliefert, ausgetauscht und flottgemacht. Und wieder wackelten mein Bett, die Gläser im Schrank und die Lampe über dem Tisch im Rhythmus zum Starlightexpress. Ich lag wie erschlagen rücklings mit Ohrstöpseln und einer dicken Wollmütze fragend nach dem Sinn des Lebens unter meinem dicken Federbett.
Und nun ein Foto für die Verwaltung, um zu werben für die neuen Mieter im Frühling, im Sommer und im Herbst, denn dann wurde wieder neu gekratzt, gebuddelt und geblendet. Unter Schützenhilfe war es leichter, erste Vorbereitungen für einen unbeabsichtigten Umzug zu treffen.

Bekenntnis

Mein Frühstück begann am Nachmittag, zu einer Stunde, in der ich in einem fabrikneuen Szene-Café saß, beim Genuss des Gebäckes einige Klangkörper instinktiv in das Gedächtnis rief, die eine hypothetische Erfolgsstrategie auslösten.
Gerade dann, wenn ein tiefer Atemzug nach Gesellschaft drängt, die Eintönigkeit die tristen Tage durchweicht und unser Verstand rebelliert, schleichen wir heimlich und unbemerkt verworrenen Lebensläufen hinterher, die nichts als dunkelblaue Flecke und einen emotionalen Katarrh hinterlassen. Unter diesen ruchlosen Mitmenschen, die sich in unspannenden Begegnungen finden, erleben wir dann einen Mix aus Wut und Hass zu uns selbst, dass wir unsere Hoffnung auf perfekte Stunden mit zu hohen Erwartungen gespeist haben und biegen unbemerkt in die Einbahnstraße von Beschreibungen für grenzenloses Verlangen, endlich wieder zu Hause zu sein.
Wir sind keine Opfer, wir sind das Resultat, das Kind aus der Elternsituation, das wir auch heute noch in der Mehrheitsgesellschaft vorfinden. Als Dulder aus der Erziehung, mitläufig, beiläufig oder auf Opposition gebürstet. Letzteres sich dann auswirkt, wenn wir es endgültig satt haben, uns auf formlose und verkrüppelte Kontakte einzulassen, die sich nach Innen und nach Außen bewegen, wenn wir einer vermittelten Einladung folgen und uns nach stundenlanger Fleischbeschau am satten Kleiderschrank vor Gelächter verbiegen, endlich funktionstüchtig sind, der fest-

lich gedeckte Tisch von geübter Frauenhand bestellt und sich der Gastgeber bei Ankunft der Heiligkeiten gemächlich von den übrig gebliebenen Kabeln seines Spielzeuges befreit. An der gesetzten Tafel rutschen formlos geladene hungrige Gäste dem noch schwimmenden Hauptgericht entgegen und vertreiben sich mit lautem Geschnatter die Zeit. Der Tischnachbar auf dem VIP-Sitz dünstet noch den Karpfen aus der Silvesternacht aus, die Dame gegenüber erzählt vom endlosen Glück ihrer wohlgeratenen Enkel und kopiert detailverliebt die ersten Laute nach. In Überleitung die Gastgeberin in der Küche transpiriert und an ihrer Mitwirkungspflicht seit Stunden schrumpft. Auf der Spitze des Eisberges hocken die ungefährlichen Typen, die mit ihrer Wahnsinnsperformance das Feuerwerk der abstraktesten Witze beherrschen, aus Angst, ihre fade Persönlichkeit zu outen. Sie spielen im Mittelpunkt des Entsetzens eine bedeutungslose Rolle, mit der sie als Leisetreter schon immer pokerten. Meist sind diese müden Geselligkeiten von Entsetzen und Langeweile geprägt. Dann lieber einen Kuss von der Muse, als uns vom stark alkoholisierten Nachbarn im Gesicht abschlecken zu lassen.

Schlimmer geht's nimmer, wenn man andererseits als gewienerter und gepuderter Gastgeber ein Pärchen mit vier ungerahmten Treterchen vom Waldspaziergang einholt, um ihnen mit kulinarischen Genüssen den Jahreswechsel zu versüßen. Sie wackeln dann mit einem Rucksack voller Spreng- und Knallkörper an, um die Hausfrau mit Konfetti und Luftschlangen zu bespaßen und bürsten den

Dreck unter ihren Sohlen fein säuberlich und uncharmant auf das weiße Kaninchenfell unter dem Tisch. In geübter, gebückter Haltung dreht die Hausfrau mit dem Kehrblech ihre Runden um die fremden Füße, derzeit sich die Gäste amüsieren, selbst nicht ins Visier dieser Plage zu geraten. Das angestrengte Dinner endet in Rage und der eigene Verstand, die umgeschlagene Zeit und die unschuldigen silbernen Löffel, die ihre Besitzer wechselten und im Trennungsschmerz verblassten. Ein Koffer steht noch in Berlin, der soll dort auch bleiben, bis sich jemand für ihn findet.
Diese Wiederholungsmechanismen sollten uns Anlass geben, darüber nachzudenken, was wir hier und anderswo verloren haben, ob unser eigenes Gesellschaftsbild noch identisch ist. Wenn wir Gewissheit darüber erlangt haben, dass sich Defizite eingeschlichen haben, dann sollten wir unser Wunschdenken einschränken und unseren Marktwert im Verhältnis zur Klüngelwirtschaft überdenken. Im Notfall die Einsamkeit akzeptieren, das Missverhältnis den anderen übertragen und der schräg fusionierten Gesellschaft aus dem Wege gehen. Ein neues Jahr beginnt, wir haben allen Grund zum Feiern, allein oder wieder mit dem Rest der Welt. Es dreht sich das Rad, es bleibt stehen, dort, wo wir angefangen haben, darüber nachzudenken. Und alles beginnt von vorn.
Aus den Momenten der Absorption, die wie Honig an mir klebte, holte ich mir jene Unabhängigkeit, die es mir ermöglichte, daran zu lecken.
Immer mehr richtete sich meine innere Stimme wie ein vergifteter Pfeil gegen alle Leinwandsirenen, bulimische

Bambussprossen und gegen die Schroffheit und Härte der Männer, die sich an Selbstüberschätzung übertrafen und paradoxerweise ihren Glanz aus den Augen verloren hatten, als seien es die Augen eines Blinden.
Jede Anschauung verfügte über genug Popularität, diese unerbittlich durchzusetzen. Altlasten waren entsorgt, viel zu lange hielt ich mir das „Blädbrett“ vor dem Kopf. Meine Glatze hinderte mich nicht daran, nach Außen zu schauen, ich war neugierig geworden, welche Kostbarkeiten aus mir noch herauszuholen waren, denn ich erstrebte, alles zu geben. Gleichzeitig erlebte ich diese Wesensveränderung wie eine bittere Frucht, die man ausspuckt wenn sie nicht schmeckt. Ich überließ meinen Fensternistplatz den Servicekräften des Hauses und machte mich mit meinem durchsichtigem Aussehen davon, ähnlich der Gäste, die ihr Geld unter die Tasse schoben. Nach wenigen Minuten rockte dort niemand mehr. Der Charme des Cafés begann zu bröckeln, kahle Wände konkurrierten mit rauer Atmosphäre. Ohne Gäste wirkte es wie eine Erinnerung an eine falsche Entscheidung und scheibchenweise wurde mir klar, dass ich trotz des Willens, mein Leben seitwärts zu verändern, im Mauseloch saß. Weder war mein Krebs kalkulierbar, noch hatte ich keine gute Idee, von der ich gut leben konnte. Ich saß als Randerscheinung mit meinem Krebs zwischen zwei völlig unterschiedlichen Welten, in der andere Regeln galten. Bei mir war nichts aufgeräumt, nichts geordnet, nur eine fixe Idee im Anflug, dass ich es vielleicht doch noch einmal zu etwas bringen könnte. Die Klappe fiel, der Film war aus.

Zu Hause erwartete mich der Anrufbeantworter mit dem nächsten Tief. Flotte Sprüche und gut gemeinte Ratschläge, richteten sich an einen Dummy, der nichts hört, sieht und nichts mehr spürt. Völlig aus der Spur geschleudert, drehte ich mich wie ein Wurm von einem dummen Spruch zum nächsten: „Wozu brauchst du denn neue Sachen, werde doch erst einmal gesund, das wird schon noch eine Weile dauern."
„Ich kann dir was schicken, unten im Keller sind einige Sachen für den Flohmarkt bereitgestellt."
„Was brauchst du denn?"
„Wie geht es denn weiter mit dir, wenn du wieder gesund bist?"
„Wenn es dir schlecht geht, besuch mich doch mal." Dieser Abspann lief wie eine heiße Kugel durch den Körper, die das Kaninchenfell in meiner Speiseröhre zum flimmern brachte. Die Härchen stellten sich nicht nach unten, nicht nach oben, sie krabbelten mir die Speisen aus dem Magen heraus.
War ich ein Bettler oder ein Clown oder der dämlichste Erdenbürger auf dieser rechtlosen Welt. Fanden die mich zu dösig, als dass ich mir nicht schon selbst die Frage gestellt hätte. Die Drecksarbeit musste ich sowie alleine erledigen. Der Krebs hatte die Weiche für das Wartegleis gestellt. Sollte ich ausrasten, austicken oder einen Anschlag planen? Wie ein frisch kastrierter Kater schlich ich nun seit Monaten in meiner Hütte herum, ohne dass ich nennenswerte Leistungen erbrachte, als die, mich vom Rest der Welt endgültig fern zu halten.

Bald hieß es wieder einschlafen, aufwachen und auf Wunder hoffen.
Die letzte chemische Keule kontrastierte mit ihrem roten Gift und brachte es sportlich auf den Punkt. Ich klammerte mich vor Zorn wie eine Hand in den Felsen, aber meine Finger waren nicht mehr lebendig, Gegenstände fielen mir aus der Hand, die Gelenke schmerzten und ich knickte mehrmals um. Ein Gespenst, verkleidet mit der Farblosigkeit des Nichts. Trotz Mittel gegen die Nachteiligkeit der Einspritzung und des Unwohlseins öffneten sich kurz nach Eintreffen in meiner Wohnung alle Schleusen. Ich stand im Epizentrum einer Erschütterung, die mit ihrer Erdbebenwoge meinen ganzen Körper erfasste, unter der alle bislang mühselig aufgebauten Hoffnungen mit einem Mal ertranken. Der Stau, der sich gebildet hatte, war nicht mehr aufzuhalten und der Grauschleier in meiner Seele dehnte sich mit seinem Ego aus.
Kein Telefon, kein Besuch, loses Blattwerk sammelte sich auf Bett und Schreibtisch, keine Chance zusammenhängende Sätze zu bilden. Das, was von mir übrig blieb, lag unter mehreren Decken eingehüllt auf dem Bett und starrte in das Unbehagen. Was bleibt, wenn man sich nicht mehr fühlt wie ein Mensch, wenn man eine Maske tragen muss. Es ist ein einfaches Wort „tot". Für den Ansatz, an den Träumen zu arbeiten und nicht erst, wenn der Teufel zuschlägt, war es zu spät. Aber war das nicht schon ein kleiner Erfolg, zu erkennen, tot zu sein? Nein, das waren die widerlichsten Tagträume in einer Unruhe, in der ich mein Reservoir fast aufgebraucht sah. Wie es mir dabei ging, die Frage stellt

sich nicht mehr, die ist mit einer abwertenden Handbewegung beantwortet. Ich hatte mich versteckt, wenn es nötig war, ich bin hervorgekrabbelt, wenn es mir gut ging. Allen Frageformen, die sich auf meine Entwicklung erstreckten, stand ich distanziert gegenüber.

Die verflixte graue Stunde war es, die mich skeptisch zum Telefon schob, als wären wir zerstrittene Brüder. Im Lichteinwurf erhob sich die Silhouette einer älteren Frau mit höhlenartigen Augen, in der Hand ein Messer zum Schneiden des Brotes, die sich im Echo des Klingeltones verlor. Im Zwiegespräch setzte ich mich mit Wortklaubereien und einer Aufführung ohne Zuschauer auseinander. Ich sehnte mir keinen Gesprächspartner herbei, der sich an die Mattscheibe fasst, ich wollte mich im Nichtstun verlieren. Mit unterkühlter Elastizität formulierten meine blassen Lippen ein leises „Hallo“. Die Stimme aus dem Norden setzte unerwartet längst verborgene Glückshormone in Gang.
Im Schein der Kerze wich der Anblick des Todes, den ich zuvor gesehen hatte, dem Engel, der sich mit zwei Flügeln anschickte, einem magischen Ort die Faszination einzuhauchen, die man erlebt, wenn sich die Strahlen der Sonne im Blau des Meeres brechen. Roger klang über alle Maßen erfreut, mich nach der letzten Chemotherapie in ungekünstelter Empfindlichkeit anzutreffen. Mit der Neugier eines frisch geschlüpften Kükens pickte er sich zwischen Mitleid und Rückzug all das heraus, was ich vor ihm versteckte, vielleicht auch deshalb, weil er tiefe Verbundenheit spürte. Wir schlängelten uns durch die letzten Tage bis zu dem

Termin, an dem die Operation meine Brust zur Pensionierung freigab. Mit dem Verlust meines Haares hatte ich mich angefreundet, es wuchs ja wieder nach, aber meine Brust würde ihr Wachstum bedauerlicherweise einstellen. Der ausgedehnte Streifzug durch das Niemandsland spickte die Rückkehr mit einer geringfügigen Mutlosigkeit, in der ich trotz Niederlagen ein bisschen erwachsener geworden war und der Selbstbestimmungsreflex meine Körperhaltung belebte.

Estelle, die immer modisch informiert, immer perfekt frisiert und niemals einen gespaltenen Kamelzeh trug, schickte mir auf dem Weg zu ihrem Promifriseur eine SMS mit Anschriften von zertifizierten Brustzentren für Implantologie. Lina, die wie immer zu fortgeschrittener Stunde die Männer mit der Krawatte vom Barhocker zog, wünschte mir mit gedehnter Freude per Komikkarte eine schöne Erhaltung und einen angenehmen Aufenthalt im Krankenhaus. Phil, der wieder auf einer frischen Matratze lag und sich im Schein seiner Macht Anerkennung verschaffte, Christian, der erotische Thriller im Internet suchte, sie hoben ihre Gläser zur Feierlichkeit der Wiedergeburt. Ich hatte ihnen verschwiegen, dass ich erst wieder auftauche, wenn ich einen Mops an der Leine und zwei Möpse im Ausschnitt mit mir führte.

Prachtvoll zeigten sich die nächsten Tage, Grund genug, mit viel Fingerspitzengefühl Dr. Steger zur Portentfernung zu ermuntern. Traf ich ihn auf dem falschen Fuß, konnte das Folgen haben, erwischte ich ihn in einer guten Stunde, wäre sicherlich eine annehmbare Erklärung, meinen Port vorerst nicht zu entfernen, akzeptabel. Anrufen, E-Mail oder sollte ich persönlich erscheinen? Ich zählte eins und eins zusammen und kam zu dem Schluss, dass diese unausgefochtene Maßnahme verrückt erschien, zumal die Operation mit ihren Trümpfen noch lange keinen Beweis für diesen Eingriff erbrachte. Schaufelweise kehrte ich dieses Ansinnen erst einmal unter den Teppich, obwohl ich dort auch keine Verwendung fand. Auch ein Fallschirm plustert sich nicht auf, wenn an ihm nicht gezogen wird.

Stolz wie ein Soldat stand der Operationstermin für den elften März.
Vier Tage, vier Nächte, ein Balanceakt zwischen Angst und Sicherheit. Ich legte mir die unterschiedlichsten Situationen zurecht.
Es fehlte mir die Übung, mit den wenigen Kraftreserven, an ein gesundes und erfülltes Leben zu glauben. Zu oft war der Fahrstuhl nach oben besetzt, zu sehr wich das Glück mir von der Seite. Meine Brust fühlte sich warm an, würde ich sie wieder mit nach Hause nehmen? Ich lebte in Furcht vor der „Einseitigkeit“. Sie war so klein, so sündenlos, man konnte sie doch nicht einfach erwürgen, sie hatte doch niemandem etwas angetan! Ein Leben ohne mich wäre auch für sie nicht schön.
War ich feige? Dieser Zustand war mir nicht bekannt, befremdend stand ich mir selbst auf dem Fuß. Da war ein Tunnel, dunkel und lang. Aber da hinten, weit draußen

war das Licht. Ich sah nur einen kleinen, winzigen hellen Punkt. Es war verlockend, daran anzuknüpfen, doch auf eine seltsame Weise befremdete mich jeder Anfang, jede Zeitgrenze und der Tag, als Phil nicht mehr nach Hause kam. Die Zeit heilt nicht alles, sie gibt uns Verstand, unsere Schmerzen zu lindern.

Netzwerkparasiten

Ob die Einnahme von Glauben und Hoffnung einer Depression vorbeugt, ist umstritten, nachgewiesen ist jedoch, dass es die Dauer und die Intensität der tiefen Töne verkürzt. Einsamkeit und Isolierung stellen eine doppelte Belastung dar und nicht das Glanzstück aus Heiterkeit und Lebensfreude, wie es die Chamäleondamen in ihrer Varianz und Rollenvielfalt aus ihrer beringten Hausfrauenkarriere nach außen werfen. Diese Nervensägen sind nicht die Keypieces im Abwehrkampf gegen das Unvermeintliche. Als Knacknüsse, deren rechte Gehirnhälfte phantasielos geworden ist, schaden sie unserer Psyche mehr, als dass sie mit ihren desaströsen Beiträgen dienlich sind. Nebenwirkungen nicht ausgeschlossen. Ihre Feinsinnigkeiten spalten den groben Müll, der eingestampft als glanzlose Toilettenrolle dem letzten Ende seine Ehrerbietung erweist. Denn ihre oft mehrmals durchgepausten Balladen sind nicht der Solitär, das Einzelstück, mit denen sie uns aufwärmen wollen, so lange, bis wir als getrocknete Backpflaume im Rumtopf landen, sie sind die Saboteure unseres kleinen errungenen Glücks und lassen uns in mehrere Stücke zerfallen.

Aus dieser Sicht war es mir während dieser langen Vorbereitungszeit auf die Operation gelungen, eine für mich hundertprozentig sichere Strategie und Garantie gegen Depressionen zu entwickeln, die auf fruchtbarem Boden die ersten Pflänzchen zeigte. Dieses Rezept enthielt eine selbstgestrickte Therapie, die körpereigene Polizei zu aktivieren, um das Eindringen solcher Sprechblasen zu verhindern. Eine Polizei, die im richtigen Moment für Ordnung im Gefühlshaushalt sorgt und die Waffe zieht, wenn Zwischenträger eine Disharmonie mit Unverständnis ausstatten und uns uneingeladen mit ihrer befreienden Art und ihrer Ahnungslosigkeit belehren. Ich bildete eine sogenannte Herrschaft über mein Seelenleben, zu diesem der Zutritt jedem verwahrt blieb, der mit seinem Tonfall nicht die Bestnote erzielte. Ein Experiment, das sich zu dieser Zeit noch auf wackligen Füßen bewegte, sich später zu einer Geschäftsidee entwickelte.
Diese Gleichsetzung von – tust du mir nicht gut, tue ich dir nicht gut – gründete auf dem Beweis, dass diesen knappen Satz Menschen benützen, die am Austragungsort eine Bedrohung ahnen und ihre Lebensfreude dadurch beeinträchtigt scheint. Mit Recht geben sie zu erkennen, dass sie eine Grenze gezogen haben, eine Mauer, mit der sie ihre eigenen Interessen abschirmen und sich selbst genügen, ihrem Ich-Ideal entsprechen. Und nicht jeder kann zum Idealbild eines Freundes aufrücken. Die Identifikation verliert

durch praxisnahe Erfahrungen ihren Stellenwert und wird zusätzlich durch eine gegensätzliche soziale Struktur gestützt, die bei den Massenindividuen vorherrschend ist und sich langsam zu einer psychischen Infektion entwickelt. Dieser Mechanismus wird geprägt von der Aussage, die man über die Motive jener allmählichen Wandlung erfährt.

Wiederum entfaltet sich unser Unterhaltungswert in der Behandlungsaufklärung über Medikation, Injektion, Operation und mögliche Bestrahlung in alle Netze. Hier fallen wir aus unserer pragmatischen Bescheidenheit heraus und entblößen uns bis auf die nackte Haut. In einer warmen Kugel voller Vertrauen rollte ich Dr. Gazawi bis vor den rechten Fuß. Von zeitlichen Einschränkungen abgesehen, reichte der Informationsfluss von Art und Durchführung bis zu erwartenden Folgen und Risiken der Maßnahme, über die Notwendigkeit, diesen Eingriff zeitnah durchzuführen und über die Erfolgsaussichten im Hinblick auf die Diagnose. Nichts war nebulös, nichts blieb unausgesprochen. Mit dem Zufriedenheitszertifikat blendete ich mich aus der Praxis aus und begab mich in eine neue Ausfahrt, wo es langsam zu brodeln anfängt, wenn die Unruhe bedenklich an der Halsschlagader klopft.

Diagnostische Voruntersuchungen rückten als zusätzliche Belastungsprobe in den Vordergrund. Im Zentrum für Radiologie und Nuklearmedizin saßen die Patienten aufgereiht wie auf einer Perlenschnur und warteten auf ihr Herzecho, auf Leber, Lunge und Nieren ohne Metastasen, auf bestmögliche Ergebnisse ihrer inneren Werte. Im Krieg gegen die Krankheit zählte das Warten nicht zu meinen stärksten Hobbys, zuweilen manche Wartebereiche geradezu prädestiniert waren, lieber den Schlümpfen zu folgen, als sich mit übellaunigen Patienten zu überwerfen. Eine lange Wartezeit ist wie eine leere Dose, unnütz, hohl und zum drauftreten.

Ein schmieriger Kerl, mit seiner vollschlanken Opulenz bot das Kontrastprogramm zu den übrigen Patienten. Er saß mir gegenüber und googelte mich fast auseinander. Aus seinen Glubschaugen tropfte das Gourmethühnchen, das er im Geiste mit den Federn genießerisch verspeiste. Zugezogen erwärmte ich mich mit dem Gedanken, dass ihn gleich eine Kobra verschlucken möge. Aus der anderen Richtung hörte ich meinen Namen, selten war ich so erleichtert, einen Raum zu betreten, in dem die Todesangst in den Geräten steckte. Unter Bibbern und Schlottern setzte ich mich noch einmal auf gefühlte tausend Volt. „Was würde ich dafür geben, um gesund zu sein?“

Wie vor einer Horde von Besessener und mit Misstrauen vor dem Gegner kitzelten mich meine Nerven. In weniger als einer halben Stunde durfte ich das Ergebnis erfahren. Mein Name, der sich wie Blech anhörte, nur etwas verhaltener, etwas seltsamer, nicht wirklich wie mein eigener, hallte durch den Flur. Das Erschrecken und den Schock konnte man förmlich riechen. Noch einmal folgte ich der Aufforderung, die Haken meiner durchgeweichten Bluse zu öffnen. Hatten sie den Farbfilm vergessen einzulegen oder zeigte sich ein Sprung in der Schüssel? Gerade erst vor ein paar Tagen, bevor die letzten Strahlen über meinen Körper huschten, ersetzten Freude und Glücksgefühl die stille Lähmung. Die Gesichtszüge der Ärztin, ihre Freundlichkeit wichen einer Härte, einer Strenge, die unnachahmlich darauf zielten, mir die Zukunft zu vermasseln. Mein Herz sprang mit voller Wucht auf die rechte Seite. Wortlos tastete sie sich weiter durch Panik und Gänsehaut. „Da ist noch etwas!“ Wie vom Donner gerührt setzte ich mich barbusig auf die Liege und zog erschüttert meine Perücke vom Kopf. Die Falle schnappte zu, aus dieser Nummer kam ich nicht so schnell heraus. Die Habgier der entarteten Zellen duldet keine Ausnahme, sie verbreiten sich, ohne dass sich die Zeit bestimmen lässt. Eine weitere Ärztin, die gerufen wurde, rutschte mit dem Tastgerät hoch und runter, mal nach rechts und mal nach links und diesmal auf die linke Brust. Der Rest vom Krebs wartete doch auf der rechten Seite auf sein Todesurteil. Noch einmal das Ganze und mit weniger Geschwindigkeit. Ein kurzes „Klick“ deutete auf Lebensgefahr, als könnte es gelungen sein, die reife Frucht zu zwingen, ein Geständnis abzulegen. Garnelen wären auf meiner Haut tanzend erfroren. Ein dunkler Fleck nun auch noch auf der linken Seite! Verlor das Leben seinen letzten Freund? „Du sollst deine Feinde lieben oder deinen Feind zum Freund machen!“ Diese Sätze kannte ich schon, lernte sie in einer Zwischenpause kennen. Wer war denn damit gemeint? Mein anderes Ich, mein Krebs oder die Ärztin, die sich gekrampft über den Monitor beugte. Sollte ich sie alle in mein Herz schließen, jetzt in diesem Moment? Wie sollte ich es schaffen, dieses Spiel von vorn zu beginnen? Wortlos stand ich auf, die Tränen rollten, mit gerührtem Blick teilte mir die Ärztin eine Zyste mit.

Draußen versprachen wurstige Finger mit schwarzen abgekauten Nägeln ein gekritzeltes Unheil. Mein verschlagener Kennerblick regte meine Durchblutung an, ein Mann, eine Perücke und ein Krebsgeschwür. Warum ich seine Telefonnummer in meine Handtasche steckte und ihn anrief, konnte ich mir nicht erklären. Zumindest erhoffte ich mir ein Statement für seine Bewegungen, die sich in seiner Hoffnung summierten, mich zu treffen. Bereits im Ansatz hatte es allerdings sein Pech gewollt, dass es einen Unterschied ausmacht, ob man nicht arbeiten will oder nicht kann. Zuhause bastelte ich ein paar Origamis mit langen Schwanenhälsen, die ich dann knickte.

Ich hatte ganze Arbeit geleistet, an meiner Pflicht festgehalten, vor der Operation noch wichtige Gedanken mit Taten zu vereinen. Wohnungskündigung geschrieben, mich vom Alten getrennt und den Rest in den Keller gebracht, der defekten Heizung wegen vor der Autowerksatt demonstriert und das letzte Guthaben den Marshörnchen abgetreten. Der Mann vom Service meinte es besonders gut, auf der Rechnung spiegelte sich der Monatsverdienst eines Vorstandsmitgliedes wider und enthielt mehr Posten, als die Neigung zu Schimpfwörtern aus dem ordinären Sprachgebrauch. Wir standen im klassischen Interessenkonflikt. Sicher pokerten die Monteure beim BMW-Händler mit ihrem kargen Grundlohn um eine Provision, wenn sie mehr verkaufen als auf dem Auftrag steht. Angeblich lauerte ein Igel im Motorraum, der sich im Todeskampf seiner Stacheln entledigte und damit die ganze Schweinerei verursachte. Am liebsten hätten sie mir noch den Dampfkesselprüfverein und die Gebühren für Zentralruf der Autoversicherer untergejubelt. Der blöde Kunde bleibt der letzte Entenklemmer. Nicht nur die Liebe kann zerbrechen, nein, auch der Respekt vor jedem, der fiesefeindlich mit unseren Silbertalern spielt. CARUSO verkürzte meinen letzten Traum vor der Rasur. Russische und polnische Arbeiter kämpften sich mit den Kettensägen bis in die frühen Morgenstunden. Harz IV-Empfänger schaukelten im warmen Bett bis zum Monatsende. Das Arbeitsamt zahlte pünktlich, auch für die lahmsten Hunde, die nur noch schnorren.

Station 10

In der Nacht vor der Operation kämpfte ich gegen das nackte Grausen, das wie ein Spukschloss hinter einer ungeheuerlichen dichten Nebelwand sein dunkles Geheimnis offenbaren wollte. Die Spuren vom verlorenen Schlaf vermischen sich mit der Empfindlichkeit, die Flammen des Teufels berühren zu müssen. Tanzende Schatten, die das Licht fürchteten, zeichneten an den Wänden dunkle Totenköpfe. Ein Traum, eine Vision oder war ich verrückt vor Angst? Ein paar Mal versuchte ich, erschöpft in einem fieberhaften, erstickenden Schlaf unter der hochgezogenen Bettdecke den Ereignissen zu entfliehen, bis mich der Weckruf erbarmungslos aus verworrenen Träumen riss. Bleichgesichtig lief ich meinem Schatten im Spiegel entgegen, der nichts außer einer beziehungslosen Form zeigte.

Zwischen CARUSO und mir gab es so gut wie keine Verständigungsprobleme mehr. Als eingespieltes Team passten wir uns pünktlich um 5.30 Uhr unserer unterschiedlichen Karriere an. CARUSO sorgte für noch mehr Schotterberge vor meinem Haus und ich verabschiedete mich hinter der langen Fensterlandschaft mit einem gezwungenen Lächeln für eine ungewisse Zeit.
Mein üppiges Reisegepäck ließ der kühnen Vermutung keinen großen Vorsprung, dass es sich um einen mehrwöchigen Aufenthalt handele. Die Grobheit dieser einsamen Fahrt brauchte viel Platz, um sich des negativen Charakters zu rühmen. Die Situation verscheuchte jedes Argument, das es an Höflichkeit verlangte. Es war eines der schwersten Meisterstücke, das träumerische Taumeln während der Fahrt zu simulieren, je näher wir dem Fahrtziel kamen. Diese Angst konnte ich nicht teilen und wollte mir logischerweise auch keiner nehmen. Der Höflichkeit halber informierte ich noch meine Eltern, die sich zudem emotional sehr begrenzten. Es war weniger die Mutter als der Vater, der sein Herz niemals zeigte, geschweige denn, es auch heben konnte. Im schlichten Vorwand, seine Gegenwart nicht mit mir teilen zu wollen, blieb unsere Distanz bis zu seinem Tode unaufgehoben. Seine berufsmäßigen Befähigungen

schlugen grundlose Risse in meine schon angeschlagene Würde, die heute noch als Mahnmal für Vergeltung steht. Als Kind liebt man mit den Augen, als Jugendlicher mit dem Herzen und als Erwachsener befreit man sich selbst aus dem Erlebnis tiefster Traurigkeit und blättert sich dann mit etwas Glück und Kraft durch eine unzerstörbare Lebensfreude.

Mich ein wenig herzurichten, dazu fehlte mir einfach die Charakterstärke, die eine Schar von Jungfrauen zum erblühen bringen konnte. Unbehaglich hüllte ich mich in meinen schwarzen Mantel, der das Morgengrauen gleich doppelt reflektierte. Als das Taxi eintraf, war es gerade neun Uhr. Peter milderte am unausgeschlafenen frühen Morgen die Stöße der Schlaglöcher auf seine Weise, die auf einer endlos langen Straße das Gepäck zart durcheinander rüttelten und wechselte dabei pausenlos die Fahrtrichtung. Gesprächslücken füllte er mit seinen Blicken in den Rückspiegel und einem endlosem Dialog, erwähnte einige Anekdoten aus seinem Berufsalltag und kleine offene Geheimnisse seiner Fahrgäste. Ich war gut darauf trainiert zu erspüren, wie es jemand meint, ob er nur redet, ob er auch authentisch ist und ob er es montags noch genauso meint.

Letzte Häuser blieben im Spiegel zurück, die Auffahrt zum Krankenhaus entfaltete sich in ihrer vollen Breite. Die Verabschiedung und der Blickkontakt stellten zwei lautlose Parameter dar, die eine distanzierte Vertrautheit bildeten. Ich erhaschte noch die Ansicht der Rücklichter, bevor er mit seinem Taxi wie ein gelber Schmetterling mit weit ausgebreiteten Flügeln in der Stadt versank, während ich mich langsamen Fußes dem Eingangsbereich der Klinik näherte. Ich stand wie abgelegt, fast wie ein kleines Mädchen auf einem Bahnhof, das nicht weiß, aus welcher Richtung der Zug kommt und wohin er fährt. Drinnen in der kühlen Mittagsonne verbreitete sich der typische Krankenhausgeruch, der sich wie der Neid eines Blinden aus dem Ärmel schüttelte.

Eine tiefe Inszenierung überholte meinen plötzlich emporkommenden Argwohn, dieses Haus zu betreten. Ich spürte, wie sich mein Herz zusammenzog und ein unerträglicher Kloß im Hals die Luft teilte. Systematisch drehten sich meine tränennassen Augen durch die ersten Wahrnehmungen. Die eindrucksvolle Geste des Portiers, sich meines Koffers anzunehmen, entfachte zwar keinen Freudentaumel, belegte aber auf der Höflichkeitsskala den oberen Platz. Die exzellente Handschrift des Hauses war erst einmal ausschlaggebend.

Das Krankenzimmer sollte von nun an mein vorübergehender Aufenthaltsort sein. Trotz aller Anstrengungen, diesem Tag noch eine Chance zu geben, verordnete er mir im Interview mit der Bettnachbarin die erste verbale Ohrfeige, die darauf zielte, ihre Wertschätzung gegen mich auszurichten. Mit ihrem Mann, einem prominenten Rechtsanwalt, lebe sie geordnete Verhältnisse vor. Befremdlich sei für sie eine alleinstehende Frau, die ungesichert in die Zukunft schlittert. Ihr Schuss zielte genau auf die klebrige Plattform, auf der schon mehr Stahl zersplitterte, als Hagelkörner den Boden berührten. Es verging keine Sekunde, bis ich kapierte, diese Frau kam aus der fernen Welt der Aliens. Offenbar hatte sie ihren eigenen Abschuss gerade verpasst. Meine Armbanduhr tickte auch weiter ohne sie. Ihr Anwalt, ein kleiner untersetzter Mann mit ausgelatschten Schuhen und großkariertem Jackett, verabschiedete sich in aller Form und wünschte mir noch alles Gute. Die „Tragehilfe“ hatte wenigstens Stil. Was sollte Gutes dabei herauskommen, wenn man jedes ihrer gesprochenen Worte zerpflückte und wie wichtig war es, ob ich verliebt, verlobt, verheiratet, geschieden oder verwitwet war, es war sowieso zu spät, sich für die eine oder andere Lebensform zu entscheiden. Binnen weniger Atemzüge erlag ich meinem Begehren, ihr noch eine mit dem Jagdgewehr zum Ziegenschießen zu verpassen. Dr. Gazawi, der mich aus dem Halbschlaf holte, bremste meinen Rückblick auf das Unwesentliche. Er begrüßte mich mit belebenden Worten und bereitete mich auf den nächsten Operationstag vor.

Zwei Tabletten verwandelten mich in ein fliegendes pinkfarbenes Schweinchen, das gegen alle Zwischenfälle immun geworden war.

Wie ein Marsianer hielt ich mich unter Büßerhemdchen und Mützchen versteckt. Fröhlich quiekend genoss ich die freie Fahrt bis zur schicksalsträchtigen Tür, hinter der sich jeder Ohrwurm mit dem Skalpell verheddert. Dr. Gazawi und der Anästhesist schickten mich nach flüchtigen Worten in die Abgründe eines langen Tiefschlafes.

Als lebendes Element blickte ich fünf Stunden später in grelle Laborlichter, ich war erwacht und bandagiert, zwei Schläuche baumelten aus meiner rechten Seite heraus. Eine Korsage war um Bauch und Brust gewickelt. Wenn es auf der einen Seite runter geht, geht es auf der anderen Seite wieder hoch. Im Zimmer achtunddreißig schlief ich mir die Bürde aus dem Kopf. Eins, zwei, eins, zwei? Gedankenfetzen flogen von der linken zur rechten Gehirnhälfte. Keiner da, wirklich keiner da? Ich befand mich auf einer Strecke zwischen Nordpol und Südpol. Noch immer allein? Keine Mama, kein Papa, kein Mann, kein Freund und niemand außer mir. Pech für mich und den ganzen Krankenhausclan. Ich schrie so laut ich konnte, Panik schüttelte mich durch das Bett.
Epithesenformen und -größen, Zweischicht-, Leicht- und Haftepithesen, rannten als Zwergenstaat durch meinen Kopf. Bei Gott, ich war flacher als eine Flunder. Mein Arm lag leblos und schmerzhaft neben mir. Mit einer ungeschickten Hand schob ich vorsichtig mein verschwitztes reißfestes Hemdchen zur Seite. So wie es aussah, konnte man annehmen, dass darunter zwei Hügelchen auf ihre Mündigsprechung warteten. Ich hatte es geschafft, meine Brust gehörte mir, oder war es doch nur der dicke Verband?
Mit der Sanftheit eines Dinosauriers rollte der Frühdienst ein. Danach schepperten die Medikamente und die Putzmittel am Bett entlang. Das Frühstück entriss mich aus meiner zweiten Traumphase, zehn Minuten später fegte dann die Visite durch den Raum.

Der Pulsschlag verdoppelte sich, der Kreislauf drohte zu kollabieren, meine Finger fühlten sich wie Eiszapfen an. Die Blicke der Ärzte und ihre verschluckten Bemerkungen störten meine auffällige Befindlichkeit. Ich suchte in jedem ihrer Gesichter einen Aufhänger, der mir den legendären albernen Satz um die Ohren haut, dass die Operation gut verlaufen sei. Was für die Ärzte Ordnung hieß, war für mich noch lange nicht in Ordnung. Ein Augenzwinkern, ein Lächeln oder auch eine Zeichensprache wären das Mindeste gewesen. Mit entrücktem Gesichtsausdruck richteten sich ihre Blicke starr auf das Krankenblatt und blieben am Namenszug, der auswechselbar am Fußende klebte, haften. Konnten Patienten dieser Betrachtung Zuversicht entnehmen, fehlte es hier an Zeit, Respekt oder gar an Interesse? Hier wären sich sicherlich die Kritiker einig. Wortlos stapften sie mit insgesamt zwei Zentnern Lebendgewicht ohne Bart und Schminke durch die Tür zum nächsten Patienten. Nur nicht philosophieren, ich hatte gerade andere Sorgen.

Während meiner Signierstunde mit dem Luzifer brachten zwei Pfleger eine neue Patientin zum Fenster der guten Aussicht. Die enttäuschte Frau M. musste bereits mehrere erfolglose Operationen über sich ergehen lassen. Sie erhoffte sich diesmal größere Chancen. Ihr Mann besuchte sie jeden Tag. Die Antwort auf ihre Frage, warum sich niemand um mich kümmert, blieb in meinem Munde versteckt. Wir teilten uns ihren Besuch, den mitgebrachten Kuchen und den Kaffee dazu. An einem Tag wie diesem, gewährten mir die Engel Einblick in das Leben über den Wolken. Es war noch nicht mal Abend, ich wusste nicht, ob ich die Atmung einstellen sollte. Ich spürte, wie sich jemand Schritt für Schritt näherte, ein besonderer Wohlgeruch aus Hölzern und Gewürzen verdrängte die stickige Luft im Raum. Ich hielt die Augen geschlossen und glaubte, eine bekannte Stimme zu hören. War ich gemeint, oder irrte sich jemand in der Zimmernummer? Vor mir erhob sich die Silhouette eines lebendigen Wesens. Ein Staunen folgte der Spur des Geschöpfes, das sich nun etwas linkisch auf mich zu bewegte. „Was ist denn hier passiert?“, hörte ich ihn fragen. Langsam begann ich an meinen Sinnen zu zweifeln. Sein charismatisches Wesen, dem die Intelligenz in den Augen brannte, brachte mir die Unruhe wieder, die damals unauffällig an mir nagte, als er versuchte mir mitzuteilen, dass wir uns irgendwann und irgendwo wieder begegnen werden. Erschrocken über diesen Umstand, setzte ich mich auf und fasste an meine rechte Brust. Einen Augenblick sahen wir uns schweigend an. Mir war klar, dass sein Aufenthalt nicht vornehmlich mir galt, sondern seiner ausgefallenen Geschäftigkeit, Gold aus seiner Kunst zu schneiden. Immerhin, nickte er ein wenig ärgerlich, dass ich ihn in meinem gegenwärtigen Zustand nicht begleiten konnte. Und beinahe genauso verlegen wie bei unserem ersten Treffen vor einem Jahr, legte er seine Hand vertraut auf meinen Arm und strahlte sein Wissen darüber aus, dass ich aus purer Angst, mein Leben zu verlieren, damals nur eine flüchtige Zerstreuung und etwas Aufmerksamkeit suchte. Einen Monat später erhielt ich eine Nachricht, dass seine Frau in Boston an Brustkrebs verstorben sei.

Der Befund vom pathologischen Institut war entzerrt, aber noch nicht freigegeben. Die Wahrheit lag irgendwo auf einem Schreibtisch, fein säuberlich getippt und zugänglich für jeden, der hochpulsierenden Patienten im Graben zwischen Barmherzigkeit und Unbarmherzigkeit das medizinische Gutachten suggerieren durfte. Weder wir, noch ein Gott ist in der Lage zu entscheiden, wo auch immer dieser Krebs in Zukunft sein Schlupfloch finden wird. Das ärztliche Urteil anzunehmen fällt uns schwer, aber nicht anzunehmen wäre feige und schwach.

Sonntags herrschte wenig Betriebsamkeit, der Himmel färbte sich dunkelgrau. Es wollte kein richtiger Frühling werden. Dreizehn Patienten waren die Auslese auf dieser Station. Schritt für Schritt hangelte ich mich auf dem Flur entlang und nahm an der Eingangstür ein paar frische Atemzüge. Ein paar dünne Männer und hohlwangige Frauen im puristisch sportlichen Dress, standen am Massengrab für Stummel und inhalierten geschmuggelte Ware ein. Wortlos glitten Angehörige, die es einmal werden wollten oder nicht mehr waren, wortlos an mir vorüber, auch ihnen stand das Grau und die Mutlosigkeit nicht so gut zu Gesicht. Andere huschten mit leisem Gruß, als wäre er das letzte Gebaren, durch die Hintertür. War es so schwer, sich ein Lächeln trotz aller Bedrängnis abzuringen? Ich verfügte über keinen richterlichen Beschluss, diese fade Ausdruckslosigkeit zu unterbinden, wohl aber über eine gut anerzogene Härte gegen mich und andere.
Inzwischen war der Montag auch ohne Hebamme mit lich-

tem Antlitz geboren. Das geschäftige Treiben auf der Station verhüllte das Entsetzen des Sonntags, an dem auch meine Bettnachbarin hinausgeschoben und die verbleibenden Sachen in einen Sack gestopft wurden. Nichts war geblieben, außer der Erinnerung an einen Menschen, der auf Besserung seines Zustandes bis zur letzten Sekunde hoffte. Gedämpfte Neuigkeiten paarten sich mit dem beschwerlichen Warten, meiner Entlassung mit gutem Befund entgegenzusehen. Ärzte, Schwestern und hübsche Mädchen in Ausbildung, die sich des Titels „Schwester in Ausbildung“ nicht schämten, schöpften ihre Begabung wie aus einem Brunnen.

Mit Frau Dr. K. nahte auch meine Urteilsverkündung in Sachen schuldig oder nicht schuldig. Da war sie wieder, die lautlose Angst, die Zweifel und die Wut auf meinen Körper. Wie ein Geist stand ich am Bett gefesselt, der Hals trocken, die Hände steif. Frau Dr. K. forderte mich eintönig auf, sie zu begleiten.
Mein Herz raste, der Puls rannte davon, Blitz und Donner lagen wie zwei belegte Brotscheiben aufeinander. Es war soweit, der Herrscher über das Leben hat gerichtet, er saß am Schalter. Das Mumienschieben hatte ein Ende. Mein Körper fühle sich an wie Eingewecktes, so kurz vor dem Verfallsdatum. Meine Beine stellten sich wie Mikadostäbe auf. Schlug jetzt die Stunde Null, war ich zu neuem Leben gerufen oder standen neue Behandlungsmethoden an? Meine Gedanken setzten aus. Wie ein Geist trabte ich neben ihr her, als sie plötzlich stehen blieb. „Ich sag Ihnen gleich jetzt, es ist alles in Ordnung!“

„Nicht, dass das der längste Weg für Sie im Leben ist“. Das Leben fand seinen Mittelpunkt. „Alles in Ordnung!“ Es waren nur drei kurze Worte, so wie „Ich liebe dich!“ Leider habe ich diese nicht mehr so genau in Erinnerung. War schon lange her, müsste wohl in einem meiner früheren Leben gewesen sein, als ich noch an die unverfälschte und unvergängliche Liebe glaubte. Die Wertigkeit verschob sich mit den Jahren wie die großen Kontinentalplatten der äußersten Erdkruste. Ich rannte wie ein Honigkuchenpferd mit Siebenmeilenstiefeln Frau Dr. K. bis vor das Ärztezimmer hinterher. Sie setzte ihre Schilderung fort. Ein kleiner Spalt am Fenster, ein Hauch süßlichen Geruches, prophezeite endlich Frühling.

Eine Welle des Aufstiegs erfasste diesen Raum, der seinen Daseinssinn gleichzeitig verlor, weil in diesem Moment eine große innere Heilung entstand. Eine Art Vorfreude auf das, was kommen wird. Eine Grundkraft, die ohne mein Zutun wirkte und eine tiefe Dankbarkeit auslöste. Es war eines der schönsten Erlebnisse überhaupt, dieses Lebensglück zu empfinden, ein wirklich verstandenes Gefühl, das genau in diesem Moment die ständige Unzufriedenheit, die Fehlkonstruktion, die Wut und die Machtlosigkeit kappte.

Meiner Entlassung stand nichts im Wege. Dr. Gazawi verschrieb mir Ruhe und eine sich anschließende Bestrahlungstherapie, die sich in den folgenden Wochen aufgrund des Unverständnisses eines angestaubten Silveragents im Beamtenstuhl zu einem Martyrium entwickelte. Das war keine Fortsetzungsgeschichte, das war der erste Waggon eines Zuges, der mit mir durch sämtliche Instanzen raste.

Etwas zu nah am Abhang stand ich in der Wirklichkeit. Zwei Koffer und eine schwerbehinderte Frau an der Taxihaltestelle.
Gestützt auf wackligen Beinen versuchte ich mein Wollen mit dem jungen Mann, der mir mürrisch in und aus den Wagen half, zu teilen.
Das war nicht meine erste Erfahrung mit der Realität, aber die intensivste. Ich konnte nicht wirklich auf einen besonderen Empfang hoffen, dazu war ich schon zu lange im Geschäft. Die Hoffnung, dass sich neben mir etwas bewegt, war gebändigt. Es gab eine Stille, auf die ich mich eingelassen hatte, weil es nicht anders ging. Das lag daran, dass ich fertig war mit meinem Lehrstoff.
Mit halben Schritten und vorsichtigen Bewegungen nistete ich mich in meinem Refugium wieder ein. Zerstörerisch diese Leere in fünfzig Quadratmetern. Eine einsame Insel. Tiefes dunkles Gewässer ringsherum, in das sich kein Mensch freiwillig auf Dauer verirrt. Die Heizung war kalt, bitterkalt, ich stellte die Koffer beiseite. Der Anrufbeantworter zeigte kein Echo, ich wollte zurück.
Erste Gefühle kribbelten an der Nasenwurzel. Zähneknirschend erlaubte ich dem „Jetzt“ einen Platz zu geben. Ich schämte mich für meine Tränen, ungewollt und doch geweint. War ich weichherziger, war ich empfindsamer und dünnhäutiger geworden, waren sie in dem Moment der Suche nach einem Richtpunkt entschuldbar? Die Sonne

schickte etwas Wärme, es war mitten im März, im Radio sprachen Menschen, nicht zu mir, aber das reichte mir schon. Fetzen von Befindlichkeiten blieben an mir hängen. Ein bisschen Abwechslung, eine Ausfahrt, ein bisschen Freiheit, einsteigen, losfahren, irgendwohin, zupacken und nicht zusehen, die Lust am Leben wieder spüren und nicht hinter der Glaswand sitzen. An Orten bleiben und diese ohne Entschuldigung wieder verlassen, mit einem Koffer, dessen Inhalt ausreicht für eine kurze Geschichte, die mich nachhaltig beeindruckt und noch in Zukunft begeistert. Mein Gott, ich lebte. Es war nur mein schmerzender Arm, der mich an ein Leben in Gefahr erinnerte. Ich berührte ihn, er war heiß, unbeweglich und sensibel. Er wollte nicht gehorchen, er hatte viel mitgemacht in den letzen Wochen. Ich verzieh es ihm.

Ich brauchte einen überarbeiteten Plan für einen lahmen, fertigen und abgelaufenen Gaul auf der Rennstrecke. Was passiert, wenn ich nicht in das Ziel einlaufe, wenn das Jetzt mich der aufgestellten Ziele beraubt, wenn ich plötzlich meine Ziele nicht erkenne, und stehen bleibe. Im damenhaften Alter bewegt sich nicht mehr viel, vor allem nicht das Karussell der Liebe. Das bleibt stehen, die Alten fallen aus dem Loch, die haben nicht die Kraft sich festzuhalten, die werden irgendwohin geschleudert, bleiben in der Falle liegen, in einem Dorf, in dem es nur wenig Freude gibt. Sie sind nicht die Einzigen, die sich überlegt haben, was sie mit dem Rest des Lebens anstellen würden, leider haben sie zu lange überlegt.

Umzug

Trotz alphabetischen Hinweises, meinen Briefkasten nicht mit unsinniger Werbung zu füttern, bedurfte das Innenleben nach einigen Tagen Völlegefühl einer sicheren Entleerung. Die Sehnsucht nach Sicherheit lag nicht im Umschlag, die war in meinem Kopf versteckt. Ich spürte, dass die Messlatte meiner Ansprüche auf eine heile Welt viel zu hoch angelegt war, denn der liebe Gott war nicht für mein Seelenheil zuständig, das war ich selbst. Mein Innerstes drängte danach, einige Schreiben ungeöffnet verschwinden zu lassen. Aber beim Betrachten dieser hoffnungslosen Briefe führte kein Weg daran vorbei, mich mit dieser Erlebniswelt näher zu beschäftigen. Mademoiselle Lenormand hatte es verstanden, mir den Berg vor die Füße zu legen, das bedeutete nichts Gutes, ein Feind sollte mich das Fürchten lehren. Daran sollte wohl etwas wahr sein, bekanntlich hatte diese berühmte Wahrsagerin schon damals den Ruhm des großen Kaisers Napoleon vorausgesagt. Nur durch den Kunstfehler eines Arztes starb sie eines unnatürlichen Todes. Meine Karten waren schlecht gemischt, der Kavalier lag weit von mir entfernt, die Sense zeigte einen gänzlichen Verlust des Vermögens und eine lange Krankheit an. Diese Auslegung entfachte die Kampfansage, meine Konfliktsituation an die Elite der Obrigkeit zu transportieren. Wenn ein Engel grundlos den Himmel verlässt, regnet es Tränen, wenn eine Frau im majestätischen Stechschritt das Haus verlässt, brennt das Feuer unter ihrem Hintern.

Ernst, ruhig und konzentriert stand ich in einem mir fremden Raum. Vier blankgeputzte Schreibtische im Quadrat. Dahinter ruhten bebrillte Gesichter, in einer Kombination von Schreck und Sekundenschlaf. Seit mehr als dreißig Jahren stellte ich mir die immer gleiche Frage, ob es nun besser ist, auf einem Beamtenstuhl zu sterben oder zu Hause auf dem Klo. Eine der fülligen Damen war erpicht, Ahnenforschung in meiner Akte zu betreiben. Vermutlich lag auf der letzten Seite die Kuh auf dem Eis. Ihre Fragen nach meinen Einkünften, Mieteinnahmen und sonstigen Geldgebern beantwortete ich selbstverständlich in einer stoischen Ruhe. Sie bezichtigte mich der ruhenden Arbeit und klappte den Ordner mit den Worten: „Ich sollte es doch mal mit vier Stunden täglich Arbeit versuchen" wieder zu und richtete sich auf ihre Mittagspause ein. Sie war praktisch eine Angestellte im Dienste des Arbeitsamtes und Opfer ihrer blinden Betriebsamkeit. Das war zu viel! Wie sollen wir von den Dingen lassen, wenn die Dinge doch nicht von uns lassen wollen. Nach allem, was geschah, riss ich meine Perücke und mein Hemd herunter und stand so blankgeputzt vor der breiten Obrigkeit. Mit schreckgeweiteten Augen schrie sie ihre Entschuldigung, vertretungsweise an diesem Platz zu sitzen, nicht involviert und nicht im Bilde zu sein, wie ein Hilferuf auf das offene Meer. Ich hielt Ausschau nach dem Festland und sah nur zu mir gekehrte Rücken. Die Peinlichkeit fing langsam an zu begreifen, dass ein Lebewesen in auswegloser Situation um Hilfe bat.

Ich brauchte etwas länger, um zu verstehen, wozu man im Leben ein Recht hat. Die strapazierte Gesellschaft bedient

sich der Gesetzestexte und versteckt sich mit bequemer Schutzhaltung im Spannungsfeld zwischen ausgeprägter pragmatischer Persönlichkeit und Diskrepanz.
Menschen brillieren in ihrer verschwenderischen Art, Hilfe anzubieten, verbergen sich dann aber hinter ihrem Versprechen und Intoleranz, bevor die nächste Katastrophe auch sie einholt. Mauern werden hochgezogen, Fenster blickdicht gemacht und soziale Kontakte eingefroren. Wir haben wieder mal versagt! Unwillkürlich empfand ich eine tiefe Bestürzung über die Regulierungen, die im Härtefall den Schwächeren greifen. Mit ausgebrannter Kehle und rotierendem Rückblick überschlugen sich alle Details, die ich in Bezug auf die kleinen und großen Machtspielchen erfahren hatte. Die teuersten Beamten sind diejenigen, die die Vorgänge nur querlesen, bei Einspruch noch einmal streifen und ihre spärlich erlangten Kenntnisse in einem eventuell folgenden Rechtsstreit korrigieren müssen.
Vier Quadratmeter rasten mit Schallgeschwindigkeit durch die Wohngeldberechnungstabelle und erwischten bei der Landung ihren linken Fuß. Eine Zahl, die sich einmischte und mir unter schwierigsten Bedingungen während der Bestrahlung die Umzugskartons zwischen die Beine stellte. Dem Antrag auf Weiterleistung wurde nicht stattgegeben. Trotz enormer psychischer und körperlicher Anspannung zog ich mit ausbleibender Hilfe im verheißungsvollen Rundlauf vom Wohnzimmer mit Schiebetür zum Schlafzimmer und angrenzendem Badezimmer mit Küchenblick in die Dachkammer eines am Rande der Stadt gelegenen älteren Hauses. Gefasst und schweigend erkannte ich zu-

dem weitreichende Betätigungsfelder für einen geübten Fachmann. Meine innere Sicherheit flog mit Tausenden von krächzenden pechschwarzen Raben in Richtung Friedhof davon.
Zwischen den Schattenseiten, ohne Telefon und Internet und den Basisverlust, tauchten außerdem noch einige stumpf gewordene Glanzpunkte zwischen Gräsern und Bäumen auf. Abgeschiedenheit, Ruhe und Müßiggang mit der Tendenz, bald zu der Kategorie „pragmatisch veranlagte Menschen" zu gehören. Ich existierte auf mehreren Ebenen zugleich, tagsüber in der Leere und nachts in der Endlosigkeit. Es war nicht das, woran sich die Seele erwärmen konnte. Meine Mundwinkel gaben dem physikalischen Widerstand nach und entwickelten sich zu ausgeprägten Linien bis unter das Kinn. Im Kontext zur Einsamkeitsüberwindung gehörte ich bald der elitären Klasse der stumpf gewordenen Landfrauen an, so sehr rührte ich in der Mühseligkeit, die überstanden werden musste.

Auffallende, ausdruckslose Blicke männlicher Passanten sträubten sich nicht dagegen, mich noch etwas schräger als gewohnt wahrzunehmen. Die Chemo hatte mich um Jahre meines Aussehens betrogen und glanzlos gemacht. Die ganze Chemoaktion schlug nachhaltig tiefe Kerben in meinen patinierten Rahmen. Die kleinen niedlichen, sonst so aktiven Zellen im Gehirn, saßen artig, sittsam und kleinlaut in der hintersten Reihe, zu der es nur einen winzigen Zugang gab. Willkommen in einer ganz anderen Welt.

Wunden heilen

Sonntags gab es nichts zu verpassen, nicht mal CARUSO mit der großen Schnauze konnte mich beeindrucken, der war mir nicht gefolgt, der rammte noch immer ein paar Kilometer weiter auf derselben Baustelle seine stumpfen rostigen Zähne in den Boden. Vom Fenster aus sah ich drei rollende Katzen, die in der Eintönigkeit nach etwas Amüsement mit einem Kater suchten. Der alte Nachbar kaute auf seiner Zigarre herum, kratzte sich am Kopf und wackelte durch seinen gepflegten Garten. Bei ihm war etwas mehr los als bei mir. Diese tauben Tage waren nichts für mich, sie holten die Depression aus der hintersten Schublade hervor, störten den Tagesablauf, den es eigentlich gar nicht gab. „Eigentlich" ist ein Wort, das dann benützt wird, wenn man „eigentlich" lieber etwas anderes mag. Osterfeuer, Händewärmen, Nähe und einen Freundeskreis. Lachen, staunen und ein paar Eier! Das Kaiserwetter zog Lahme und Blinde an das Tageslicht, nur ich hockte auf dem Sofa und wischte mir die Glatze trocken. Der Wurf vom Dorf ist absichtslos geblieben. Mit wem sollte ich mich treffen, seit Wochen verkrochen sich noch die letzten Hinterbliebenen, die mich sonst so gnadenlos zu einem Spaziergang über den nahegelegenen Friedhof schleppten, hinter einer Liste mit unaufschiebbaren wichtigen Tätigkeiten. Mit mir blieben kleine Fünkchen Sehnsüchte in einem toten Raum mit dichten Gardinen, die nur einen schmalen Lichtstrahl duldeten, um das Zimmer vor dem Tageslicht abzuschirmen.

Unter der gefürchteten Einengung verbargen sich festgeschriebene Ruhe- und Besuchszeiten, Haus- und Hoftüren hielten sich vor Halbfremden verschlossen. Die an mich gerichtete Erwartungshaltung, meine Ausgehzeiten aus Sicherheitsgründen bekannt zu geben, brachen, bei allem Respekt vor dem Alter, die Rekorde der Hausordnung eines Mädchenpensionates. Ein kleiner Abstellraum bediente sich des Namens Toilette und das Fehlen meiner Wohnungstür gestaltete sich mehr als spaßig. Die Intimsphäre spielte sich vor laufender Kamera wie im Dschungelcamp ab. Nachts tastete ich mich wegen fehlender Lichtschalter an der Wand bis zum Gemeinschaftsbad entlang. Die in Kriegszeiten installierten Elektroleitungen sprachen sich außerdem gegen eine eigene Waschmaschine aus. Meiner Unterwäsche wurde unterstellt, sich nicht mit der Wäsche des Vermieters beim gemeinsamen Waschgang anzufreunden und den Schleudergang zu sabotieren. Im Wäscheschrank sammelten sich die Gerüche des Heizöles, je nach Wetterlage, vermischt mit Kohl- und Fischgeruch aus der Küche der alten Herrschaften. Schwer vorstellbar, aber mit gesundem Humor zur Prüfung für den Idiotentest zugelassen. Nag, nag.

Die Lebensenergie im anhaltenden Kampf um Schutz und Entspannung verschloss sich hinter meiner Haut. Die Vermieter entwickelten mir gegenüber ein Gefühl der Fremdheit, gaben sich alle Mühe, einen Feind in mir zu sehen. Sie verteidigten ihren Besitz bis zur Verbitterung, die sich in ihren Wesenszügen einen Anker suchte. Die ländliche

Idylle trübte sich mehr und mehr und brachte das Fass zum Überlaufen.
Das anspruchslose Pferd ernährte sich mit Unstimmigkeit und Wut, bis es satt war. Jede Medaille hat zwei Seiten und die Vermieter ihre eigene eingeschränkte Lebensart.
Die beginnende Baumblüte und der geduldete Aufenthalt im Garten konnten nicht darüber hinwegtäuschen, dass ich einem gewaltigen Irrtum unterlag. Die Wirklichkeit sah etwas anders aus.

Unter erneutem Zeitdruck plante ich bereits den Auszug aus diesem ehrenwerten Haus. Die Revoluzzerin in mir pochte mit den Fingern auf die Schreibtischplatte und verlangte nach mehr Raum, nach etwas mehr Sozialleben und nach einer Umgebung, die wie Koffein die Initiatorin in mir weckt und meine Selbstentfaltung konditioniert. Hintergründig stand ich zu mir selbst, vordergründig stand ich im Einbehalt meines Selbstentfaltungsdranges. Nur kurze Augenblicke waren es, in denen ich mich besser fühlte, besonders dann, wenn Musik meine Aufmerksamkeit auf sich zog und starke emotionale Reaktionen hervorrief.

Ein heißes Bad sorgte für das Zurechtrücken und Aneinanderreihen von Fakten und Tatsachen, die für eine tatsächliche Veränderung sprachen. Im Duft der eingestreuten Rosenblätter nahm ich mit tiefen Atemzügen schon ein fremdes Wohlgefühl wahr. Im Widerstreit mit meiner Gesundheit, entschied ich mich, neue Wege zu gehen, Wege zu einem Ziel, alles weitere sollte sich ergeben.

Die Chance auf einen Wiedereinstieg in das Berufsleben und gleichzeitig die Vorfreude auf die Kur entwickelten sich dabei stufenweise zu brennenden Lichtgestalten. Mein Plan war festgeschrieben, ob er aufging, war Zukunftsmusik. Bücher langen verstreut im Wohnzimmer, angefangen und nicht bis zum Ende gelesen, zu müde, um deren Inhalt zu begreifen. Hauptsache, es lag überhaupt etwas neben mir. Launenhaft waren die Schmerzen im Arm, im Rücken und im ganzen Körper.
Die sich anschließenden Bestrahlungen strapazierten die letzten ungenutzten Wochen vor dem Kurantritt. Monatelang wälzte mich diese Krankheit vom Norden bis zum Süden durch diese Stadt. Kannte zwischenzeitlich jeden Laden, jeden Baum und jeden Strauch.

Der Wunsch nach Veränderung

Das Leben besteht nicht aus Ordnung und Kontrolle, es ist unbeständig und nicht kalkulierbar. Viele laufen anspruchslos irgendwo hin, wenn es passt, bleiben sie sitzen. Andere bewegen sich vom Zipfel in der Warteschlange nicht von der Stelle und neigen dazu, ihre seelischen Schwierigkeiten in andere hineinzuprojizieren. Menschen mit hoher Resilienz sind sich des Status, Freiheit und Erfolg, bewusst. Ihr Reichtum fördert Aggressionen und weckt die Begierde der anderen. Aus gutem Grunde leben sie in ihrem verschlossenen Glück und ihren Rätseln, meist abgeschieden in beflügelnder Architektur und meiden den Kontakt zur Außenwelt. Und allem liegt ein Ansatzpunkt zugrunde. Eingetretene Bahnen sind keine bürgerlichen Krankheiten, sie sind das Phänomen der Gesellschaft, sie vertiefen sich, zumal die Politik die Voraussetzungen dafür geschaffen hat. Die größere Gemeinschaft sind die Armen, nach unten gibt es keine Grenzen. Die Freude auf ein Gemeinschaftsgefühl wird künstlich abgekühlt. Je verwirrter die Gesellschaft von der Politik gehalten wird, desto unwahrscheinlicher wird es sein, dass sich die unterschiedlichen sozialen Strukturen angleichen. Aussagen bleiben auf unterschiedlichen Ebenen kleben und entwickeln sich nicht zu einem Thema, in dem ein kommunikativer, belebender Austausch stattfinden kann.

Mit Harz IV-Freunden lässt sich die Welt nicht aus den Angeln heben und ein kreativer Mensch wird sein Gedankengut nur den höchsten Möglichkeiten präsentieren. Ausgereifte Blüten lassen sich eben nur noch als Kompost verwerten. Niemand mehr ist am Erfolg des Nächsten interessiert und keiner kennt mehr die echte Freude. Oft genügen schon ein paar falsch verstandene Worte, die als Missgunst in den reservierten Gesichtszügen geortet werden und der triumphierende Unterton lässt das Feindbild immer verschlungener werden. Ich bin weit davon entfernt, den Feind und den Schweinehund zu suchen, es ist ein Prozess der in der Macht des Geldes liegt. Und Macht hat nun mal Besitz.

Meine Eindrücke waren gefiltert und die Wahrnehmung nicht mehr verzerrt. Ich brauchte keine Gebrauchsanweisung für den täglichen Bedarf, ich wusste, wo und wie ich

mich entrümpelte und Platz für das Finale schaffe. Für mich war Sommer, die Erde drehte sich wieder rechts herum, einen Moment Licht und Trommelwirbel. Endlich Kur und Schatten, die erst abends kommen! Die letzten Monate waren keine Knüller, das war ein schlechter Witz. Heute ist gestern und gestern gibt es schon lange nicht mehr!
Das Thema Partnerschaft und Familie war für mich so etwas wie eine Urnenbeisetzung ohne Angehörige. Ich glaubte nicht mehr an eine intakte Familie als Ziel des Lebens, aber an die Behauptung, dass es schon ein Ziel ist, am Leben zu bleiben. Eine erkrankte Seele kann sich auch entfalten, ohne sich zu wundern.

In Folge der Unsicherheit im Umgang mit den Menschen, die ihre Ablehnung aus unterschiedlichen Gründen während meiner Kunstpause gegen mich abfeuerten, räumte ich den Schutt und den Ballast aus meinem Leben und richtete meine Entschlossenheit auf andere Wertmaßstäbe.

Im lebendigen Rhythmus mit der Einsamkeit und dem Verzicht an Herzenswärme war ich unberührbar in einer Durchgangsstation gelandet. Noch ganz am Anfang, noch nicht in der Mitte und noch weit entfernt, mich in die Erhabenheit des freien Geistes zu schlagen. Konnte ich nun zufrieden sein, tickte nicht vielleicht doch eine Zeitbombe mit ihrem Aufschrei nach Liebe und Geborgenheit.

Man meint, jemanden haben zu wollen, der das Leid mit uns teilt. Doch Leid will nicht geteilt werden, Leid ist eine gemeine Materie, die uns anfliegt und uns kalt umarmt. So wie sie kommt, leckt sie nach Neugier, nach einem Freund. Finden wir nur an der Gier des zeitweiligen Besitzes Gefallen, wird uns leider zu schnell bewusst, dass wir schon lange unseren Besitz „Freiheit“ zu unseren idealen Lebensbegleiter erklärt haben. Jegliche menschliche Zuneigung verliert ihre Bedeutung, wenn wir irgendwann in Ausflüchten erstarren, diese und jene Tätigkeiten vorrangig bedienen zu müssen, den verdächtigen Preis der Einsamkeit lieber wieder annehmen, als in eine Abhängigkeit zu geraten. Wenn in dieser bekannten Stille unsere Gefühle wieder zu rauschen beginnen, sie unsere Absicht kennen und der Feind sich wieder vor uns stellt, dann hat man das Recht, an das Meer zu fahren …

Kurbeginn

Der Gott schuf den Sonntag, Nachbars Garten und mein Wohlbefinden. In meiner versiegelten Glaskugel rollte an der bündigen Hecke vorbei, die an einer lichten Stelle die Aussicht auf die bacchantische Anordnung ausgesuchter exotischer Hölzer freigab. Mitten im Anwesen unterbrach ein Pool den friedlichen Abschnitt. Wie fein gesponnene Silberfäden spiegelten sich die Wolken auf der Oberfläche des Wassers, die mit der einbrechenden Hitze am frühen Morgen und dem Rascheln der Baumkronen eine unerfüllte Sehnsucht entwickelten. Lumpis plötzliches Erscheinen zerriss diesen Wunschtraum vergangener Kindheitserinnerungen. Er suchte etwas Zusätzliches, nach etwas Aufregung, ihn kümmerte es wenig, dass die gesamte Siedlung das nächtliche Bellen als Ruhestörung empfand. Ausgeschlafen kroch er dann am Mittag wie ein Wolf mit eingezogenem Schwanz devot am Zaun entlang und erschlich sich seine Aufmerksamkeit.

Eingebettet in der Einförmigkeit des Landlebens meinte ich, ein Aufbegehren zu spüren, eine innere Kraft, die sich vor jedem Kampf einblendet. Sie entstand nicht aus einer Laune heraus, sie entwickelte sich aus der Regelmäßigkeit des Sichabfindens zu einer anspruchsvollen Ausrüstung, mit der ich davonzuschwimmen konnte.
Die vorübergehende Nachdenklichkeit wich einer Bandbreite von emotionalen Schwankungen von oben nach ganz unten. Aus der Sicht der Fledermaus war alles auf den Kopf gestellt. Die Basis stimmte nicht mehr, das Fundament brauchte einen einsturzgefährdeten Plan, ohne Genehmigung und ohne Müßiggang. Alles, woran ich mich festhalten konnte, war eingestürzt, die Flut riss die Erinnerungen, die Sicherheit und das Zuhause mit. Nichts war mir geblieben, außer die Selbstachtung und der Drang nach Selbstverwirklichung.
In solchen Augenblicken bleibt keine Zeit, mit vagen Vorstellungen zu spielen oder Absichten zu vernachlässigen. Entweder man greift zu, stellt sich Feind und Vorsatz oder lässt den Rest von anderen bestimmen. Die Moral wird auch in Zukunft von Soll und Haben, Intrigen und Feindseligkeit bestimmt.

Unser Lebensplan nimmt manchmal eine unvorhergesehene Wendung, wenn Freunde wie Affen über uns hereinfallen, wie über eine fette Beute, bis sie satt sind und sich vor anderen übergeben. Wir verlieren unsere Ruhe, unseren Platz und alles, was uns vorher wichtig war. Wir befinden uns in einer Ausnahmesituation, wie jemand der starren Blickes ins Weite schaut, um sich zu erinnern.

Ich blieb nicht von dieser Verletzlichkeit verschont, im weitläufigen Bekanntenkreis breitete sich ein erstes Gurren und Grunzen aus. „Was, du eine Kur auf Sylt – wieso, weshalb, warum nach Sylt?“
„Ungewöhnlich für diesen Symptomenkomplex, aber wer weiß, warum, weshalb, wieso?“ Ich musterte den Schock, der wie aus einem Stück geschaffen war. Dieses Phänomen, diese Ratlosigkeit, die im Angesicht dieser Schmeichler entstand. Vorbei! Gelaufen, weggelaufen, das Nicken auf alles was einen anfährt und liegen lässt. Nach einigen abgefeuerten Salven trat ich unter der aufgehenden Sonne wieder hervor. Die restlichen Beziehungen, mit denen ich bisher einen relativ unkomplizierten Umgang pflegte, entgrenzten das Niemandsland und stellten doch einen lebensbejahenden Abschnitt dar, der mein zukünftiges Leben bestimmten sollte.
Bevor sich die ersten tiefen Furchen unter meinen Augen eingruben, stellte sich die Begegnung mit einer bemerkenswerten Reise.
Zwei große Koffer und eine ganze Kleinigkeit von einem Meter vierundsechzig warteten so im Antlitz des Morgens,

der mit seiner Wärme das kälteste Herz berührte. Eine merkwürdige Ruhe versank mit den letzten Kleinigkeiten in meiner Handtasche, den letzten Stauraum nahm mein Laptop ein. Ich wusste, dass ich ihn brauchen werde, wusste aber nicht, dass auf der Insel der Anfang einer großen Leidenschaft geboren wird. Als Meister im Ausharren ließ mich die Verspätung des Taxis ziemlich unbeeindruckt, so wie die Fahrt zum Bahnhof eigene Reflexe entwickelte.

Wenn man sich zu einer Reise rüstet, werden die merkwürdigsten Gegenstände in Betracht gezogen. Danach wird noch mal aussortiert, geprüft und alles Überflüssige ausrangiert. So wie die chinesischen Mönche es tun, wenn sie auf die Sechzig zugehen und ausgehen mit ihrem kleinen Bündel, um ihre Familie lächelnd in der Morgenfrühe zu verlassen. Sie gehen nicht, weil sie verlassen, sondern in die Berge und in den Tod. Ich wollte an das Meer. Es war mir gestattet, dieses Glücksgefühl zu erleben und meine Begeisterung für Verblichenes zu stoppen.

Hektisch befreite ich mich aus dem Wagen, der zu dieser Zeit wie ein unbemanntes Flugobjekt auf einem Truppenübungsplatz landete. Das Bild änderte sich am Bahnsteig und im Zug. So idiotisch sich es auch anhört, aber ich war dem Gewusel auf den Bahnsteigen aus meiner Sicht schon stark entrückt und besorgt, meinen reservierten Platz kurz vor Abfahrt des Zuges zu finden. Ein jüngerer Mann mit entsetzlich weit geöffneten Beinen saß im geflochtenen Bündnis mit Abneigung und Missmut am Fenster gegenüber. Sein schräger Ausdruck gewann an Sicherheit, dass meine Kopfbedeckung geliehen war. Sein hauptsächliches Requisit schien sein Laptop zu sein, verbissen knallten die Finger auf die Tastatur und verdrängten mit beeindruckender Schnelligkeit folgend den Ansatz einer Unterhaltung. HAMBURG!

Menschen aus allen Nationen wirbelten wie aufgezogene bunte Kreisel an den Bahnsteigen entlang. Tattoos, soweit das Auge reichte und weiter unten die Verzierungen, die man nur in ihrer Fortsetzung ahnen konnte. Junge Frauen mit dunkel gemalten Schatten unter den Augen, Piercings im Gesicht und freie Nabelbeschau. Ein knuspriges Kunsthandwerk entblätterte sich ungeniert vor allen Augen und hob ein beschmiertes Plakat mit Katzenzungen hoch. Schulferien irgendwo in Deutschland, heißer Reisetag. Das Umsteigen gehörte nicht zu meinen Tugenden. Es macht Mühe und stellt keinen Ersatz. Ich landete so auf dem großen Bahnhof in der richtigen Richtung mit unbekanntem Verlauf. Bevorzugten schnellen Schrittes erreichte ich den bereitstehenden Regionalexpress für Strandurlauber, in dem man nicht nach dem Geburtstag fragte.
Und diesmal zog eine etwas seelenlose Frau neben mir mit einer Jutetasche am Handgelenk für alle Umsitzenden laut vernehmbar Bilanz. Sie wurde verlassen und erkrankte. Aus ihrer Wohnung sollte sie raus, suchte gerade eine Bleibe, einen Zugangsort, einen Boxenstopp. Ihr beliebte, für ein paar Tage den Wind und den Regen zu spüren, unter Menschen und irgendwo dazwischen zu sein. Sie woll-

te nicht mehr reden, nur zuhören und ihre Konsequenzen daraus ziehen. Friede und Glück sei mir uns! Das hatte mir noch gefehlt. Doppeltes Leid fasst diese Insel nicht und zur Rache hat niemand ein Recht. „Schau dich um, die vielen Blumen, wie sie wachsen, für eine kurze Zeit, erfreue dich daran. Wir bringen sie in den Müll, wenn sie verwelken. So ist das nun mal in unserem Leben, wir finden uns, lieben uns, danach hört sich das Lachen anders an. Für uns gibt es keinen Schutzraum, in dem wir uns verstecken können." Das Leid und der Tod folgen uns überall hin. Nicht darüber ärgern, das ist nicht nötig, die Hauptsache ist, in Freiheit zu leben, gelassen zu bleiben, nicht mit einer Sache verhaftet zu sein, sondern im Betrachten der Sache die Lösung zu finden und zu erkennen, dass das Leben kein Betrug und zum Scheitern verurteilt ist, sondern eine annehmbare Wendung nehmen kann.

Vorbei huschten Windkrafträder auf flachem Land bei Pinneberg, zwischendurch Plantagen und Kornfelder, roter Mohn in weißen Margeriten. Erstes reetgedecktes Haus kurz hinter Itzehoe. Die letzte Etappe am Big Day. Ich wollte den Arm ausstrecken, festhalten, bleiben, hoch im Norden, frei sein, die Menschen mit ihren Geschichten kennen lernen. Ich war kein guter Zugfahrer, alles zu langsam, alles zu monoton, ich hielt das Steuer lieber selbst in der Hand.

SMS erreichten mich kurz vor Niebüll. Mit lieben Grüßen von Daheim, von Roger, Christian, Manu und Bert. Ein Gewusel unter den Nachrichten, von Freunden, die mich vermissen und darauf hofften, dass ich wieder komme. Auch die alten Leutchen simsten nach Belieben, das Haus sei jetzt verwaist, ihnen fehlten die Turbulenzen und das Getrampel. Der Klang ihrer Worte war kein Gift, sie beliebten diesmal echt zu sein. Sie warten schon jetzt auf das Feuer unter dem Grill, auf die Bratwürstchen beim Klönen und auf den echten Korn. Den hielt der Herr im Hause im Keller vor seiner Frau versteckt, für eine günstige Gelegenheit und einem heimlichem Zug aus seiner selbst gedrehten Zigarette. „Der alte Herr und das Versteck." Die Nachricht, dass der Krebs mit ihm auch ein paar Faxen übte, erreichte mich zwei Woche später … Die Urnenbeisetzung fand im engsten Kreise statt. Ich war dabei!

Ein Hoch und ein Runter, eine Träne in jedem Knopfloch. Die Wahrheit ist, dass wir ein paar Dinge überleben müssen, um die anderen Dinge zu retten. Dass unsere Blicke aufflackern, wenn uns unrecht geschieht und erlöschen, wenn wir nichts mehr wollen.

Kurz nach Niebüll lagen braune Kühe im grünen Klee, ausgehebelt vom Futter und den stündlichen Massagen. Langsam bekam auch ich Hunger, der teure Snack auf dem Rollwagen behagte meinem Magen nicht. Schokolade, Cola und Kaffee. Fette Schafe lagen bei Husum in ihrer dicken Wolle und Schiffe bei Watt am Deich. Cabrios fuhren langsam am Bahndamm entlang, beladen mit Kindern, Brettern, die die Welt bedeuteten und den ganzen überflüssigen Kram. Gott erschuf die Welt und mich als Zufallsprodukt.

In Niebüll stiegen sie dann zu, die gut betuchten Neuzugänge, die sich in ihrem bescheidenen Wohlstand anschickten, ihr Unverständnis mit vortäuschenden nach unten gezogenen Mundwinkeln gegen andere ausgeflippte junge Leute mit wilden langen Haaren auszurichten.
Ein Pärchen, sie strahlten die guten Sechzig aus, sie war groß und aus einer fleischigen Masse geschnitzt. Mit ihrer wallenden langen blonden Mähne und ihren aufgespritzten Lippen versuchte sie, ihren Mann etwas abzulenken, der sich hinter den Börsenberichten im starren Verhalten hinter einer Zeitung verstecke. Unglücklich sah er nicht aus. Er würdigte mich zwar keines Blickes, schaute aber auch sie nicht mal von der Seite an. Er schwenkte seine Füße etwas unwirsch zur Seite, traf sie an die Spitze ihrer Pumps und entschuldigte sich knapp in ungewohnter Distanz. Liebe, Freundschaft oder Sympathie?

Sein Äußeres, sein Kleidungsstil entsprach einer Mischung aus Charisma und Dominanz, ein untrügliches Zeichen seines angeborenen Selbstbewusstseins und seiner erworbenen Intelligenz, mit dem nächsten Schachzug seinen Gegner zu besiegen. Ihm gegenüber bekam ich auf einmal Hemmungen, er hatte etwas an sich, das mich dazu brachte, mich kritisch zu betrachten.
Westerland, der Ort der Reichen und der Schönen. Weiter draußen Wasser, Wasser, Wasser bis zum Horizont. Ein Autozug zurück an mir vorbei. Halt, Ankunft, Stillstand, Westerland. Ein Taxifahrer rennt auf mich zu, umarmt mich, ergreift meine Hand und schüttelt sie wie einen Nadelbaum.

„Mit Verlaub, sind Sie sicher dass ich es wirklich bin?“ Die Klappe fiel, vor mir stand ein Regisseur, dem die Sache peinlich war. Ich war auf Sylt, Westerland, mein Heimatland. Vier Wochen Ouvertüre, flüchtige Bekanntschaften, die um Aufmerksamkeit und Stille bitten. Zurücklassen die Widersprüche und Anhänglichkeiten.

Eine Insel, eine Bleibe, eine Erholung, eine Kraft, die mich in eine andere Welt zog, auf ein schönes, schillerndes Stück berührte Erde. Aus der Hand voller Poesie entwickelten sich wie bei einem Blick durch das Kaleidoskop, unzählige Facetten, die im Zeichen eines neuen aufgehenden Mondes standen. Die Kontroversen vergangener Monate standen im Zeichen der Hartnäckigkeit, mit der ich mir mit dieser Auszeit Erleichterung verschaffte. Die Schönheit der Insel stellte sich nicht nur im edlen Gewande dar, sie eröffnete ein Kontrastprogramm von Besitz und Begehren, selbst einen kleinen bescheidenen Wohlstand zu erschließen. In einer Art Benommenheit stellte ich mir vor, vom jenseitigen Ufer, aus der Totenwelt in eine andere, in eine umtriebige, in eine große Ordnung zu kommen, in der man sich nicht betrogen fühlt.

Ankunft

Mönche bewohnen komfortable Kloster, in denen sie in konzentrierter Weise zusammenleben, Erlebnisurlauber steigen auf markante Bergkuppen oder erschließen touri-

stisch nahezu unentdeckte Landschaften und der Rest der gewinnbringenden Bevölkerung lässt sich von originellen Konzepten verwöhnen. Auch der Kurgast weiß, wie es sich gut leben lässt. Die Empfangsdame am Serviceschalter vermittelte mir die Anständigkeit, dass ich keinen Anspruch auf einen besonderen Service in meiner Kategorie erheben kann. Ich machte mir deshalb schon lange keine Sorgen mehr, ich war Schlimmeres gewohnt. Auch ein blasierter alter Hahn vom Freitag lässt sich zwischen jungen Hühnern am Montag an der Frischetheke noch einmal gut verkaufen. So steckte ein angestaubter Messingschlüssel seine Nase noch einmal in ein kleines Schlüsselloch. Und dann passierte es doch! Ein Bett, eine Schräge in einem kleinen Mauseloch, zu klein für einen ausgewachsenen Schäferhund und zu groß für die letzte Aufbahrung. Dass ich in einer bereits verworfenen Besenkammer geschlafen hatte, erfuhr ich leider erst am darauffolgenden Morgen. Die Nummer mit dem Kummer erreichte nun auch das blasse Gesicht vor dem Monitor am Servicecenter. Das Zimmer war wegen Sanierungsarbeiten seit Monaten gesperrt. Unter diesen Umständen wäre selbst Bobbele mit der Schamesröte im Gesicht schnell davongelaufen.
Diese Begebenheiten rufen immer wieder die Frage auf. Warum gerade ich immer wieder vom Pech begleitet werde? Im Supermarkt an der Kasse erwische ich stets die falsche Kasse, an der es am längsten dauert. Genauso im Stau, der Verkehr rollt und rollt zur rechten und zur linken Seite an mir vorbei, während ich gemütlich die Rücklichter meines Vordermanns bestaunen kann. In gleicher Weise

verhält es sich mit dem beliebtesten Platz vor jedem Sitzplatzfenster. Da ich unlängst bei einem dieser Phänomene abgekollert bin, verhielt ich mich in diesem Falle äußerst zurückhaltend.

Die ersten Anwendungen am nächsten Morgen um sieben Uhr waren nicht das, worauf sich der Mensch freut. Bänder, Bälle, Bodenmatte, Lymphdrainage, Fahrrad-Ergometertraining, freies Schwimmen je nach Bedarf, Frühstück, Wirbelsäulengymnastik, Ergotherapie, Hydrojet bis zum Mittagstisch, danach Entstauungsgymnastik, Training MTT und Krankengymnastik. Bei einem Vortrag am Abend mit Herrn Schmidt, „Alltag und Therapie" fanden sich alle wieder ein. Eine Methode, während der vorübergehenden Loslösung von privaten Belastungen, einen erleichterten Kontakt zu anderen Menschen herzustellen und das Tabu bei Tageslicht im Schatten der Kur zu brechen.

Harmoniebedürftig und neugierig, so kennt man sie, die Anhängsel, die an den Wochenenden wie die Heuschrecken einfallen, um die Ermüdung der besseren Hälfte zu teilen. Das vermeintliche Eigentum wird an die Seite geklemmt, in den Stimmen schwingt der „wir-Besitz" mit. Und auf eines kann man sich immer verlassen, dass „wir" nur aus der Kunst besteht, den gegenwärtigen Perfektionismus zu präsentieren. Entspannt sich später diese Situation, hält man es dann lieber wieder mit dem „ich-Syndrom", mit dem das Ego gefüttert wird. Am Strand entwickelten sie einen Kampfesgeist, um den potenziell möglichen Nebenbuhler fernzuhalten. Ein heißes Wochenende wanderte durch den Beziehungssektor und auch für mich weckte es die Lust auf Experimente, denn die Meteorologen hatten diesmal Recht behalten. Statt faul in der Sonne zu liegen, raste ich am Nachmittag lieber sicherheitsgefiltert mit Perücke und Sonnenbrille durch die Warteschlagen vor den Eiscafés.

Erst gegen Abend gehorchte ich meinem inneren Kompass, der mit seiner Nadel in die nördliche Richtung zeigte. Dorthin, wo zwischen Sand und Meer das Gedankengefängnis freier wurde. Ich sah einen Sinn darin, den Schlüssel zur inneren Freiheit wieder zu finden und die Abhängigkeit von anderen Menschen zu einem Teil zu akzeptieren, aber weniger ihre profunden Ratschläge und Bestätigungen. Gibt es das wirklich, weinen vor Freude? Das hatte ich selten erlebt. Der Strand, das Meer, die untergehende Sonne waren wie geschaffen, dem Glücksgefühl entgegenzuschreien. Klitzekleine Ansätze von neuem Haarwuchs fühlten sich an wie Watte, in der flaumige silberne Streifen ein Glanzlicht bildeten. Erstmals, für wenige Augenblicke nur, erlaubte ich mir die Freiheit, ohne Perücke am Strand entlang zu laufen. Ich fühlte die Blicke der anderen Frauen mit amputierter Brust auf mich gerichtet, ähnliche Schicksale mit weitaus größerem Verlust. Meine Emotionen schossen wie die Pilze aus dem Boden, warum unser Leben zu häufig dem Unglücklichsein vergiftet wird. Auf dem Rückweg zur Klinik setzte ich die Perücke wieder auf. Ich trug sie zum Frühstück, am Mittag und am Abend zum gemeinsamen Essen, auch wenn die anderen mir in die Hand versprachen, dass der Stoppelschnitt viel frecher sei. Warum in Gottes Namen, sollte ich das tun, was andere von mir erwarten?

Was glücklich oder unglücklich macht, war der Blick in das eigene Herz, von dem wir wissen, dass es leiser schlägt, wenn wir es vernachlässigen. Ein brennendes Zündholz in der Streichholzschachtel brachte es am darauffolgenden Samstag auf den Punkt. Manfred, oder wie er in Wirklichkeit hieß, lud mich beim späten Frühstück zu einer Fahrt mit seinem Cabrio nach Keitum zum Schwalbenkliff ein. Der stattliche Bursche bediente sich des Glücks, jedes folgende Jahr eine Kur in Anspruch nehmen zu dürfen. Er kannte jede Schwalbe, die dem Ruf des Männchens folgte.

Ich muss nicht die Schutzlosigkeit beschreiben, der man sich aussetzt, mit Perücke bei offenem Verdeck zu fahren, nur weil einmal im Jahr der Hafer sticht. Der Himmel durfte nicht blauer, die Sonne nicht heißer und er als charmanter und routinierter Gesprächspartner nicht anziehender sein.
Nur ein Poet kann beschreiben, wie faszinierend an so einem Tag eine Cabriofahrt auf einem Stück abgenabelter Landschaft sein kann. Aufgekratzt näherten wir uns einem festungsähnlichen Eingangstor zur Restaurantterrasse, auf der uns ein steifer Kellner vor den Augen der übrigen Gäste schützte. Wir stellten keine Fragen, uns interessierten die Antworten nicht. Zurück auf schmalen Wegen, vorbei an tiefen Abgründen schauten wir der untergehenden Sonne zu. Das Schwalbenkliff hatten wir nicht gesehen, nicht mal

einen Schwalbenschwanz, dafür spürten wir den Wind, der um unsere aufgeheizten Herzen wehte, Worte schleppten sich dahin, wie die Matrosen das Tau. Ein Ausflug, eine Begegnung, die am nächsten Morgen für Furore sorgte. Fast die gesamte Mannschaft der Kurklinik war an diesem Nachmittag unwissend unserer Heimlichkeit mit Füßen und den Rädern gefolgt. Das Kribbeln in meinen Fingern war weg, war im Bauch gelandet und dann in meinem Kopf. Es war kein Strohfeuer, es brannte noch nicht einmal der Halm.

Nach dem anschließenden Kursbesuch stürzte ich mich in die Fluten, mein Kopf war wieder frei. Die Gischt lenkte davon ab, dass ich noch immer ganz zerbrechlich war. Zunehmend sperrten sich ein paar Wolken gegen die totale Helligkeit. Die Nordsee bäumte sich auf, der wolkenverhangene Himmel versprach eine längere Abkühlung. Fast ein wenig mitleidig betrachtete ich beim Verlassen des Strandes meine Fußabdrücke im Sand, die sich durch den einsetzenden Nieselregen mit dem übrigen Sand vermischten. Die Kinder, die unverdrossen ihr Spiel am Wasser fortsetzten, gaben sich unkritisch, drehten Räder, warfen mit nassem Sand und lachten so laut, wie es ihre Stimmbänder hergaben. Als ich noch ein Kind war, wünschte ich mir, dasselbe tun zu können. In meiner Erinnerung entstanden Lücken, warum meine Eltern mit mir nie an den Strand gefahren waren. Augenblicke, schmerzhafter Betrachtungen an die Verhältnisse, in denen ich aufgewachsen war, verscheuchte ich mit einer kräftigen Handbewegung. Die

Vergangenheit ruhen lassen, aber sie kroch immer wieder an mir hoch wie eine Schlange, die mich töten wollte.
Da war die Mauer, grau und hässlich. Dahinter verschwanden die Leitbilder, die für die Vermittlung von Werten und die Liebe zuständig waren. Ich trat fester auf, als ob ich den Wurm der Vorzeit zerstampfen wollte. Was kann ein Kind dafür, wenn der mächtigste Schatz verloren geht?
Die nachhaltigen Gefühlsvorgänge vermengten sich mit den Szenen in den Strandkörben, in denen sich die Männer vertraut, schlafend und mit leicht übereinandergeschlagenen Beinen ein wenig Spaß mit anderen Frauen gönnten, die wie eine Kopie an die Ehefrauen erinnerten, die gerade mal wenige Stunden vorher die Flut wieder auf das Festland spülte. Im stummen kleinen Krieg hantierten sie mit Hemd und Höschen und spendeten tiefen Einblick auf nahtlos braune Haut. Mich erfüllte wilde Freude, Insiderwissen zu besitzen, eine Hintergrundinformation, die nicht in die Öffentlichkeit gelangte.

Eine Schlechtwetterfront suchte die Insel seit einigen Tagen heim, ein Grund mich nach einer anderweitigen Zerstreuung umzuschauen. Die Sehnsucht nach Luxus erhellte meine Blicke, als wäre ich dafür geboren.
Mit schimmernden Augen sah ich Kleider, Taschen, Pullover und Schuhe mit einer Null zuviel. Das war nicht das echte Leben, das war pure Übertreibung. Ein bisschen Neid kam auf, flüchtig, nicht zu erkennen und eine ganze Menge Spaß. Leise Stimmen die mich riefen, einmal nur, nach weichem Leder tasten, über fließende Stoffe streichen

und schweres Gold mit den Händen wiegen. Bald musste ich zurück ins Heim für Kranke. „Größe sechsunddreißig bitte“, die Reiterhose in der hellen Farbe, die schwarze Lederjacke da oben und den braunen Gürtel bitte noch dazu. Die Schuhe gab es für den halben Preis. Nicht nur die Verkäuferin war entzückt, nein auch die Kunden im Geschäft, diese Augen konnten nicht lügen, sie staunten nicht schlecht. An sich ist der Mensch eitel, vor allem wenn es darum geht, zu zeigen, dass man auch eine Kreditkarte besitzt. Gerade zog sich die silberne Kordel wie von selbst um das Paket, als ein schriller mächtiger Ton mir den Herzschlag stoppte. Summa summ, und noch einmal summa summ, die Kreditkarte zeigte der engagierten Verkäuferin ihre hintere blankgeputzte Seite. Nur nicht hier, nicht jetzt in diesem Laden, nein das geht doch wirklich nicht. Wo war das Geld geblieben, wie sollte ich überleben in der Klinik und vor allem davor? Keine Karte, kein Geld und wenig Einkaufsfreude, Freitag achtzehn Uhr. Hatte gehofft, es gäbe eine andere Lösung, bloß nicht an die eine, meinen Banker anzurufen.

Halbzeit in der Kur

Am Tisch der Ahnungslosen herrschte Aufbruchstimmung. Für einige Jagdgefährtinnen hieß es Abschiednehmen von Menschen, die sie mochten. Eine bunte zusammengewürfelte Gemeinschaft verlor sich nach allen Richtungen, für viele war die Kur vorüber. Für mich konnte es ewig so weitergehen, ich verspürte nicht den Drang, von dort wegzugehen. Die neue Tischbesatzung blieb sich leider fremd. Das bedeutete, meine Euphorie und das Pflichtgefühl für einen Auflauf in mehreren Generationen zu dämpfen. Kurbekanntschaften sind wie Wellen, entweder sie sind zu kalt oder zu hoch und Telefonnummern verblassen nach Jahren im Licht einer neuen Generation.

Mein Banker zeigte sich kooperativ und setzte das Tageslimit auf hunderttausend Cent. Genug, meine mitgebrachten negativen Gefühle und entstandene Frustrationen zu verdrängen, zu wenig Zeit, den Topf bis auf den Grund auszukratzen. Einfach mal anders sein, unverschämt und ausgefuchst. Die Halbzeit setzte mich unter Druck, nicht alles wahrgenommen und erfahren zu haben, was die Menschen eigentlich wirklich antreibt, an die Meere zu fahren. Ist es ihr Blick, den sie auch mal am Horizont verloren gehen lassen oder ihr Weitblick, sich den nächsten goldenen Fisch zu erträumen?
Die Gegenwart des Wassers wäre ein Indiz dafür, weil es niemals stillsteht und mit seinem sanften, rhythmischen Rauschen unzählige magische Momente der Ruhe hervorruft.

Oder ist es die salzgeschwängerte Meeresluft, der Sand, der an den Füßen leckt oder der Charme der anmutigen Landschaft? Nichts ist am Meer einfacher als sich treiben lassen, sich dem Unterbewusstsein hinzugeben und Tagträume mit geschlossenen Augen zuzulassen.

Ein Wetterwechsel und Sommersonnenzeit brachen alle Schuldgefühle, mich meiner Vorbehalte zu entledigen. Hinaus aus dem Klinikalltag, vorbei an allen, die meine Art, mich nicht in Gruppenansammlungen zu verwirklichen, nicht mochten. Auf und davon nach Kampen, vorbei am Golfplatz in die erste Liga Oberklasse. Der Klang der Fahrzeugmotoren auf dem Weg zur Bushaltestelle frischte meine Wunschliste noch einmal auf, dem auf der Rangliste letzten Fragezeichen einen neuen Stellenwert zuzuordnen und ihm ein fundiertes Alleinstellungsmerkmal zu geben. Zu meinen Füßen standen noch zehn unberührte und unbeschwerte Tage, in denen sich die restlichen Lücken meines Business-Planes füllten.

In Kampen nahmen sie die Strönwai in Beschlag, studierten Menükarten im Gogärtchen und trafen sich bei Leysiffer zum Kaffee. Die Kellnerin deutete auf einen freigewordenen Platz an einem großen Tisch. Ich steuerte darauf zu und saß wie die anderen Legehennen auf dem Balken aus gleichem Grund. Weiß, weiß und nochmals weiß, bis der Augapfel tränte. Kaschmirpullover und spendable Herren, die den Champagner brachten. Auch meine Jeans waren weiß, waren im Laufe der Jahre mehrmals geändert, abgeschnitten und bestickt. Aber wer wusste das schon? Die Perücke saß straff, die weiße Bluse eng, es war Sommer, die Sonne ließ die bizarre Gesellschaft nach mehreren Champagnerflaschen in den prächtigsten Farben erstrahlen. Niemand rief zur Eile, ich bestellte mir noch einen Baileys Macchiato und fühlte mich wie ein Star, der Autogramme verteilt, verräterisch wischte ich mir mit unruhiger Hand eine Strähne weg. Wenn mich nur nicht die verdammte Fellmütze zum Schwitzen gebracht hätte. Die elegant gekleidete Dame neben mir erkannte, dass ich sie heimlich beobachtete, sie um ihr langes blondes Haar beneidete und mir ihr Kleidungsstil gefiel. Nach einiger Zeit lächelte sie und sagte: „Das habe ich auch alles durch, geht vorbei, nur nach vorn schauen und niemals zurück. Der Mann neben mir ist übrigens mein Bruder, mein Mann spielte damals lieber auf dem Fußballfeld und mit der Freundin meiner Nachbarin." Auf dem Rückweg dachte ich oft über die traurigen Schicksale nach, die sich um mich herum abspielten und an das Geld, dass ihnen danach geblieben war. Mit der untergehenden Sonne rücken sie aus und beim Nachbarn wieder ein, tranken edle Tropfen und pellten die Krustentiere ab.

Familienprobleme, Weltwirtschaftskrisensituatione und Errungenschaften als Basisziel, wurden dann mit der Schrotflinte erlegt. Das Tor zur großen weiten Welt quietschte auch mit Wartungsvertrag.

Vor der Klinik erwarteten mich die restlichen Blindgänger, die, so wie ich, auf die letzte Rose hofften. Gut informierte Kreise halfen uns über den Schleichweg auf die Bühne des Lebens in unsere Hinterzimmer.

Ausgiebig prasselte das heiße Duschwasser an meinem Körper herunter, fessellos in Bewegung und wonnetrunken hielt ich dabei die Augen geschlossen. In tiefen Zügen atmete ich diese Verliebtheit auch in den nächsten Tagen ein. Es war wenig und alles, was momentan zählte. An jenem

Abend begann mein Examen, meine eigene Verletztheit, die Schwielen, die ich mir zugezogen hatte und die Lebenseinsamkeit, abzulegen.

Die Temperaturen stiegen nicht mehr über heitere siebzehn Grad. Der Regen fiel nicht, er floss vom Himmel. Die nächsten Tage zeigten dasselbe Bild. Nur Surfer in Neoprenanzügen belebten den Strand. Beim Laufen spürte ich einen Schmerz um meinen Port. Der Schlauch trat deutlich hervor, Unruhe schüttete sich wie Koffein über mich aus. Bilder zogen an mir vorüber, schreckliche, ein Gefühl, dass ich gleich sterben muss.
Mir wurde heiß, die Angst leckte meinen Speichel trocken.
War der Schlauch vom Gerät gelupft oder war ich beim Sport zu schnell gehupft? Hubschrauber über Sylt, Rettungsdienst an Land, eine nicht mehr ganz frische Leiche am Strand. Für eine Sekunde hatte ich das Gefühl, dass alles, wirklich alles zu Ende geht. Eigentlich war es Zeit für einen Nachmittagskaffee und nicht für einen Besuch in der Notfallstation. Die herannahenden Kurgäste freuten sich, mich endlich persönlich kennen lernen zu dürfen und schleppten mich hingebungsvoll in das überfüllte Wartezimmer der Notfallstation. Eine junge Ärztin fühlte an meinem zerbrechlich wirkenden Handgelenk nach dem Puls, nahm mir mein Bedenken, zeigte ihr strenges Gesicht, machte sich aber bald wieder aus dem Staub. Sie telefonierte etwas herum und verschrieb mir etwas Ruhe. Auf Sylt zur Hochsaison!

Bald erreichte auch mein Abschiedsschmerz die unabgedichtete Stelle in meinem Herzen. Ein Teil von mir wollte bleiben, der andere in neue Schuhe, die nicht das Wasser aufsaugen, von dem ich nicht trinken konnte und die nicht noch einmal auf das treten, was schon getötet war. Sechs gescheite Personen saßen eng vertraut um eine Flasche Sekt auf einer Holzbank herum und stießen im Angesicht mit der Faszination der untergehenden Sonne auf neue Wege voller Zuversicht und Gesundheit an. Erst beim Abschied wurde uns klar, wie kostbar jeder Moment doch in diesen Tagen war. Die wunderbaren Tage waren wie eine zweite Haut, die mit mir schlief.

Für meine Koffer hieß es jetzt, sich auf eine andere Brauchbarkeit einzustellen. Ich fuhr nicht in mein Zuhause, ich hatte eine kluge Wahl getroffen und ein festes Ziel verfolgt. Auf meinem Laptop war ein Fingerhut voller Ideen gespeichert, die innerhalb kurzer Zeit sich der Eigenschaft bedienten, das Laufen zu lernen. Viel früher als gedacht, hatte ich mein kleines Unternehmen aufgebaut, das so viel ausspuckte, dass ich mir meine Wohnung leisten konnte. An einem Ort, an dem die Sonne scheint, wenn ich sie sehen will, das Wasser meine Träume belebt, die nicht mehr einsam sind. Und eigentlich wollte ich das schon immer, war nur irgendwie mal kurz vom Weg abgekommen. In meiner Freizeit packe ich die Staffelei in das Auto, in dem ich der Sonne etwas näher bin. Meine Kreditkarte bleibt zu Hause, ich brauche sie nicht mehr.

Der Ballast aus den vergangenen Jahren ist schon lange in der Müllverbrennungsanlage zu Papier verarbeitet worden. Ich bin da für Menschen, die mich brauchen und die ich bewundere.

Der Rückzug von vielen unschönen Bekanntschaften, Begebenheiten und Begleitumständen war meine Art, mich vom Vergangenen abzunabeln und nicht zu verkriechen, sondern vor unnötigen Anfeindungen zu schützen, um die Muse zu finden, die es mir ermöglichte, Großartiges zu leisten.
Früher hatte ich immer das Gefühl, dass ich etwas vermisse, heute ist mir klar, dass das Schicksal eine glückliche Wendung nahm und das Universum mir diese Botschaft schickte, meinen Weg so und nicht anders zu gehen. Nennt man mir einen Grund, warum ich das ändern sollte und legt mir einen Gugelhupf drauf!
Steht man auf einem Bein, fällt man leichter um, steht man auf zwei Beinen ist alles möglich, man muss dabei nur aufpassen, dass man nicht vom hohen Sockel stürzt, denn wenn man denkt es geht hoch, dann geht es wieder runter.

Roger war ein starker Begleiter in vielen Stunden. In allen Telefonaten lag etwas Besonders, etwas Heilendes. Ihm habe ich es zu verdanken, dass die schrecklichen Tage nicht zu den schrecklichsten meines Lebens wurden. Er hat mich zurechtgerüttelt, zurechtgerückt und mir unendlich viel Mut gegeben. Noch heute sucht jeder von

uns zwischen den Lücken seiner Arbeit den persönlichen Kontakt. Danke Roger.
Allen anderen Männern sei ebenfalls gesagt, ich danke auch euch, auch ihr habt mich erfahren gemacht, zukünftig aber wird es verdammt kalt in meinem Schatten sein.

Mein Lehrmeister, der Glaube, führte mich auf meinen eigenen Weg. Er lotete mich durch Schwierigkeiten und Herausforderungen und brachte mir bei, aus welcher Quelle die Kraft des Lebens getrunken werden muss. Meine Lektion hatte ich nicht aus dem Second-Hand-Laden mitgenommen, auch nicht die Erfahrungen anderer Leute abgeguckt, ich habe sie selbst erlebt und aus dem Schmelztiegel der Moral das große Los gezogen. Denn ich habe eine große Familie gefunden, eine neue, die genauso denkt wie ich.

Servus macht's gut.

Ende

Die Autorin

Stephanie Rittanie lebt und arbeitet als Kolumnistin und Ghostwriter in Hannover und Leipzig.
Schon in der Kindheit entdeckte sie ihre Liebe zur Schriftstellerei. Bis heute hat sie über die Jahre zahlreiche Kolumnen veröffentlicht. Nach ihrem zweiten beruflichen Abschluss in der Wirtschaft gelang ihr der Weg in die Selbständigkeit, in der sie als Coach Menschen anleitet, ihre innere Balance wieder zu finden.
Alles ist möglich und nichts bleibt so wie es ist.

Mehr über die Autorin unter Autorenprofile.de